굿바이 소년을 찾아서

-희망봉에서 마추픽추까지-

굿바이 소년을 찾아서

-희망봉에서 마추픽추까지-

윤정헌 지음

새미

차례

머리말

제1부 검은 대륙으로의 엑소더스 ; 남아프리카 ‖ 014 ‖

　1. 죽기 아니면 까무러치기 ‖ 017
　2. 내 짐은 어디에? ‖ 018
　3. 빅토리아 폭포의 포효 ‖ 022
　4. 쵸베에서 사파리를 ‖ 025
　5. 아! 희망봉 ‖ 032
　6. 케이프타운에서 조벅까지 ‖ 040

제2부 동장군의 위세 속에서 ; 극동 ‖ 049 ‖

　1. 또 하나의 설국 ‖ 053
　2. 영한迎寒의 나락에서 ‖ 061

제3부 인도는 있다 ; 북인도 ‖ 071 ‖

　1. 스산한 출발 ‖ 075
　2. 델리는 염제炎帝에 젖어 ‖ 077
　3. 역사보다 깊은 도시, 바라나시 ‖ 082
　4. 카쥬라호엔 '미투나'가 있다 ‖ 088
　5. 샤자한의 망처가亡妻歌, 타지마할 ‖ 096
　6. 핑크시티의 허상, 자이푸르 ‖ 103

제4부 아시아와 유럽의 기로에서; 터키 ‖ 111 ‖

1. 화이트 이스탄불 ‖ 115

2. 카파토키아의 탄식 ‖ 119

3. 파묵깔레 가는 길 ‖ 123

4. 소아시아 속 로마를 찾아서 ‖ 126

5. 트로이의 허무 ‖ 131

제5부 한겨울의 아지랑이; 남유럽 ‖ 139 ‖

1. 가우디의 축복, 바로셀로나 ‖ 143

2. 카스티야 제국의 영화, 톨레도와 마드리드 ‖ 148

3. 이슬람의 진수, 코르도바와 그라나다 ‖ 155

4. 지브롤터를 건너 북아프리카로 ‖ 165

5. 세비야엔 이발사가 없다 ‖ 173

6. 이베리아의 보석, 리스본 ‖ 180

7. 덤으로 얻은 낭만, 암스테르담 ‖ 186

제6부 시나이반도를 지나 오리엔트를 품다; 중동   ‖195‖

1. 출애급의 여정을 따라   ‖199

2. 산 자와 죽은 자의 동거, 룩소르   ‖206

3. 수에즈 터널을 지나 모세의 광야로   ‖214

4. 아! 페트라   ‖222

5. 사해에 누워   ‖230

6. 갈릴리에 부는 바람   ‖235

7. 굿바이, 예루살렘!   ‖242

제7부 다시 쓰는 '모터사이클 다이어리'; 중남미   ‖251‖

1. 프롤로그   ‖255

2. 아즈텍에서 테오티와칸까지   ‖257

3. 미션 임파서블의 여정   ‖261

4. 까멜로에 실린 체 게바라의 그림자   ‖266

5. 하늘에서 맞이한 해피 뉴 이어!   ‖271

6. 흑인 오르페의 눈물과 삼바의 유혹   ‖277

7. 신들의 워터슬라이드, 이과수   ‖285

8. 돈 크라이 포미 알젠티나!   ‖293

9. 마추픽추의 굿바이 소년   ‖301

10. 아마존에서 나스까까지   ‖307

"아내와 나도 저런 좋은 시절이 있었는데……" 말을 맺지 못하고 K는 굵은 눈물방울을 떨어뜨렸다. 곤돌라를 이용해 오른 설파Sulphur산의 원형 전망대에서 둘러보는 캐나디언 로키의 산록은 말할 수 없는 감동을 선사하고 있었다. 캐스케이드山, 런들山, 터널山, 노케이山 등이 앞서거니 뒤서거니 위용을 자랑하는 틈새로, 미네완카湖水와 투잭湖水의 수줍은 물빛이 밴프스프링스 호텔을 감싸 흐르는 보우강과 유려하게 매치되고 있다. 고혹적인 빛깔을 자랑하는 두 호수가 사랑스럽도록 나란히 흐르는 광경에서 K는 지난날 단란했던 그들의 부부생활을 떠올렸던 것이다. 이혼을 앞두고 미련을 떨치기 위해 홀홀단신 캐나디언 로키로 떠나왔던 이 중년 사내는 마침내 내 가슴에 머리를 파묻고 오열하기 시작했다. 어떻게 하면 저 호수의 물빛처럼 과거로 돌아갈 수 있겠느냐며……. 무엇이 이 초로의 신사로 하여금 생면부지生面不知의 여행 파트너에게 쑥스러움을 무릅쓰고 자신의 처지를 털어놓게 했을까?

여행은 공간이동을 전제로 한 인간의 가장 원초적인 자기성찰의 과정이다. 사과장수 아들이 사과를 거들떠보지 않고, 고깃집 아들이 고기 냄새만 맡아도 구역질을 내듯 우리는 다람쥐 체바퀴 돌 듯하는 일상의 무료함과 그 속박에서 벗어나기를 꿈꾼다. 그리하여 낯선 공간, 새로운 시간 속에서 비로소 새롭게 자아를 되돌아보게 된다. 그 동안 환하게 잘 알고 있다고 생각하던 자신의 본 모습을 말이다. 생전 처음 접하는 낯선 곳에서의 설레는 심사는 세상을 여는 순수한 원초지심原初之心에 맞닿아 있다. 그만큼 여행은 세상의 풍물과 더불어 인정세태人情世態에 접안接眼하는 가장 본질적인 인간존재양식인 셈이다.

1989년, 베니스 영화제 최우수 작품상산마르코 황금사자상에 빛나는 허우샤

오센侯孝賢 감독의 <비정성시>非情城市는 대만 현대사의 비극인 2.28사건을 시대적 배경으로, 한 가정의 가족사를 지극히 담담한 시선으로 처리해 눈길을 끈 작품이다. 우녠전吳念眞·주텐원朱天文이 각본을 쓰고 량차오웨이梁朝偉·우이팡吳義芳·신수펀辛樹芬 등이 출연한 이 영화는 한 시대의 정치·사회 이데올로기적 갈등이 한 가족에게 어떤 영향을 미치는 지 요연히 보여주고 있다. <비정성시>는 비극을 제재로 다루면서도 결코 격앙된 슬픈 목소리를 내지 않는다. 오히려 2.28사건의 외연 속에서 식당을 경영하는 임아록 노인의 아들 4형제가 맞는 파국의 과정을 극도의 초정적超情的 카메라　으로 화면에 펼치고 있어 '감정의 절제'를 통한 영상미학의 새로운 차원을 보여준다. 그리고 그 중심에 영화의 배경이 되었던 목가적인 포구 촌락 '지우펀'이 자리한다. 지우펀의 굴곡진 골목길을 올라 멀리 수평선이 보이는 언덕 중턱의 카페에 들어서면 당대 대만의 비극을 온몸으로 감싸 안았던 량차오웨이梁朝偉의 슬픈 눈망울이 오버랩되어져 에인 가슴을 가눌 길 없다. 스크린 속 피안의 허상이었던 한 보잘것없는 포구 촌락에서 느꼈던 그날의 감격을 난 아직도 잊을 수 없다.

한국전쟁 후의 슬픈 시대상을 운명론적으로 터치해 60년대의 대표작가 반열에 오른 소설가 하근찬은 기행체 소설 <슬픈 장난감>에서 북해도의 관문 하꼬다떼와 만나는 소회를 일본의 국민시인 이시가와 다쿠보쿠石川啄木;1884 ~ 1912의 슬픈 가정사와 연관시켜 묘사하고 있다. 하꼬다떼 소방서의 망루에 내걸린 표어 "이시가와 다쿠보쿠石川啄木가 거닐던 이 거리를 불태우지 마세요" 란 글귀는 그대로 노작가의 마음을 사로잡아 하꼬다떼란 북해도의 이 작은 도시를 사랑하지 않을 수 없게 했다. 뛰어난 재주를 가진 천재시인이었으나 폐병으로 26세에 요절했던 이시가와가 단지 3~4개월 교편을 잡았을 뿐인 이곳 하꼬다떼와의 인연을 불조심의 표어로 활용하는 소방당국의 로맨스적 발상이 하근찬을 감동시킨 것이다.

'세계 7대 불가사의不可思議'에 빛나는 잉카제국의 공중도시 마추픽추

Machu Picchu. 해발 2,280m의 고지대에 올랐던 관광객들은 하산길에 실로 충격적인 광경을 목도하게 되는데 그것은 바로 '굿바이 소년'의 존재이다. 낭떠러지 계곡을 내려오기 위해 버스는 약 25분여에 걸쳐 일곱 구비의 산길을 돌아야 한다. 그런데 잉카복장의 10세 소년이 그 일곱 구비마다 나타나 우리에게 "굿바이"를 외치는 게 아닌가? 고산증과 피곤에 절은 대부분의 승객은 두 번째 구비에 나타난 소년이 처음 소년과 동일인물인지 처음엔 半信半疑하였으나 3번째 구비에서 동일 인물임을 확인하고는 모두들 버스가 떠나갈 듯한 탄성을 지른다. 잉카시절의 파발꾼, '챠스키'Chaski가 이용하던 산중 지름길과 계단을 미끄러지듯 질주해 버스를 앞질러 7번이나 산비탈 구비길에 나타난 소년에게 세계 각국에서 모인 차내 관광객들은 충격과 동시에 경외감을 가질 수밖에 없다. 그리곤 일곱 구비를 돌아 마지막 평지에 도착했을 때, 버스에 올라탄 그가 앳된 목소리로 "굿바이, 사요나라, 아디오스, 짜이찌엔, 뚜빠나치스카마, 안녕히가세요."하며 6개 국어의 고별인사를 남기자 누가 먼저랄 것도 앞 다퉈 품속에서 꺼낸 1달러짜리 지폐를 소년의 고사리 같은 손에 쥐어주게 된다. '굿바이 소년'이 고산지대에서 버스추월의 묘기를 선보이는 '신종 앵벌이꾼'이란 사실엔 그 누구도 개의치 않았다. 대신에 이 가냘픈 소년의 기발한 집념과 치열한 도전정신에 일종의 대리만족과 경외감을 가지지 않을 수 없었고, 그리하여 기꺼이 1불 씩의 팁을 주면서 우리의 '잃어버린 다리'를 위무하여야만 했던 것이다.

이쯤 되면 제 아무리 목석이라도 여행이 단지 자연적 풍광만을 보는 것이 아니라, 그 속에 녹아있는 인간의 순정한 내면에 다가서는 과정임을 부인할 수 없을 것이다.

우리의 후기 모더니즘을 견인했던 시인 박인환이 "옛날은 화려한 그림책, 한 장 한 장마다 그리운 이야기"라고 했듯이 여행이야말로 추억으로 가는 화려한 인생 비상구임에 틀림없다. 그 옛날 임지에 부임하는 관리들이나 종교적 순례자 혹은 판로를 개척하려는 상인들의 전유물이었던 여행이 오로지 공간이동을 위한 수단에 그쳤다면, 오늘날의 여행은 국적과 성별, 나이를 초월한 여행자들의 다양한 욕구와 필요에 따라 훨씬 복잡다단한 양상을 띠는 대중문화로 자리잡아가고 있다. 이런 저간의 상황을 고려할 때, 자신만의 변별적이고 뚜렷한 여행철학이 그 어느 때보다 절실히 요구되는 시점이다. 세상으로 발을 내딛는 자의 발자국에서 느껴지는 가열찬 욕망과 과도한 패기가 자칫 바깥세상의 외피적 형상에만 쏠리지 않도록 마음으로 세상을 보는 은밀한 균형감각을 키워야 할 것이다.

이 책은 제목에서 감지되는 바처럼 아프리카^{희망봉}와 중남미^{마추픽추}를 포함한 모두 7지역의 여행체험을 정리한 필자의 3번째 기행수필집이다. 그러고 보니 첫 기행수필집 『갈 곳은 많고 돈은 없다』 1, 2권을 출간 한 지도 벌써 4년이 지났다. 그 후에도 참 여러 곳을 쏘다녔다. 인상 깊었던 곳은 다시 가기도 하고 가지 못해서 안달이었던 곳은 반드시 족적을 남겨야 했다. 그리하여 이번 기행수필집엔 아프리카와 중남미 외에도 터키·극동·남유럽·중동·인도 등에서의 여정이 추가되었다. 이번 여름엔 항공사 마일리지를 활용해 아이슬란드와 그린란드를 연계여행하려 계획 중인데, 그 로드맵을 짜기가 여의치 않아 머리에 쥐가 날 지경이다. 창 밖에선 굿바이 소년이 날 오라 손짓하고 있는데…….

누구나가 여행기를 내는 세상에 또 한 권의 의미 없는 넋두리를 보태는 것 같아 걱정스럽기 짝이 없지만, 여행지에서의 인정세태에 접안하려는 진정성만은 알아주었으면 하는 바람이다. 항상 집을 비운 무책임한 가장으로서 아내에게 죄스러운 마음을 금할 수 없다. 성심껏 편집 작업에 임한 채지영씨께 고마움을 전한다.

2010년 3월, 굿바이 소년을 그리며
윤정헌

검은 대륙으로의 엑소더스;
남아프리카

검은 대륙으로의 엑소더스; 남아프리카

1. 죽기 아니면 까무러치기

"올핸, 어디 나가는 거 꿈도 꾸지 말아욧?"

"＿＿＿"

"알았어요?"

"으응, 그래 알았어!"

수험생 둔 집에서 어디 해외여행 타령이냐며 아내가 서슬 푸른 눈으로 다짐해 올 때, 차마 토를 달 수 없던 나는 그대로 꽁지를 내릴 수밖에 없었다.

그러나 5대양 6대주 중에 아직 발자욱을 남기지 않은 아프리카로의 유혹은 끈질기고도 집요했다. 특히나 <문학과 영화> 강의시간에 텍스트로 다룬 [블러드 다이아몬드]에서 아프리카의 참혹하면서도 왠지 눈길을 뗄 수 없었던 잔영이 뇌리를 감돌 때마다 "내 내일 안으로 빚 갚으리오."레오나르도 디카프리오 하는 주인공의 애잔한 눈망울은 더욱 애처로이 나를 압박해 왔다.

마침내 나는 마지막으로 1자리 남았다는 1주일짜리 남아프리카 투어에 극적으로 조인하게 되었고 출국 전날까지 이를 비밀에 부치고 태연하게 행동해야 했다.

그리곤 출국 2시간 전, 인천공항에서 아내에게 "미안해! 아프리카 1주일

만 다녀올게” 짧은 핸드폰 통화 한마디만 남기고 허겁지겁 출국장을 빠져나
와 비행기에 올랐다.

얼마나 고대하고 고대하던 아프리카 여행인데, 내일 지구가 망하더라
도 오늘 빅토리아 폭포와 희망봉을 본다면 여한이 없단 심경에서의 ‘엑소
더스’였다.

인천발 CX 419편으로 홍콩을
경유한 우리는 이후 12시간여의
여정SA 287편끝에 남아공의 심장 요
하네스버그를 거쳐 다시 SA 040
편으로 환승, 약 1시간 20여 분의
비행 끝에 최초 목적지 짐바브웨
의 빅토리아 폴스에 도착할 수 있
었다. 기내에서 흑인 스튜어드에게 서비스 받은 매혹적인 남아공 와인
‘인달로Indalo’의 알딸딸한 향에 취해가는 사이, 드디어 세계 3대 폭포의
관문도시 ‘빅토리아 폴스’가 수줍게 숫처녀의 속살을 드러내는 순간이었
다. 도착시각은 2007년 7월 30일 오전 11시경현지 시각. 두 번의 환승과 대기
시간을 합쳐 인천공항을 출발한 지 22시간이 경과해 있었다.

2. 내 짐은 어디에?

빅폴 공항은 퍽 수더분한 모습이었다. 빅토리아폴스가 아무리 짐바브
웨에 황금알을 낳아주는 관광도시라지만 일국의 수도가 아닌, 잠비아 국
경의 변방도시에 불과한 인구 6만의 타운임을 공항의 규모가 그대로 웅변
해 주는 듯하였다. 때가 건기의 성수기임을 말해 주는 듯 만석의 비행기에
서 쏟아져 나온 관광객들이 출입국 심사대 앞에 꾸역꾸역 도열하고 나서
부터 기다림과의 전쟁이 시작되었다.

30불씩의 비자피를 즉석에서 걷고 발급해 주는 입국비자는 출입국 직원의 완벽한⑺ 수기로 작성되는 탓에 우리는 근 30분 이상을 허비해야 했다. 할 일 없이 사자 사파리가 그려진 빅폴 관광 안내판을 바라보며 볼멘소리를 해대다 겨우 입국 심사대를 통과하자 이번엔 전혀 예상치 못했던 일격이 우리에게 다가왔다.

우리 일행을 포함한 이날 입국한 한국인 관광객 70여 명의 화물이 도착하지 않은 것이다. 홍콩 쳅락콕 공항에서 환승 대기할 때, 예상을 뒤엎고 이라크가 아시안컵 우승을 했다는 소식을 전하면서 우리 짐이 무사히 실리고 있음을 확인해 준 CPA직원의 미소를 기억하는 나는 조벅요하네스버그 공항에서도 컴퓨터 모니터를 가리키며 분명히 당신들의 짐이 이상 없이 동행하고 있음을 공언한 SA측 흑인 직원의 인상까지 또렷한 지라 도대체 어디에서부터 무엇이 잘못되었는지 퍽 혼란스러웠다.

졸지에 갈아입을 옷도 세면도구도 없어진 숱한 승객들이 항공사 사무실에 몰려가 법석을 떤 후에야, 성수기 만석 항공기의 화물 용량 초과로 연일 지연 탑재가 되다보니, 어제의 승객 짐 대신 오늘 승객 짐이 실리지 못한 것 같다는 추측성 해명을 들을 수 있었다.

모두들 내일 올지도 확실치 않은 짐의 행방에 대한 불안으로 심기가 불편한 가운데, 달랑 배낭 하나 뿐인 내 짐과 인솔자 조 선생의 가방만은 다행히 도착해 있었으나, 일행의 눈치를 살피며 표정관리를 해야만 했다. 그러나 숙소에 도착해 자물쇠를 채우지 않은 배낭을 열어봤더니 내용물을 뒤진 흔적과 함께 갈아입을 긴 팔 소매 셔츠와 속옷 사이에 포개둔 우의가 없어졌다는 사실을 확인할 수 있었다. 5년 전 일본 여행 시, 후쿠오카의 캐널시티에서 1,000엔에 구입한 싸구려 중국제품이라 금전적 손실감은 없었으나, 그래도 5년간이나 여로에 동행하였던 분신을 잃은 서운함이 물밀듯 밀려왔다.

아내 몰래 짐을 싸 출발 2일 전, 차 트렁크에 넣어 두느라 초소형 배낭 하나에 불과했던 탓에 무거운 여행용 트렁크 일색의 일행과 달리 짐이 무사히 온 것에 만족해야 했다.

우리가 묵을 '아잠베지 리버 로지'A'Zambezi River Lodge는 바로 잠베지강에 연해 있는, 퍽 수려하고 낭만적인 경관을 자랑하는 처소였다. 아프리카의 전통 지붕이엉이 이채로운 롯지가 잠베지강을 배경으로 병풍처럼 둘러싼 사이로 아프리카의 운치를 물씬 풍기는 정원이 수영장과 함께 펼쳐져 있어 자연과 인공의 조화를 만끽할 수 있는 곳이었다. 바로 이곳에서 잠베지강 크루즈가 발착하고 있었는데 강 건너편이 국경 너머 잠비아라는 사실이 나를 묘하게 들뜨게 한다.

모두들 수화물 미도착의 서운함을 숙소의 풍광에서 보상받은 듯 잠베지강가의 야외식당에서 바베큐 뷔페로 즐거운 점심을 들었다. 일부 손님이 음식을 담기 위해 테이블을 비운 사이, 갑자기 나무 위에서 내려온 원숭이 일당이 남은 음식을 잽싸게 챙겨 도주하는 모습에서 이곳이 아프리카임을 실감할 수 있었다.

빅폴 관광을 위해 숙소에서 여장을 챙겨 나오니 일군의 멧돼지wart hog 가족이 롯지 리셉션 근처를 서성거리고 있다. 피오스Pios란 이름의 현지 가이드는 영어가 유창한, 초롱한 눈망울의 흑인이었다. 짐바브웨의 수도 하라레에서 남쪽으로 70Km 떨어진 작은 촌락 출신으로, 고교 졸업 후 돈을 벌기 위해 단신으로 빅폴에 와 가이드로 정착했다는 그는 꽤 친화력있고 영리한 청년이었다.

　피오스가 직접 운전하는 마이크로버스는 빅토리아 폭포로 가는 도중, 빅폴시가를 거치고 있었다. 아프리카적인 원시성과 관광지로서의 도회성이 묘하게 습합된 시가의 분위기는 브라질의 이구아수 시가에 비해 훨씬 투박해 보였고 중심가의 규모도 보잘 것이 없었다. 메인 스트리트인 리빙스턴 웨이와 교차하는 파크웨이 주변으로 은행, 우체국, 관광안내소, 쇼핑센터 등 공공시설이 밀집해 있었고 꽤 큰 규모의 고급 호텔들도 눈에 띄었다.

　시커먼 피부에 눈과 이만 새하얀 행인들이 초라한 행색으로 외국인이 탄 버스를 찡그리며 응시하고 있다. 괜히 눈을 마주치기가 무안해 고개를 돌리니 곧게 뻗어 있는 철로가 보이고 기차가 정차해 있다. 역사도 보이지 않는 저곳이 바로 그 유명한 빅토리아 폴스 역이란다. 20세기 초 아프리카 식민경영을 위해 이집트의 카이로에서부터 남아공의 케이프타운까지 대륙을 남북으로 종단하는 철로를 가설했던 영국 식민통치의 부산물이었던 이역은 항공교통이 대중화되기 전까지 빅토리아 폭포 관광의 일등공신이었었다. 그리고 보니, 서구 제국주의가 발호하던 20세기 초엽, 독일의 3B 정책_{베를린-바그다드-비잔티움을 잇는 수송정책}에 대응했던 게 영국의 3C정책_{카이로-캘커타-케이프타운을 잇는 수송정책}이라며 학창시절 외웠던 게 불현듯 상기되어진다.

지금은 초라한 시골 간이역으로 퇴색한 빅폴 역엔 낡은 기차에서 오르내리는 아프리카의 고단한 초상들만이 한낮의 땡볕에 애처롭다.

빅폴 시가를 벗어나자 곧 우렁찬 폭포의 굉음이 가까워지더니 멀리서 물보라가 올려 퍼지는 것이 보이기 시작했다. 나는 마침내 세계 3대폭포를 모두 섭렵한다는 더 할 수 없는 흥분 속에 물보라를 뿌리며 접근을 완강히 거부하는 빅토리아의 장막을 헤집고 한 걸음 한 걸음 굉음 속으로 다가서고 있었다.

3. 빅토리아 폭포의 포효

폭포의 굉음이 들려오는 나무숲 오솔길을 들어서자 1855년 이 폭포의 존재를 최초로 서방세계에 알린 탐험가 리빙스턴의 동상이 가장 먼저 시야에 들어왔다. 동상을 돌아 그늘진 숲 아랫길로 들어서니, 잠베지강으로 부터의 여유로운 유영을 마치고 '폭포'라는 새롭고 사나운 아이덴티티_{identity}를 부여받은 일군의 물줄기가 거친 포효_{咆哮} 속에 무지개와 만나고 있다. 빅토리아 폭포가 내게 선사한 오프닝 샷은 실로 장관_{壯觀}이었다.

나이아가라가 집약되고 응축된 공간에서 폭포의 아름다움을 보여줬다면, 이구아수는 웅장한 스케일로 다층적 시야를 제공했으며, 빅토리아는 조각난 물줄기가 무지개와 결합돼 계곡의 연속된 곡각미를 몽환적으로 채색하고 있다고나 할까?

　얼마 전 KBS의 <환경스페셜> 프로그램을 통해, 폭포물살의 침식작용으로 8번이나 폭포의 위치가 바뀌어져 가며 새로운 폭포를 형성시켜 나갔다는 리포트를 접한 바 있던 내게, 세계적인 자연문화유산이며 희귀 동식물의 보고寶庫인 이곳을 직접 대하는 감회는 남다를 수밖에 없었다. 나이아가라나 이구아수처럼 유람선안개의 숙녀호이나 쾌속보트를 타고 폭포 지근至近까지 가지 않고 계곡 너머에서 관망하는데도 우의를 걸쳐야 할 정도로 물보라의 위세가 심한 이곳 빅토리아는 무엇보다 오솔길처럼 정감있게 뻗어 있는 관망로를 따라 전장 1.7km에 달하는 폭포의 시야가 연속적으로 확보되어 있다는 점이 인상적이었다.

　나일강, 자이르강, 니제르강에 이어 아프리카 제4위의 길이를 자랑하는 잠베지강이 앙골라 오지에서 발원해 모잠비크 해협을 경유해 인도양으로 흘러가기 전, 짐바브웨와 잠비아의 국경을 이루는 중류 지역발원 후 약 1,000km 지역에 형성시킨 이 거대한 자연의 파노라마는 ‘악마의 폭포’Devil’s Cataract, ‘메인 폭포’Main falls, ‘말발굽 폭포’Horseshoe falls, ‘무지개 폭포’Rainbow falls, ‘안락의자 폭포’Armchair falls, ‘동부 폭포’Eastern Cataract 등의 6개 부분으로 분절되어 있다. 이 중, ‘악마의 폭포’부터 서쪽에 위치한 세 폭포는 짐바브웨령에 속하고 동쪽의 세 폭포는 잠비아령에 위치하고 있는데, 나는 데인저 포인트와 리빙스턴 섬 전망대 등을 거쳐 잠비아 경계까지 주유周遊하면서 최대 낙차 128m에 이르는 이 경이로운 조물주의 조화를 마음껏 안광에 쓸어 담았다.

갈수기 때도 물이 마르지 않는다는 '메인 폭포'의 풍부한 수량과 무지개의 화답이 고혹적이었던 '무지개 폭포'의 아름다운 실루엣, 그리고 잠베지강에서 막 투입된 싱싱한 물살이 인상적인 '악마의 폭포'의 도도함에 더하여, 계속된 침식의 결과로 '메인 폭포' 바로 옆에 새로이 생성되기 시작한 9번째 폭포의 존재가 눈길을 끌었다.

약 1시간여에 걸친 폭포 산책을 마치고 잠베지강 크루즈를 즐기기 위해 선착장으로 이동하는 중에 임팔라 가족 몇 마리가 숲 속을 거니는 모습과 수령이 1,700년이나 된다는 바오밥나무의 존재를 대할 수 있었다. 위트 넘치는 우리의 인솔자 조 선생은 가이드에 따라 바오밥나무의 수령이 1,800살까지 100년이 왔다 갔다 한다며 머리를 긁적인다. 평화롭기 그지 없는 아프리카의 풍광이 가슴 깊이 잔잔한 울림으로 다가온다.

이윽고 전통악기 연주로 손님을 맞는 원주민 공연 팀의 환대 속에 크루즈 바지선에 탑승한 우리는 석양에 물들어가는 잠베지강을 남북으로 종주하며 아프리카에서의 첫날에 침잠해 갔다. 원주민 청년의 선상 연주 속에 강 양안의 짐바브웨와 잠비아 영토를 지그재그로 넘나들며 무료로 제공되는 와인, 음료수, 스낵 등의 군것질거리에 익숙해지는 동안, 양안 물가와 강 속에 서식하는 악어, 도마뱀, 하마, 각종 물새들이 병풍처럼 수려한 아프리카의 풍경화를 연출하

고 있다. 모두들 난생 처음 대하는 야생 하마의 자맥질에 탄성이 자자하다.

여기서 2km만 더 남하하면 아까 우리가 봤던 빅토리아 폭포에 닿게 된다며 흑인 선상 가이드는 내친 김에 배를 탄 채 폭포 번지점프가 어떻냐며 너스레를 떤다.

어둠에 힘겹게 밀려나는 잠베지강의 석양 노을이 아프리카의 비장悲壯함을 인각시킬 즈음, 어느새 우리는 식당으로 향하는 마이크로 버스에 탑승해 있었다.

모기인지 하루살이인지 알 수 없는 밤벌레에 시달리며 와인을 곁들여 한 스테이크 식사는 그런대로 만족스러웠다. 밤벌레에 물린 듯한 찜찜함 속에 숙소로 돌아 왔을 때, 상투처럼 천정에 비틀어 매여진 하얀색 모기장이 말라리아의 환영 속에 나를 맞고 있었다.

4. 쵸베에서 사파리를

아프리카 대륙에서 맞이하는 첫 여명은 분명 남다른 감동이 있다. 롯지 객실의 커튼 사이로 엊저녁에 밀려났던 태양이 복권復權의 기운을 추스르는가 싶더니, 이곳이 그네들의 '나와바리'(?)임을 각인시키듯 롯지 정원 한 가운데를 버젓이 가로지르는 바분baboon; 개코 원숭이한 쌍의 불량不良스런 활보로부터 새벽이 열리고 있었다.

어제 점심을 먹었던 롯지의 식당에서 아침 식사를 하는데, 이곳의 절기가 북반부와 계절이 반대겨울임을 을씨년스런 아침공기가 그대로 대변해 주고 있다. 긴 팔 옷을 걸쳤는데도 냉랭한 한기에 오금이 저릴 정도다. 이러다가도 낮이면 땡볕이 내리 쬐이는 열기를 내뿜으니 인솔자 조 선생 말대로 양파 복장두껍게 입었다 한 겹씩 벗는이 제 격이다.

　오늘 우리는 이곳 빅토리아 폴스에서 약 1시간 거리에 있는 보츠와나 국경을 통과해 세계최대의 코끼리 서식지대인 '쵸베 국립공원'에서 육상 및 수상 사파리를 즐길 예정이다. 우리는 짐바브웨 출입국 사무소를 거쳐 보츠와나 출입국 사무소에 이날 아침 가장 먼저 도착했다. 그러나 비자 면제 협정이 체결되어 있는 일본의 단체관광객에게 순서를 추월당하고 130불의 비자피를 낸 후, 1시간여를 기다려서야 국경을 통과할 수 있었다.

　보츠와나에 대한 기본 상식이라야 영화 [부시맨]의 종족이 사는, 칼라하리 사막을 끼고 있는 아프리카 남부의 왕국이라는 게 고작이었는데, 남아공 다음으로 아프리카 남부에선 가장 부국에 속하며 안정된 취업률과 낮은 범죄율을 자랑한다고 한다. 평균 수명이 아직 40세가 안 될 정도로 적은 인구200만 남짓를 강력한 사법체제범법자의 손을 자르고 일가친척이 보는 앞에서 공개 처형함.로 적절히 통제해 아프리카의 고질적 병폐인 부정부패를 근절한 덕에 1인당 소득 3,000불에 육박하는 아프리카의 부자나라가 되었다고 한다.

　실제로 보츠와나~짐바브웨 국경엔 유래 없는 인플레이션으로 국가경제가 도산 직전에 빠져있는 짐바브웨의 보따리 상인들이 상대적으로 물자가 풍부한 보츠와나로부터 유입된 맥주, 빵 등을 비롯한 각종 생필품들을 어깨에 걸머지고 줄지어 통관을 기다리는 모습들이 목격되었다.

　잠시 후, 우리는 '쵸베 국립공원'에 도착했다. 어제 우리가 크루즈를 즐긴 잠베지강의 빅폴 유역에서 50Km를 거슬러 오면 이곳에 이른단다. 바지선에 승선한 우리 일행은 일단 오전에 수상 사파리부터 체험하기로 했다. 어린 시절, 당시 한국 최고의 배구 중계 캐스터 임문택 아나운서가 진행하던 [동물의 왕국] 프로그램의 오프닝 시그널로 화면에 펼쳐지던 '쵸베 국립공원'에 실제로 발을 디뎠다고 생각하니 그 감회는 이루 말로 다할 수가 없었다.

　무려 12만 마리의 코끼리를 비롯해 하마, 코뿔소, 악어, 사자, 표범, 물소, 임팔라, 기린, 쿠두 등의 육상동물은 물론 독수리, 기니파울호로호로새,

아프리카 가마우치, 붉은배 찌르레기, 윕버드weeper bird 등 각종 조류에 이르기까지 '쵸베'는 다양한 동물콘텐츠를 보유한 천혜의 영역이었다.

이번 일정에 빠진 아프리카 사파리의 대명사 케냐 일원암보셀리, 마사이마라, 나쿠루관광과 킬리만자로 관망의 기회를 대신 보상받기 위해 우리는 불시에 나타날 '쵸베'의 동물주민을 맞을 만반의 준비를 다했다.

그러나 모두가 카메라의 조리개를 매만지며 그렇게도 출현을 고대하던 코끼리는 우리가 쵸베의 잠베지강가를 주유한 지 2시간이 다 되도록 그림자도 찾아볼 수 없었다. 12만 마리의 개체수를 자랑한다던 세계최대의 코끼리 서식지라는 명성은 대체 어디서 온 걸까?

어제의 수화물 미도착 사건에 이어 코끼리의 텃밭에서 코끼리의 그림자도 구경 못한 것이 자기 탓이기나 한 것처럼 안절부절 못하는 우리의 불쌍⑵한 인솔자 조 선생의 탄식이 고도를 높여가는 쵸베의 백주 태양에 묻혀가고 있었다.

물론 그 시간 동안, 우리가 전혀 동물 구경을 못한 건 아니었다. 어제는 물 밖으로 전신을 드러내지 않았던 하마란 놈이 떼를 지어 습지에서 뒹굴거리는 걸 볼 수 있었고우리는 거기를 '하마밭'이라 불렀다. 가마우치처럼 생긴 물새가 요상스런 나뭇가지에 앉아 폼을 잡는 모습이며 이름을 알 수 없는 작은 새가 사파리 배 난간에 앉아 우리를 되려 사파리의 대상으로 삼던 앙증맞은 광경마저도 안광에 담을 수 있었다. 뿐만 아니라, 어제처럼 물가 둔덕에 배를 깔고 엎드려 귀찮은 듯 관광객을 째려보는 악어와 물가 나뭇가지에 죽은 듯 매달린 도마뱀, 그리고 하마 무리에 섞여 태연스레 풀을 뜯는 버펄로들까지 볼 수 있었다.

　이 과정에서, 좀 더 가까이서 하마 구경을 시켜주려 '하마밭'에 접근했다가 수초에 스크류가 걸려 옴짝달싹 못하는 다른 배를 견인해 줬는데, 이번엔 우리 배가 같은 처지가 되기도 하는 등 한 바탕 고초를 겪기도 했다. 아프리카에서 인명살상을 가장 많이 하는 위험 동물이 사자가 아닌 하마란다. 하마가 육지에서 풀을 뜯어 먹는 중에 자신과 물 사이에 등장하는 물체가 있으면 이를 자신이 물로 복귀하는 것을 방해하는 자로 간주해 가차없이 밟아 죽이기 때문이다. 하마는 보통 낮에 태양열로부터 피부를 보호키 위해 물 속에 몸을 담그고 있다 해진 뒤 육지에 올라 풀을 뜯는데 육지에서의 최고 시속은 40km/h라고 한다. 흑인가이드가 우리의 심드렁한 심기를 달래려 아프리카의 'mass murderer' 하마의 위용을 침 튀기며 설명하고 있을 때, 거의 몇 백 m 전방에 어슬렁거리는 검은 물체가 눈에 띄었다.

　전속력으로 다가가 보니 그것은 학수고대하던 코끼리였다. 12만 마리가 산다는 이곳에서 겨우 1마리를 발견한 우리는 그 동안 참았던 탄성을 일시에 터뜨리며 카메라의 셔터를 누르기 바빴다. 그런데 코끼리 중에도 '끼 있는 탤런트'가 있는지, 뒤늦게 나타난 이 빅5아프리카 사파리의 대표적 5동물; 사자, 표범, 물소, 코뿔소, 코끼리 종족의 대표동물은 뛰어난 개인기로 맥바진 수상 사파리에 지쳐있던 우리를 무진장 즐겁게 해주었다.

　어슬렁거리며 물가에 나타났던 그는 멋있는 자태로 수중에 입수하더니 초반엔 수중 걷기의 모드에서, 물이 점차 깊어지자 우아한 자유영의 모드로 바꾸더니 건너편 습지 둔덕에 도착해 뭍에 오르자마자 이번엔 진흙바닥에 온몸을 굴리며 머드팩의 진수를 선보이고 있었다.

　그 격렬하면서도 절도 있는 머드팩의 향연에 이어 그는 자신의 남성(?)을 최대한 팽창시키는 것으로 깜짝 원맨쇼를 마무리 지었다. "어머머! 저걸 어째! 난 몰라" 하며 난데없는 지상 최대동물의 팬서비스에 충격어린 탄성을 내뿜는 대한민국 아줌마들의 아우성을 뒤로 오전 수상 사파리가 끝나가고 있었다. 나는 점심식사를 향해 사파리공원내 식당으로 향하며 12만 코끼리를 대표해 우리를 즐겁게 해 준 그 기특한 코끼리를 떠올리며 "양보다는 질"이라는 평범한 아포리즘을 다시금 상기해 보았다.

　아프리칸 뷔페로 점심을 마친 우리는 2대의 사파리 트럭에 분승해 육상 사파리에 도전했다. 혼자 온 원죄(?)로 전망 좋은 뒷 칸에 타지 못하고 가이드옆 조수석에 타게 된 나는 가이드의 설명을 분명히 알아들을 수 있어 좋았으나, 수시로 고개를 뒤로 돌리며 시야를 개척해야 하는 번거로움을 감수해야 했다.

　오후의 육상 사파리는 오전 수상 사파리의 갈증을 일시에 해소할 정도로 풍성했다. 숲 속 길 초입에서 임팔라 무리가 우리를 맞을 때부터 뭔가 심상찮더니 연이어 쿠두, 오릭스, 워터벅, 가젤 등의 초식 영양류는 물론 기린, 멧돼지, 버펄로 등이 마치 순서를 기다리는 패션쇼 모델처럼 차례로 등장해 우리를 즐겁게 했다. 이윽고 사파리 차량이 잠베지강이 드러나 보이는 T자 길에서 물가를 따라 좌회전하자 이곳이 코끼리의 아성임을 확인

해 주듯 20~30마리 씩 군집을 이룬 코끼리 무리들이 여기저기서 물놀이를 즐기는 모습이 내 눈에 포착되었다.

리더의 통제에 따라 일사불란하게 대열을 지어 숲속 그네들의 전용로를 지나와선 물가에서 머드팩과 수영을 즐기곤 다시 줄 맞춰 왔던 길을 되돌아 숲 속으로 사라지는 이 거대한 동물을 물끄러미 바라보며 '인간이 감히 넘볼 수 없는 동물왕국의 섭리와 질서'에 경건해지는 나 자신을 되돌아보았다. 아버지가 어린 아들을 목욕탕에 데리고 다니듯, 조심스레 아기 코끼리를 보호해 인도하는 이들 무리 속에서 인수(人獸)를 초월한 아프리카의 평화스런 정경이 더 없이 애뜻하다.

가이드를 겸한 기사는 코끼리가 머드팩을 하는 건 뜨거운 태양열로부터 피부를 보호하고 물속에서 달라붙는 진드기를 쫓기 위한 것이라고 귀띔해 준다. 쵸베공원의 잠베지강가와 습지 둔덕에 숱한 코끼리 무리와 하마, 버펄로들이 공생하고 있음을 확인한 우리가 차머리를 돌려 귀로에 접어들 무렵, 갑자기 우리 차 앞에 숱한 차량들이 정적 속에 정차해 있음을 깨달을 수 있었다.

내 옆의 가이드가 눈을 찡긋하며 입에 손가락을 갖다 대더니 "레퍼드표범"라 속삭인다. 잠시 후, 과연 물가로 이어진 숲 덤불 아래로 날렵한 몸매의 표범 한 마리가 어슬렁거리며 내려오고 있다. 나무 밑에서 서성거리는 청설모 1마리를

발견하고 전속으로 돌진했으나 어느새 청설모는 나무 꼭대기로 피신 한 뒤였다. 우리에게 마지막 서바이벌 실황을 보여준 표범에게 감사하며 등을 돌리는데, 몇 주 전 표범의 소행이라며 나뭇가지에 걸려있는 '내장 없는 쿠두의 시신'을 가이드가 가리킨다.

빅5 중 코뿔소와 사자를 끝내 못 봤다는 아쉬움을 뒤로 하고 우리는 귀로에 올랐다. 아까 오던 길의 역순으로 보츠와나~짐바브웨 국경을 통과해 숙소로 돌아오는 중에 어제 누락된 수화물에 대한 일행의 궁금증이 일시에 폭발한다. 공항 수화물 취급자를 수소문하기 위해 빅폴 시내의 킹덤 리조트Kingdom Resort에 들렀으나 그는 오리무중이다. 덕분에 특급 호텔 수준인 '킹덤 리조트'의 훌륭한 시설을 확인할 수 있었다. 조 선생도 빅폴에 이런 고급 숙박시설이 있는 줄 처음 알았단다.

결국 우리 일행은 나를 비롯한 비관련자 일부를 숙소에 데려다 준 뒤 수화물 도착여부를 직접 확인키 위해 공항으로 달려가야 했다. 말라리아 약라리암 후유증인지 오후 내내 골치가 아팠던 나는 일행이 무사히 짐을 찾아오기를 기원하며 숙소에서 샤워를 끝낸 뒤 약속시간에 로비에 내려왔다.

다행히 1가족의 가방 1개를 제외한 모든 짐이 도착해 있었다. 모두들 짐을 찾은 기쁨에 젖어 아프리카 전통 특식 보마 요리를 들기 위해 식당으로 가는 차 안은 따뜻한 훈기와 웃음으로 가득하다.

세계 각국에서 모인 관광객들이 원주민의 전통 민속공연을 보며 즐기는 보마 요리는 색다른 맛의 체험으로 손색이 없었다. 이날 저녁 나는 임팔라, 타조, 쿠두, 악어, 멧돼지 등 다양한 동물의 고기를 맛봤는데 임팔라와 타조가 가장 입에 맞은 것 같았다.

온갖 동물이 뱃속 가득 채워진 포만감으로 숙소에 돌아 왔을 때 CNN은 아프칸 한국인질의 2번째 살해 소식을 숨 가쁘게 전하고 있다. 잠시 잊었던 두통이 다시 도지기 시작한다. 아프리카에서 맞는 7월의 마지막 밤이 소리 없이 저물고 있었다.

5. 아! 희망봉

잠비아 쪽에서 바라보는 빅토리아 폭포는 또 다른 감흥이 있다. 차창 너머로 번지점프대가 설치된 잠바브웨~잠비아 국경 다리빅토리아대교의 아치 속 비경이 나를 설레게 하고 있었다. 짐바브웨의 것과는 다른 포즈로 우리를 맞는 리빙스턴 동상을 지나 이스턴 폭포Eastern Falls와 안락의자 폭포 Armchair Falls로부터 시작되는 잠비아 사이드의 빅폴을 순회하자니 폭포 물세례가 장난이 아니다.

우기 때는 우의를 걸쳐도 비에 젖은 생쥐 꼴이 된다는 가이드 말이 실감난다. 물세례 뿐 아니라 폭포의 스펙타클한 경관도 짐바브웨 쪽보다 한결

더 역동적이다. 잠비아 쪽을 둘러보지 않고 짐바브웨 쪽만 보고 갔다면 크나큰 회한을 남길 뻔했다. 특히 무지개 펼쳐진 현교懸橋를 지나 폭포에서 떨어진 물 회오리가 장관을 이루던 용소까지 거닐었던 순간은 평생 잊지 못할 소중한 추억으로 남을

것이다. 시간이 여의치 않아 빅폴의 전모를 공중에서 조감할 수 있는 헬기 투어20분 정도에 약 120불를 하지 못한 것이 못내 아쉽다.

10불의 비자피를 물고 건너간 잠비아에서의 빅폴 관광은 분명 만족스러운 것이었다. 빅토리아대교를 지나 다시 짐바브웨로 돌아온정확히 말하자면 잠비아의 '리빙스턴' 시티로부터 짐바브웨의 '빅토리아폴스' 시티로 우리는 전통목각시장에서 간단한 쇼핑을 한 후 요하네스버그 행 비행기를 타기 위해 공항으로 내달렸다. 나는 빅5 동물이 목각된 벽걸이 제품을 5불에 구입하였다. 더 타산적으로 홍정을 했다면 1~2불 더 깎을 수도 있었겠지만 이네들의 애타는 눈망울을 보니 박절하게 굴 수가 없었다.

공항에서 3일 동안 우리의 충실한 발과 입이 되어주었던 가이드 피오스와 작별을 해야 했다. 사진을 같이 찍으며 이별의 아쉬움을 달랬다. 퍽 총명하고 성실한 그의 눈매가 언제까지나 생각날 것 같다.

요하네스버그이곳에선 '조벅'이라 줄여 부른다. 공항에서 국내선으로의 환승 대기를 거쳐 이날의 최종목적지 케이프타운에 도착한 시각은 2007년 8월1일 오후 6시 경이었다. 케이프타운에 거의 가까워질 무렵, 하늘에서 내려다 본 그랜드캐년을 방불케 하는 남아공 남부의 오묘한 지세地勢가 퍽 인상적이었다.

현지 교민이 경영하는 한식당에 들러 오랜만에 갈비와 찌개를 곁들인 저녁식사를 하고 나니 한결 생기 있는 눈으로 이 아름다운 도시의 밤 풍경을 여유 있게 살필 수 있었다. 케이프타운 항만을 굽어 볼 수 있는 언덕배기에 자리한 '가든 코트' 호텔은 위치만큼이나 훌륭한 시설을 자랑해 우리를 흡족하게 했다. 1급 호텔로서는 나무랄 데 없는 설비를 갖추고 있었고 널찍한 트윈 베드와 함께 객실상태도 양호한 편이었다. 덕분에 편안한 밤을 보낼 수 있었다.

이튿날 아침, 먼동이 터오는 케이프타운 항만을 내려다보며 아메리칸 조식 뷔페로 넉넉히 배를 채운 내가 객실로 돌아 왔을 때, CNN은 미네소타의 다리붕괴소식을 전하며 호들갑을 떨고 있다. 성수대교 참사 때, '대표적인 후진국형 사고'라며 미국 같은 선진국에선 상상도 할 수 없는 일이라던 그네들의 오만함과 자만심이 부른 결과이리라!

케이프타운 시내 관광에 이어 희망봉까지 돌아오려면 되도록 이른 시각에 출발을 해야 한다며 이른 아침 종종걸음으로 달려온 현지 한인가이드 이승한 선생의 스포티한 차림새가 정장 차림의 어제 분위기와는 사뭇 달라 이채롭다.

어젯밤 호텔 바에서 인솔자 조 선생과 셋이서 맥주잔을 기울이며 남아공 이민생활의 희노애락을 토로하던 중, 그는 퍽 놀랍고 흥미로운 사실을 얘기했었다. 그건 바로 이 선생의 부인이 한국에서도 개봉된 아프리카 시에라라리온 내전 소재의 [블러드 다이아몬드]에 엑스트라로 출연했다는 것이었다. 그러고 보니 영화 초반부, 아프리카 문제 해결을 위한 세계 정상 회담 장면에 퍽 기품 있는 동양여성이 카메라에 잡혔던 것이 생각난다. 세상에 우째 이런 우연의 만남이―.

조벽에서 이민생활을 하다 케이프타운으로 이주하기까지의 개인적 이

민사에 곁들여 남아공의 정정政情및 전반적 생활상, 역사 등을 해박한 지식과 정연한 논리로 특유의 유머에 섞어 전하는 그의 눈매에 한국인으로서의 자긍심과 고국 관광객을 맞는 반가움이 물씬 묻어난다.

이른 아침 차창 너머로 보이는 케이프타운의 시가는 여느 아름답고 평온한 유럽 도시와 다를 바 없다. 테이블마운틴이 회백색 구름 속에 버티고 선 이 도시의 아침을 맞기 위해 우리는 우선 캠프스 베이Camps bay로 향했다. 테이블마운틴의 산록과 푸른 물결이 넘실대는 해안을 배산임수背山臨水의 형세로 머금은 고급 주택과 호텔들이 병풍처럼 둘러쳐진 '12사도 바위'Twelve Apostles와 더불어 고혹적인 앙상블을 연출하고 있다. 마치 지진으로 무너진 집처럼 어긋난 사선斜線을 강조한 하얀색 저택이 특히 눈길을 끌었다.

호주의 '그레이트 오션로드'GOR에도 바다 속에 일렬로 늘어선 '12사도 바위'Twelve Apostles가 있지만 바다를 내려다보며 테이블마운틴에 연해 산록에 늘어선 '12사도 바위'는 또 다른 감흥을 불러일으키기에 족했다. 나는 이 장엄한 자연의 파노라마를 배경으로 사진을 찍은 뒤, 그 정취에 취해 이곳에서 '남아프리카의 풍광'을 담은 DVD 타이틀을 20불에 구입했다.

이어서 우리가 케이프반도에서 가장 아름답다는 해안마을 호우트 베이Hout bay에 이르는 동안, 차창 밖으론 한 폭의 평화롭고 아름다운 풍경화가 황갈색 전원田園의 운치로 고즈넉이 펼쳐진다. 호우트 베이 선착장에서 '서클 론치'Circle Launches; 1972년 설립된 여객운송업체의 유람선에 탑승한 우리는 약 10여분 후 물개와 바다새의 집단서식지로 유명한 도이커Duiker 섬 해상에 도착했다. 정확히 말하자면 '물개'가 아니라 '바다표범'Cape Fur Seal인 이들의 이곳에서의 최대 개체수는 약 5,000마리라고 하는데 그들 특유의 반

짝이는 흑갈색 톤으로 섬 전체를 뒤덮고 있었다. 이와 함께 갈매기의 일종인 '제방 가마우치'the Bank Comorant의 무리가 물개들과 어울려 해군과 공군

의 합동훈련을 연상시키듯 동거를 하고 있는 장면이 인상적이었다. 대서양으로 뻗어 있는 이곳 해상엔 고래the Southern Right Whale와 돌고래the Heavisides Dolphin도 자주 출몰한다는데 도이커 섬 주변의 풍랑이 워낙 심했던 이날엔 이들의 모습을 대할 수 없어 아쉬웠다.

다시 호우트 베이 선착장으로 돌아온 우리는 M6도로로 케이프 반도를 횡단해 이번엔 인도양 연안의 해안도로로 접어들었다. 우리나라의 정동진 해안을 연상시키듯 굽이쳐 감도는 곡각해안을 따라 자동차도로와 철로가 나란히 놓여져 있었는데, 노란색 기차가 그림 같은 해안을 달리는 풍경은 아직까지 내 가슴에 영원한 노스텔지어로 남아있다.

카크 베이Kalk bay의 골동품 상가를 주유하며 잠시 휴식을 취한 우리는 이어서 '테이블마운틴 국립공원' 내의 '볼더스'the Boulders 비치를 찾았다. 주차장에서 매표소 입구까지 10여분 정도를 도보로 가는 사이 펼쳐진 노변 풍광은 호주, 뉴질랜드와 같은 남반부적 정취로 가득하다.

매표소를 지나 공원 경내로 들어서니 먼저 감포 앞바다의 문무대왕릉을 연상시키는 넓적한 바위일명 '노아의 방주'라 부른단다.가 눈에 띈다. 오른편으로 휘돌아 나가니 여기가 아프리카에서만 서식하는 '자카드 펭귄'의 집단 서식지임을 증명하듯 수 많은 펭귄들이 삼삼오오 대열을 지나 그네들만의

왕국을 조심스레 공개한다. 남호주 캥커루섬에서 본 '페어리 펭귄'보다 약간 큰 몸집의 이들 '자카드 펭귄'들은 바위와 모래와 해변과 숲이 절묘히 조화된 이곳에서 다양한 포즈로 그들의 파라다이스를 연출해 가고 있었다.

　이색적이게도 중국식당에서 이곳 특산의 앙증스런 소형 랩스터와 초밥, 캘리포니아롤 등 전혀 중국적이지 않은 메뉴로 만족한 점심식사를 마친 우리는 이제 드디어 대서양과 인도양이 만나는 아프리카 대륙의 최남단 '희망봉'Cape of Good Hope으로 향한다.

　이곳으로 향하는 도중, 창밖의 산세와 풍광을 살펴보니 키 작은 관목지대가 평원에 연이어져 있는 것이 작은 덤불부쉬;bush이 주종을 이루는 호주의 시골outback, 특히 캥거루 섬의 경관과 많이 닮아있다. 초목이 좀 더 푸르고 산록을 끼고 있다는 점이 호주의 자연과 다른 점이라고 할 까? 우리나라에선 상대적으로 귀한 자연산 전복이 이 일대 해안과 그 주변에 굉장히 풍성하게 서식한다는 이 선생의 설명을 듣는 사이에 벌써 차는 케이프 포인트Cape Point의 주차장에 진입하고 있다.

　우리는 일단 등대가 있는 케이프 포인트 전망대로 가기 위해 '푸닌클라'에 탑승했다. 학창시절 '푸닌클라 푸닌클리'라는 이태리 가요를 통해

처음 알게 된 이 산악용 궤도차량
을 나는 이미 칠레의 발파라이소
에서 타본 경험이 있어 이번이 두
번째 탑승인 셈이다. 발파라이소
의 것이 목조로 된 낡은 것이라
운치가 있는 대신 속도도 느리고
불안했다면 케이프 포인트의 푸

닌클라는 신형 철제차량이어서 안정감은 있었으나 케이블카나 일반전철
의 상투적 탑승감 이상을 맛보긴 힘들었다.

세계 각국 주요도시까지의 방
향과 거리가 표시된 이정표 아래
서 사진을 찍은 내가 전망대에 서
서 바다를 내려다보니 좌청룡 우
백호가 아니라, 좌인도양 우대서
양이다. 실로 감개가 무량하다.
오른쪽으로 고개를 돌려 몸을 트
니 그 유명한 희망봉Cape of Good Hope

이 발아래 보인다. 바로 손에 잡힐 듯 지척인데도, 구불구불한 트레일 코
스를 휘감아 돌아야 하므로 이곳 케이프포인트 전망대에서 도보로 약
30~40분 이상이 소요된단다. 다시 푸닌클라를 타고 주차장 입구로 되돌
아가기 보다는 이곳에 왔으니 이 역사적 처소에 발자욱을 남기고 싶은 소
망이 불현듯 일어 희망봉까지 걸어가기로 했다.
　아프리카 대륙의 실질적인 최남단은 희망봉의 남동쪽 150Km지점에
위치한 아굴라스 곶Cape Agulhas이나, 대서양과 인도양의 분기점으로서의 역
사적 위상 때문에 '희망봉'사실은 희망곶이란 번역이 맞다. 이 우리의 뇌리엔 더 친
숙하게 담겨져 있다.

1488년 폴투칼 탐험가 디아스Batholomeu Dias가 최초로 이곳을 발견한 후, 그래서 케이프 포인트를 디아스 포이트라고도 한다. 원래 폭풍의 곳Cabo Tormentoso이라 명명하였으나 당시의 폴투칼 국왕 조안 2세가 보다 긍정적인 희망의 곳Cabo da Bõa Esperança으로 개명改名하여 오늘에 이르렀다고 한다. 원래 이 해역은 대서양의 뱅굴라 한류와 인도양의 아굴라 난류가 합류하는 곳으로, 아프리카 서부해안의 극심한 풍랑으로 고생을 하던 선원들이 이곳까지만 무사히 오면 인도까지 갈 수 있는 희망이 보인다고 하여 '희망봉'이라 불렀다는 설도 있다. 케이프 포인트에서 희망봉으로 향하는 트레일 코스에 서서 대서양 쪽을 보니 과연 만만찮은 파고가 몸을 가누기 힘들 정도의 세찬 바람과 함께 들어 닥치고 있었다. 범선 시절, 이 해상에서 숱한 배들이 난파 당했으니, '폭풍의 곳'이라 불렸던 연유를 알 것도 같았다.

케이프 포인트를 등지고 희망봉을 향해서 가니 이번엔 반대로 대서양이 내 좌측에, 인도양이 내 우측에 전개되고 있다. 등 한번 돌리는 사이 5대양의 2바다가 좌우로 왔다 갔다 하는 이 희한한 트레일 체험을 난 평생 잊지 못할 것이다. 2대양을 가르는 곡각 해안의 암벽과 검푸른 파도, 낮게 비행하는 갈매기, 통나무와 흙, 나무널판지로 끝없이 이어진 트레일 코스, 세계 각국에서 모여든 다양한 복장의 온갖 인종들, 해안 절벽과 트레일 코스를 이어주는 각종 식물군, 바다 속으로 도보 관광객을 밀어 넣을 기세로 배후에서 엄습하는 삭풍, 이 모든 것들이 2007년 8월2일, 케이프 포인트 ~희망봉의 한낮 풍경을 스캐닝scanning해 주고 있었다.

희망봉 트레일 코스를 완주한 후, 표지판 앞에서 기념사진을 찍고 떨어지지 않는 아쉬운 발걸음을 돌린 우리가 워터프론트에 도착했을 땐 이미 땅거미가 지기 시작한 저녁나절이었다.

때 마침 보슬비까지 내리는 워터프론트 광장의 노벨평화상 수상자 4인 루툴리, 투투, 만델라, 드 클레르크의 동상 앞에서 급히 사진을 찍고는 워터프론트 부둣가의 낭만을 맛볼 새도 없이 앨프레드 쇼핑몰로 피신해야 했다. [덴 앵커]Den Anker란 멋있는 상호의 바에서 맥주잔을 기울이며 비 내리는 워터 프론트의 어두워지는 사위를 우두커니 지켜보고 있자니, 부둣가 노동자의

투쟁과 애환을 그린 1954년 영화 <워터프론트>의 타이틀롤을 맡 았던 말론브란도의 외로운 눈망울 이 떠오른다. 인솔자 조 선생, 현지 가이드 이 선생의 맥주잔 너머 창 밖으로 워터프론트의 밤기운이 도 도히 용트림하고 있었다.

6. 케이프타운에서 조벅까지

2007년 8월 3일, 케이프타운에서 맞는 이틀째 아침이다. 오늘따라 호텔 을 병풍처럼 감싼 테이블마운틴의 새벽 공기가 유난히 서늘하다. 남반부 의 겨울을 실감하게 한다. 버스에 오르니 어제 종일 낯이 익은지라, 말레 이계 컬러드혼혈 기사가 반갑게 인사를 한다. 우리와의 마지막 날을 애닯아 하듯 아침부터 케이프타운 시내는 온통 빗방울로 촉촉하다. 오늘은 분명 히 우리가 이곳을 떠나 조벅으로 가는 날이니, 이 비는 있으라고 내리는 '이슬비'가 아니요, 잘 가라고 내리는 '가랑비'임이 분명할 터———.

우선 우리는 시그널힐로 향했다. 시그널힐은 케이프타운의 서부 해안 쪽에 위치한 언덕으로, 마치 사자가 옆으로 누워 있는 형상을 취하고 있다.

사자의 머리에 해당하는 라이온스 헤드해발 669m와 엉덩이 부분에 해당하는
라이언스 룸프해발 350m의 두 꼭지점이 해안을 끼고 연결되어 있는데, 일반
적으로 우리가 오른 전망대가 위치
한 룸프 쪽을 시그널힐이라 부른
다. 이곳에선 평일 정오에 대포를
쏘아 정오의 시그널을 하기 때문에
시그널힐이라 불리게 되었단다.

　주차장에서 내려 전망대 아래에
펼쳐진 항만을 배경으로 사진을
찍었다. 바닷가 근처에 2010 월드컵을 대비해 새로 짓고 있는 축구장의 모
습이 보였는데, 불과 3년 안에 완공할 수 있을는지 이곳 현지에서도 우려
하는 목소리가 적지 않았다. 흑인정권 등장 후, 여러 가지 불가피한 요인으
로 치안이 급격히 악화된 것 외에 숙박과 경기장 시설의 부족 및 불완전,
경기장소의 조벽 집중 등 월드컵 성공개최를 위해 해결할 난제가 많은 것
같았다.

　우리가 선 전망대에서 정면으로 바라보니 바다 중앙에 자그마한 섬 하
나가 놓여 있었는데 그것이 바로 만델라가 18년간그는 27년간의 감옥 생활 중,
1964년부터 1982년까지 이곳의 독방에 감금되었다고 한다. 수감되어 있었던 그 유명한 로
빈 섬Robben Island이란다. 미국 샌프
란시스코 만의 알 카트래즈 섬처
럼 파도가 심하고 해역에 상어가
많아 한 번 수감되면 살아서는 뭍
으로 나올 수 없었다던 난공불락
의 유배처였었다. 한 때는 한 인간
에게 끝없는 절망과 고뇌를 심어

주었던 곳이 오히려 그 유명세를 타고 관광객을 끌어들이는 관광포인트가

되어버린 이 파라독스적paradox; 역설 현실을 어떻게 해석해야 할까? 로빈 섬을 돌아나가는 회오리 파도의 물거품만이 내 안광眼眶에 허허롭다.

이어서 우리는 테이블마운틴해발 1,067m으로 향했는데, 아쉽게도 우리가 케이프타운에 머무는 동안이 로프웨이 수리기간이어서 360도 회전의 전망 로프웨이케이블카를 탑승할 수 없었다. 로프웨이 역 주차장에서 시험 운행 중인 케이블카를 쳐다보며 가이드 이 선생, 인솔자 조 선생과 함께 사진을 찍는 것으로 아쉬움을 달래야 했다.

로프웨이 역 주차장에서 바라다 보이는 케이프타운 시가와 테이블 만 해안은 색다른 감흥이 있었다. 시그널힐에서 이쪽을 바라볼 때와 달리 라이온스 헤드와 데빌스 피크해발 1,000m에 걸쳐진 갈색의 마운틴라인이 이채롭기만 하다. 빗방울이 오락가락하는 흐린 날씨 탓에 희망봉까지의 시야는 도저히 확보할 수 없었다.

세계 최초의 식물원으로, 영국에서 학생들이 이 곳 하나만을 보기 위해 견학을 온다는 커스텐보쉬 식물원Kirstenbosch Botanical Garden엔 명성 그대로의 관록과 운치가 곳곳에 넘쳐흘렀다. 테이블마운틴, 12사도 바위 등의 암산이 배후에서 식물원 부지를 감싼 가운데, 케이프타운 시가의 전경을 한 눈에 보다듬을 수 있는 언덕배기에 위치해, 우선 입지적으로 내가 가본 어느 식물원과도 비교할 수 없는 천혜의 조건을 구비하고 있었다.

여기에 거의 10,000종에 육박하는 각종 식물과 내장객의 동선을 고려한 편리하고도 유려한 조경, 각종 편의시설산책로, 레스토랑, 매점 등 커스텐보쉬 식물원은 가히 무궁한 잠재력을 보유하고 있었다. 이런 귀중한 시설이 도심 한복판에 위치하고 있다는 사실이 부러워 그 연혁을 알아봤더니

원래 케이프 식민지의 수상이자 금광업자였던 세실 존 로즈Cecil John Rhodes가 그의 사유지였던 이곳을 기증함으로써 이 식물원이 조성되었단다. 지금은 짐바브웨와 잠비아로 분리된 남아공 이북의 또 다른 인종차별국이었던 로디지아의 국명이 로즈에게서 유래될 정도로 남아프리카 일대에 잔존하고 있는 그의 영향력과 명성의 이유를 조금은 알 수 있을 것 같았다.

특히 알로에 나무가 곳곳에 많이 심어져 있어 여자 내장객들이 잎의 체액을 짤아 피부에 문지르는 모습을 종종 볼 수 있었다. 초베 사파리에서 봤던 호로호로새기니 파울; Guinea Fowl의 무리가 잔디에서 먹잇감을 고르고 있는 모습과 스스로 발화發火해 번식한다는 남아공의 국화國花 프로티아Protea의 화려한 자태가 눈길을 끌었다.

역시 로즈의 사유지였던 케이프타운 대학University of Cape Town캠퍼스와 나란히 이어진 간선도로를 타고 교외의 타조농장으로 향하는데, 흐렸던 날씨가 조금씩 개이고 구름에 가려졌던 테이블마운틴이 차창 밖으로 겸연쩍게 모습을 드러낸다.

타조농장에서 와인을 곁들인 타조 케밥으로 점심식사를 한 우리는 한인 쇼핑점에 들러 알로에, 루이버스 제품 등을 구입하고 케이프타운에서의 마지막 목적지인 와이너리winery로 향했다. 남반부 최대의 포도주 집산지인 바로사 밸리Barossa Valley인근의 애들레이드에서 연구년으로 1년을 보낸지라 와인 그 자체보다도 와이너리를 찾아가는 길이 정겹기만 하다. 매스게임을 하듯 질서 정연히 늘어선 포도넝쿨의 행렬, 은빛 구릉 사이로 비치는 햇살, 푸른 하늘을 저공비행하는 이름 모를 새, 와이너리 입구에 열병하듯 늘어선 가로수, 경내 방어의 태생적 목적보다는 장식적 운치를 더하게 하는 낡

은 대포의 존재까지 와이너리 가는 길은 꿈틀대던 추억을 부추긴다.

비행기 탑승시간에 쫓겨, 이 지역의 대표적 와인랜드, 스텔렌보스Stellenbosch가 아닌, 지근至近의 더반빌Durbanville에 들린 우리는 우선 화이트 와인과 레드 와인을 종류별로 시음한 후, 각자 취향에 맞는 와인들을 골라 구매했다. 나는 남아공에서만 수확되는 피노테이지Pinotage품종의 2005년산 레드 와인 2병을 10불 씩에 구입했다.

SA 354편으로 조벅에 우리가 도착한 시각은 오후 7시경이었는데, 벌써 해가 진 뒤였다. 청사를 빠져나와 어두컴컴한 정류장에서 우중충한 흑인 삐끼들에게 한참을 시달리고 나서야 어스럼한 밤길을 달려 호텔에 이를 수 있었다. 공항 인근의 가든 코트 호텔은 비교적 훌륭한 시설을 갖추고 있었다. 객실에 미리 비치된 한식 도시락으로 늦은 저녁을 들면서 치안 악화로 조벅 시내 관광은 고사하고 숙소마저 공항 인근에 잡아야 하는 2010 월드컵 개최국 남아공의 현실에 만감이 교차했다.

이튿날 조벅의 치안상황에 어울리지 않는 거창한 조식 뷔페로 아침을 마친 우리는 조벅 남서부의 흑인자치도시 소웨토Soweto; south western township의

약어에서 유래관광에 나섰다. 조벽의 치안이 워낙 좋지 않아 인근의 대체 관광으로 행정수도 프리토리아나 위락도시 선시티를 택하는 경우를 종종 봐온 나로선 소웨토는 의외의 복병이었다. 예상대로 소웨토는 관광지로서의 매력은 별로 없는 곳이었다. 남아공에 이런 곳도 있다는 견문확대 내지 시사적 의미의 탐방, 그 이상의 의미와 흥미를 구하기 힘든 곳이었다.

아프리카라고는 믿기 어려울 정도로 잘 정비된 입체적인 도로체계에 편승해 우리는 조벽에서 도시간 국도를 타고 수월하게 소웨토에 이를 수 있었다. 약 50여분에 걸친 장거리 운행 도중, 차창 밖으로 이네들의 유일한 대중교통수단인 블랙택시봉고형의 승합차량의 모습이 자주 눈에 띄었는데 승객의 전부 혹은 대부분이 흑인인 그들이 무표정한 얼굴로 나를 째려보고 있었다. 순간, 현지주민이 아닌 외지인이 블랙택시를 타면 일시에 강도로 돌변하는 승객들의 테러에 노출되므로 조심해야 한다는 우리 교민들의 충고가 생각나 섬찟했다.

소웨토는 입구 초입에 위치한 백인 지주들의 부유 연립가옥 몇 채들을 제외하곤 하층 빈민 흑인들의 집단거주지임을 말해 주듯 궁색한 회색 풍경으로 점철되어 있었다. 옛 금광노동자들의 합숙소였다는 벽돌상자형 연립건물, 돼지우리 같

은 판자집과 불결하기 짝이 없이 방치된 조립식 화장실, 오물 투성이의 놀이터에서 뒹구는 아이들, 희번덕거리는 눈동자로 버스를 올려다보며 할 일 없이 노변을 배회하는 흑인 청년들, 이런 안타깝고 어두운 무게에 천문학적 병상수를 자랑한다는 아프리카 최대 공립병원소웨토 종합병원의 거대건

물과 간판이 무색해지고 있었다.

고급 관광버스에서 내리지도 않고 소웨토 중심지 일대를 주유周遊한 우리는 만델라의 이혼한 전부인 위니 만델라 여사의 저택과 그녀가 운영하는 유치원을 지나 만델라 가족 박물관1946년 경 만델라 가족이 살았던 곳을 박물관으로 사용하고 있음과 헥터 피터슨Hector Pieterson 박물관에 들렀다.

만델라 박물관에서는 미국의 흑인 천재복서 슈가 레이 레너드가 만델라에게 선물했다는 WBC 챔피언 벨트가 눈길을 끌었고, 1976년 당시 백인 정권의 아프리칸스남아공의 네덜란드계 백인들이 사용하는 변형된 화란어교습 실시에 항의하다 사살된 12세 소년 헥터 피터슨의 넋을 기리는 헥터 피터슨 박물관에서는 "To hell with Africans" 피켓을 들고 시위하는 흑인 학생들 및 총에 맞은 어린 동생의 시신을 안고 울부짖는 역시 아직 어린 누이의 흑백 사진이 가슴을 저리게 했다.

소웨토의 중식당에서 중국식 점심을 먹는 것으로 우리의 아프리카 일정은 대단원의 막을 내렸다. 조벅의 오탐보OR Tambo 공항에서 SA 286편에 탑승한 나는 13시간의 비행 끝에 8월5일일요일오후 12시 15분 홍콩의 쳅락콕 공항에 도착했다. 그간 잊고 있었던 귀가길이 슬슬 걱정되기 시작했다. 인천공항에서 전화할 때 어안이 벙벙해 하던 아내의 목소리가 적이 신경쓰인다.

서울행 비행기가 갑자기 대만 경유편으로 바뀌는 바람에 인천 도착시각은 더 지체될 것이고 대구까지 내려가려면 새벽 3시 경이 될 텐데 그 때쯤이면 아내는 잠들어 있을 게다. 아들 녀석에게 미리 문자를 보내 문을 잠그지 말라고 통지할 필요가 있다.

환승 대기하는 중에 마누라 동정도 파악할 겸 일단 집에 전화를 걸어보기로 했다. 떨리는 손으로 선불 국제카드의 마지막 코드를 누르는데, 내 주변엔 같이 여행해 내 처지를 알고 있는 일행 모두가 근심 반 호기심 반으로 귀를 쫑긋 세우고 수화기 저편의 반응을 잡기 위해 나를 삥 둘러싸고 있다. 마치 형기를 마치고 귀가하는 남편에 대한 영접 표식인 노란 손수건의 게시 여부를 확인하려 일제히 차창 밖 참나무로 눈길을 쏟는 <노란 손수건>의 버스승객들 같은 표정들이다. 두어 번의 발신음이 떨어지고 나서야 "여보세요?" 또랑또랑한 아내의 목소리가 들려왔다. 심호흡을 길게 한 번 하고 난 뒤, 최대한 불쌍하고 비굴하면서도 다정한 톤으로 "나야, 집에 별일 없었지. 여기 홍콩인데—"까지 읊조리는데, 수화기 저편에선 "전화 잘못 거셨어요." 매몰찬 아내의 목소리와 함께 철컥 싸늘한 차단음이 들려왔다.

사색이 된 나의 어두운 표정을 확인한 <노란 손수건> 일행들이 나와 눈을 맞추지 않으려 애쓰는 사이, 불현듯 말라리아 약 후유증인 듯 쳅락콕 공항의 천정이 내 머리 위에 내려앉고 있었다. 나는 머리를 감싸 쥐고 그 자리에 주저앉을 수밖에 없었다.

제2부

동장군의 위세 속에서; 극동

동장군冬將軍의 위세 속에서; 극동

1. 또 하나의 설국

매번 겪게 되는 일이지만, 새벽 리무진으로 인천공항을 찾아갈 때의 그 심정이란 참으로 처량하고 피곤한 것이다. 그것이 한겨울이면 그 서글픔은 배가되기 마련인데, 어째 이번엔 아직 채 6시가 되지 않은 시각인데도 동토凍土의 섬, 영종도의 공항청사엔 인간들의 거친 숨소리로 활기에 넘쳐 있다. A와 B 카운터 사이의 숱한 여행사 데스크엔 겨울 새벽의 냉기를 잊은 여행객 무리의 허연 입김이 허허롭기만 하다.

아직 집결시각 7시까진 1시간이 남았다. 새벽 2시 대구발 야간버스의 여독에 시달린 육신을 잠시 대기석에서 추스르다 보니 해당여행사 피켓이 등장한다. 중학 시절부터 일본에서 성장했다는 우리의 쓰루 가이드 미스터 김은 적당히 기른 머리와 정형화된 말투에서 벌써 일본풍을 물씬 풍긴다. 아시아나의 마일리지를 적립한 뒤 출입국 수속을 마치고 해당 게이트에서 동행자들의 면면을 살펴보았다. 북해도 2박3일에 49만원 염가란 미끼에 걸려 38인이나 신청을 했다는데 드문드문 보이는 일본인 승객 틈에 섞여 있는 이들 중 누가 일행인지 도무지 종잡을 수 없다.

언제나처럼 죽은 아이 마냥 누워있는 실미도를 건네다 보며 영종도의 발판을 차고 도약한 비행기는 2시간 20분여를 날아 북해도 제2의 도시 아사히가와旭川의 국제공항에 착륙했다.

시계는 2006년 12월 28일 오전 11시 30분을 가리키고 있다. 기대했던 만큼의 은빛 자태는 아니었으나 백색의 여운이 남아 있는 청사 밖 북해도의 겨울 풍광은 나그네의 여심을 금방 사로잡는다.

그 유명한 소설 <빙점>의 무대였을 뿐 아니라, 작가 미우라 아야꼬三浦綾子;1922~1999의 고향이기도 한 아사히가와旭川市를 차창 밖으로 대하는 감회가 왠지 울컥하다. 잔설을 뒤집어 쓴 단층 가옥에서 미우라 아야꼬의 숨결이 느껴지기도 하고 정차한 우리 버스를 물끄러미 바라다보는 앙증맞은 신호등에서 <빙점>의 비애가 각인되기도 한다.

한국전후의 슬픈 시대상을 운명론적으로 터치해 60년대 대표작가 반열에 오른 하근찬은 기행체 소설 <슬픈 장난감>에서 북해도의 관문 하꼬다떼와 만나는 소회를 일본의 국민시인 이시가와 다쿠보쿠石川啄木;1884~ 1912의 슬픈 가정사와 연관시켜 묘사하고 있다.

하꼬다떼 소방서의 망루에 내걸린 표어 "石川啄木이 거닐던 이 거리를 불태우지 마세요."란 글귀는 그대로 작가의 마음을 사로잡아 하꼬다떼란 북해도의 이 작은 도시를 사랑하지 않을 수 없게 했다. 뛰어난 재주를 가진 천재시인이었으나 폐병으로 26세에 요절했던 이시가와가 단지 3~4개월 교편을 잡았을 뿐인 이곳 하꼬다떼와의 인연을 불조심의 표어로 활용하는 소방당국의 로맨스적 발상이 하근찬을 감동시킨 것이다. 여행이 단지 자연적 풍광만을 보는 것이 아니라, 그 속에 녹아있는 인정세태_{人情世態}에 접안하는 깃임을 보여주는 대표적 본보기이다.

차창 밖에서 전해오는 미우라 아야꼬의 흔적과 소통하는 사이, 버스는 아사히가와의 시계를 벗어나 언제부턴가 북해도를 관통하는 도앙도로_{道央道路}로 접어들고 있었다. 도중에 휴게소 1곳을 들르고 북해도의 눈밭을 계속 누비다 보니 어느덧 도로 차단벽 좌우로 웅장한 백색도시의 슛롯이 펼쳐진다.

북해도 제일의 도시 삿포로다! 아사히가와를 출발한 지 거의 4시간이 가까워 오고 있었다. 인구 38만의 아사히가와가 조용한 전원풍이었다면 180

만 인구를 포용하는 대도시답게 삿포로는 거대한 스케일을 자랑하고 있었다. 갓 4시를 넘겼을 뿐인데 벌써 사위가 어둑어둑해 온다. 이시카리만에 인접한 오늘의 목적지 오타루_{小樽}에 도착했을 땐 이미 땅거미가 지고 있었다.

영화 [러브레터]의 배경이었던 오타루 운하에는 먼저 도착한 중국인 단체 관광객들의 시끌벅적한 탄성이 난무하고 있다.

어둠 속에 빛나는 가스등을 운하 속 파인더에 넣어 사진 몇 장을 찍곤 '기타이치 가라스'_{北─硝子}관이 위치한 유리공예의 거리로 발길을 옮겼다. 원래 메이지 시절, 하꼬다떼와 더불어 북해도 제일의 연해 무역항이었던 오타루의 생선창고였던 곳을 개조해 10만 종의 유리공예품을 생산하는 무대로 변모시킨 이곳엔 필설로 형용키 어려운 경건한 운치가 배어있어 여행자를 주눅 들게 했다.

250엔짜리 바닐라 아이스크림을 어린애처럼 빨면서 각종 유리 공예품과 오르골 전시품을 둘러보고 싱싱한 북해도 털게가 이채로운 맞은편 해산물점을 지나쳐 [러브레터]의 촬영지였던 우체통 앞 오르막길을 향하는데 겨울 황혼에 반사된 눈꽃의 실루엣에 눈이 부시다. 어디선가 뱃고동 소리가 나지막이 들려오고 있었다. 북해도의 첫 밤이 속절없이 깊어가는 순간이다.

북해도식 샤브샤브로 저녁식사를 한 식당에서 맛본 삿포로 맥주의 맛은 아사히 맥주에 미치지 못했다. 이곳이 아니면 맛보기 힘든 상품이라 시식한 것에 만족해야 했다. 우리가 묵은 삿포로 아파 호텔은 시내 중심가에서 2~30분 떨어져 있다는 것이 흠이었으나 대형 고층의 1급 호텔이라 시설은 괜찮은 편이었다. 날마다 남녀 탕 위치가 바뀐다는 온천욕탕에서 맛본 노천 사우나의 묘미는 하루의 피로를 보상하

고도 남음이 있었다. 수질은 별로였지만——,

10층 객실에서 바라다보는 삿포로 교외의 한적함이 호텔 맞은편 파친코의 네온사인에 묻혀가고 있었다.

이튿날 제법 푸짐한 호텔 뷔페로 아침을 먹은 뒤, 호텔 현관에서 8시에 출발하는 버스에 올랐다. 이른 아침부터 진눈깨비가 날리기 시작하더니 버스가 삿포로 시내를 벗어나 남서부의 교외도로를 타고 일본 전통온천 숙박업소료칸로 유명한 조잔케이 지역을 지나면서부터 눈발이 점차 거세지며 또 하나의 설국을 연출하기 시작한다.

일반적으로 가와바다 야스나리의 명작 [설국]의 배경이 이곳 북해도인 줄 아는 이가 많으나 사실은 혼슈 서북단의 니이가다新寫이다. 실제 적설량도 나가노 지역과 더불어 일본 최고를 자랑하는 곳이 니이기다라고 한다.

그런데도 만인이 '雪國'하면 북해도를 떠올리는 것은 오츠크의 한류 지역과 인접한 일본 최북단의 지리적 풍광 및 아이누족으로 대표되는 북방 에스키모 계열의 인종에서 기인한 이색적 환경 때문이리라!

나가야마中山 고개 휴게소에서 바라본 북해도의 산하는 그야말로 은백색의 파라다이스 그 자체이다! '눈과 태양과 녹색의 고원'이란 나가야마 고개 휴게소의 입간판이 백색 자화상처럼 우뚝 버티고 서 있다.

폭설로 도로에 눈이 가득 쌓일 경우 노폭을 표시하는 화살표 표식과 바

람은 통과하고 쌓인 눈만 지탱해 주는 사다리형 받침대 등 북해도에서만 볼 수 있는 교통시설을 차창 밖으로 물끄러미 바라보는 사이, '루스츠ルスツ 리조트'라 이름한 스키장과 놀이공원을 접목한 이 지역 최대의 레저시설이 나타난다. 리프트를 타는 내장객이 별로 많지 않은 걸 보니 아직 피크 시즌은 아닌 모양이다.

백설의 눈꽃 축제에 무임승차한 기분을 즐기며 우리는 도야洞爺호수의 전경을 조망하기에 가장 좋다는 사이로サイロ전망대에 도착했다. 호수를 배경으로 저마다 가장 그럴듯한 피사물이 되어 사진을 찍기도 하고 영화 [러브레터]의 "오겐기 데스까" 신의 배경을 연상시키는 눈밭에서 여주인공의 서글픈 메아리 포즈를 흉내내 보기도 하였다.

둘레 43Km의 칼데라 부동호인 도야호수는 엄청난 수량을 자랑하는 북해도의 대표적 관광명소로 인근의 온천장 주인들이 합자해 밤마다 펼치는 불꽃놀이로도 유명하다.

도야호수에서 약 50분간 유람선을 타고 우슈잔과 쇼와신쟌 등 화산군에 둘러싸인 호반의 경치를 일람한 우리는 이어서 우슈잔의 니시야마 분화구 전망대를 거쳐 쇼와신잔이 바로 옆에서 연기를 내뿜고 있는 단체 관광객 식당에서 철판구이로 점심을 들었다. 쇼와신잔의 연기를 쳐다보며 식사를 하는 내내 아까 도야호 유람선 창밖 손잡이에 걸터앉아 물끄러미 날 쳐다보던 갈매기의 처량한 모습이 연상되었다. 혼자 떠난 여행객이 혼자 받은 밥상 앞에서 떠는 궁상인지도 모를 서글픔이 밀려왔다.

우뚝 서서 자신에게 사과를 던져 달라고 박수 신호를 보내는 북해도 불곰의 능청이 이채로웠던 곰 목장 관람을 마친 뒤, 우리는 다시 1시간 30분여를 달려 아따미, 뱃부와 함께 일본 3대 온천의 하나로 유명한 노보리베츠登別에 도착했다.

펄펄 끓어오르는 유황천의 매캐한 냄새와 까마귀 울부짖는 황토빛 구릉의 앙상블이 그대로 지옥의 분위기를 연출하고 있는 지고꾸다니地獄谷를 배경으로 사진을 몇 컷 찍고는 아쉬운 겨울 해를 탓하며 버스에 오를 수밖에 없었다.

일본은 형식상 우리와 시차는 없으나 실상은 우리보다 더 동쪽에 위치한 관계로 한국보다 30분~1시간 정도 더 일찍 해가 뜨고 진다. 따라서 오늘의 최종 목적지요 하이라이트라 할 삿포로 시가에서 좀 더 시간을 보내기 위해선 중간 여정을 효과적으로 단축할 필요가 있다. 삿포로의 관문인 치도세 국제공항을 지나쳐 일본 관광공사 직영의 면세점 한 곳을 들린 후 고속도로를 내달린 우리는 어둠이 깃든 6시 경에야 삿포로시내에 다다를 수 있었다.

시내의 식당에서 게 요리로 저녁 식사를 마친 우리는 버스 차창을 통해 북해도의 상징, 시계탑時計台를 둘러보고는 오도리大通り 공원에서 하차했다. 약 1시간 10분의 자유시간이 주어졌다. 마침 일대에서 '삿포로 화이트 일

루미네이션’연말 연초 시즌, 오도리 공원과 삿포로역, 스즈키노 거리 일원의 나뭇가지에 37만 개의 오색전구를 장착해 점등시키는 조명축제이 펼쳐지고 있어 나그네의 설국에의 환상을 부채질한다.

우선 NHK와 삿포로 시청을 좌측으로, 丸井今井 백화점을 우측에 거느리고 있는 오도리 공원의 상징물, TV 송신탑을 디카에 담았다. 지하철 오도리역과 오도리 지하상가를 발아래 두고 있는 오도리 공원의 지상엔 온갖 조명으로 장식된 컬러풀한 조형물들이 백색 정원과 조화를 이루어 한겨울의 을씨년스런 밤공기를 위무하고 있다. 순간 나는 황석영의 [오래된 정원]이 노래하고 있는 80년대의 노스텔지어에 젖어 들었다.

때 마침 다가오는 7시 정각을 영접하기 위해 공원의 모든 불빛이 소등되더니 스피커에서 여성 아나운서의 카운트멘트가 들려온다. “로꾸, 고, 시, 산, 니, 이찌” 모두가 하나 된 함성 속에 드디어 꺼졌던 불이 다시 켜지며 TV송신탑에 7시 정각을 알리는 “7:00” 표식이 선명해지는가 싶더니 잠시 어둠 속으로 사라졌던 ‘오래된 정원’이 다시 내 시야에 황홀한 자태로 돌아와 있었다.

이 한정된 분량의 환희와 낭만을 능력껏 퍼 담기 위해 나는 전장 1.5Km에 달하는 오도리 공원의 동서를 속보로 내달리며 무분별하게 디카의 셔터를 눌러댔다. 그리곤 공원의 서쪽 끝자락에 닿았을 때, 불현듯 특정상표의 지갑을 애타게 주문하던 딸아이의 목소리가 생각났다. 순간 ‘오래된 정원’을 완상하던 나의 환상은 일시에 무너져 버리고 말았다. 난 박두한 버스 출발시각에 맞추기 위해, 삿포로의 낭만이 실려 있는 스스키노 거리는 돌아볼 엄두도 내지 못하고 오도리 공원 극서단에서 파르코 백화점이 위치한 니시산쪼메西3丁目까지 백설에 뒤덮인 은빛가도를 달음박질하지 않을 수 없었다.

　파르코 백화점은 삿포로의 운치를 가득 실은 노면전차가 주행하는 종점 어귀에 위치하고 있었다. 노면전차에서 새나오는 황홀한 잔광을 주워담을 새도 없이 부리나케 백화점문을 박차고 들어선 내게 어린 여점원은 "스미마셍"을 연발하며 여기는 신관이라 그 상품이 없다며 지척의 본관 4층을 가리킨다. 이미 시계는 버스 출발시각을 5분 여 남겨두고 있을 뿐이다. 눈물을 머금고 돌아서야 했다.

　딸아이의 실망한 표정을 가슴에 담으며 버스를 향해 오도리 공원 건너 차도를 무단 횡단하는 내 등 뒤로 雪國의 이지러진 달이 준엄한 표정으로 꾸짖고 있다.

　호텔 온천탕에서 노천 사우나를 마치고 혼자 자는 싱글룸으로 돌아오니 이곳을 프랜차이즈로 한 올 재팬시리즈 우승팀 '닛본 햄 화이터스'의 간판 야구선수 '신조'와 어느 투병소녀팬 사이의 눈물겨운 스토리가 TBS 채널을 통해 방영되고 있다. 급히 다른 쪽  채널을 돌려보니 우리 드라마 [대장금]이 일본어 더빙으로 흘러나오고 있다.

　어느새 창밖으로 거센 눈보라가 휘몰아치고 있다. 삿포로 아파 호텔의 10층 창밖으로 내려다보는 2006년 12월 29일 밤 11시 40분, 삿포로시 미나미구 가와조에 4가 2번지의 아스팔트는 순식간에 백색 물감으로 도배되고 있었다.

2. 영한迎寒의 나락에서

　2008년 1월11일, 새벽 리무진으로 찾아가는 인천공항은 언제나 마음을 들뜨게 한다. 2박3일 국적기아시아나 마일리지 적립를 이용한 19만 9천원의 염가에 또 낚이고 말았다. 순진한 S선생까지 꼬셔서——. 공항 톨게이트를 지나면서 옆자리 S선생이 눈이 온다고 외쳤을 때만 해도 그런가 보다고 생각했었다. 이보다 더한 눈에도 정상 이륙한 적이 어디 한 두 번이었나? 2000년 1월, 김포공항 시절의 大雪亂 때 꼬박 24시간을 공항에서 기다린 적이 있긴 하지만, 그 땐 지금과 비교가 안 되는 暴雪이었기에 어쩔 수 없었던 게지, 이번엔 정시 이륙에 아무런 문제가 없어 보였다. 허나 정시 탑승에 아무런 문제도 없었던 비행기 내부에 긴장이 흐르기 시작한 건 풀 죽은 기장의 이륙지연에 따른 사과 멘트 때부터였다. 과거를 숨기고 시집온 새색시의 가냘픈 목소리마냥, 곰살맞도록 사근사근한 토운으로 비행기아 시아나 OZ301날개 위에 쌓인 눈을 치워야 하므로 이륙이 약 30분간 지연될 것임을 전하는 기장의 안내방송이 처음 수신되었을 때의 떨떠름함은 지연 시간이 갈수록 길어져 2시간을 지나 3시간에 가까워오자 점차 분노로 바뀌어 가고 있었다.

더구나 지금의 현 위치에서 날개의 눈을 제설하는 게 아니라, 규정상 제설 주기장까지 이동해서 제설을 한 뒤 다시 이륙 대기를 한다는 것인데, 우리 비행기는 제설 주기장까지 이동하는 5번째 순서라는 것과 우리와는 다른 쪽에서 제설주기장에서 접근하는 또 다른 일군의 비행그룹까지 포함하면 곱빼기가 된다는 사실을 알게 된 후, 모든 승객은 심사가 뒤집힐 대로 뒤집혀 있었다. 결국 4시간이 지나서야 제설 주기장에 도착해 날개의 눈을 제거할 수 있었고, 그 후 다시 활주로에 도열한 선입 비행기 행렬에 따라 대기하기를 30여분, 도합 4시간 반을 비행기 속에 갇혀 있다 가까스로 영종도 상공으로 날아오를 수 있었다. 가히 엽기적 출발이었다.

대구에서 새벽리무진으로 인천공항까지 4시간, 인천공항 바닥 위의 비행기 동체 속에서 4시간 반을 기다린 끝에, 정작 인천에서 대련 공항까지 날아가는데 걸린 비행시간은 50여 분에 불과했다. 실로 어이없는 웃음이 승객 모두의 얼굴에 번지고 있었다.

단체 비자로 출입국 수속을 받았는데, 올림픽을 앞두고 있어서인지, 아니면 한국인 사업가들이 많이 진출해 있는 對韓 交易 中心 都市여서인 지는 몰라도 CIQ 종사 공무원들의 친절한 인상이 퍽 고무적이었다. 한국어로 그들의 친

절도를 즉석 평가해달라는 멘트가 작은 박스 속에서 주기적으로 녹음 방송되고 있을 정도였다.

흑룡강성 출신의 젊은 조선족 가이드는 때 늦은 점심식사를 위해 우선 우리를 한식당으로 안내했다. 그런 대로 맛을 낸 된장찌개와 갖가지 한식 반찬으로 첫날부터 차질을 빚은 여행에의 불만을 잠시 식힐 수는 있었으나, 공항 인근 하류식당의 불결한 환경이 언제까지나 우리를 유쾌하게 할 순 없었다.

우리와 역사적, 지정학적으로 긴밀한 동북3성요녕성, 흑룡강성, 길림성중에서도 청일 및 노일전쟁 이래 가장 밀접한 관계를 갖게 된 요녕성의 최남단 항구로 군사전략 및 교역상의 중추적 기능을 수행하고 있는 대련은 최근 패션섬유산업으로 각광을 받고 있는 인접권 인구 600만의 대도시이다. 즉 안중근의사가 투옥되었던 여순, 고구려 천리장성이 자리했던 금주를 비롯해 와방점, 보축점 등 인근 시역을 합치면 600만에 이르는 메트로폴리탄시티에 이르나, 대련 시 자체의 인구는 300만 정도라는 것이다. 이중 한국인 교민이 약 3만에 이르고 한국 기업이 약 2,000개 정도라니 그 활발한 교역상을 알고도 남

겠다. 1899년 러시아가 근대도시로 개발한 이래, 노일전쟁을 거치며 일본의 지배를 받았고 오늘날까지 약 100 여년의 역사를 가진 이 도시엔 현재 6 개의 대학이 난립해 이 지역 고등교육의 산실로 기능하고 있었는데, 금석탄 지구 가는 길에 본 무술학교와 패션학교가 특히 눈길을 끌었다.

바다 영향으로 안개가 많다는 이 도시의 겨울은 한 마디로 酷寒 强風으로 요약될 수 있을 듯하였다. 영하 10도라지만 매서운 칼바람 탓에 영하 20도는 족히 넘어 보이는 酷寒을 피해 우리는 실내의 대련 현대 박물관을 첫 목적지로 택했다. 그러나 한겨울 손님이 뜸했던지 이미 3시 반에 폐관해 버린 박물관에서 바람을 맞은 우리는 주변의 성해광장으로 향할 수밖에 없었다. 1997년 쓰레기장을 매립해 아시아 최대의 광장으로 조성했다는 이곳엔 조정, 야구, 요트 등 각종 체육활동을 묘사한 모형상을 주변원으로 중심부엔 오색의 화원과 차로가 각종 설치물, 가로등과 함께 입체적으로 설계되어 있었다. 우리는 광장 주변의 바닷가에서 매서운 칼바람을 맞으며 1999개의 발자욱이 찍혀진 조형물과 각종 설치물을 배경으로 이빨 시린 사진들을 찍어댔다. 그리고 누가 먼저랄 것도 없이 버스 속으로 냅다 질러갔다.

광장 북편에 마천루를 연상시키는 몇 동의 고층 첨탑건물이 보여 물어봤더니 이 지역 최고의 고급 아파트인 '국보아파트'로 160평까지 있단다. 우리는 국보 아파트를 우측으로 돌아 일정표상에 기재된 해변도로를 타고 '북대교' 다리를 건너

대형 호랑이 조각으로 유명한 '노
호탄' 광장까지 버스로 주유하였
다. 차창 밖으로 겨울바다와 등대
가 곡각진 해안도로의 어설픈 시
각 사이로 눈에 들어찼지만 워낙
사나운 일기 탓에 하차해 풍광을
즐길 엄두가 나지 않았다.

　겨울철 중국 기행상품3~4일들이 비행기 요금에도 못 미치는 10만원대
를 횡행하게 하는 이유를 다시금 절감하게 하는 맹추위였다.

　가이드에게 1위안을 빌려 노호탄 광장의 공중화장실에서 나 홀로 소변
을 보고 버스로 향하는 등 뒤로 발해만의 강풍이 사정없이 내리치고 있었
다. 석양에 비치는 버스의 낭만적 자태를 悠悠自適 즐길 새도 없이 '걸음
아 날 살려라'고 버스 속으로 도망갈 수밖에 없었다.

　별 특색 없이 관광객 상대의 고가품을 파는 카페트 및 기념품 상점 한
곳을 들른 후, 중국식으로 푸짐한 저녁식사를 마치고, 네온사인 찬란한 대
련시내를 휘돌아 대련역두에 위치한 숙소 일월담호텔에 도착했을 때 현지
시각을 알리는 시계는 밤 8시를 가리키고 있었다.

　겨울기차의 기적에 묻혀 요동반도의 힘들었던 첫 밤이 깊어가고 있었다.

　2008년 1월 12일, 대련에서의 둘
째 날이 밝았다. 전날 추위에 혼이
빠졌던지 숙면을 취할 수 있었다. 밤
새 드나들었을 기차의 기적소리도
단잠을 깨우진 못했나 보다.

　13층 객실 창밖으로 역 플랫홈
에 정차한 객차의 긴 행렬과 함께

동토의 땅에서 출근길에 나선 대련시민들의 모습이 눈에 들어찬다. 허름

한 역두 주변건물 너머로 타워크레인 비슷한 철탑들이 보이고 이에 포개져 어젯밤에 미처 보지 못한 바다가 드디어 자태를 보인다. 대련의 겨울바다는 이상스레 근엄한 풍경으로 내게 다가온다.

3성급 호텔인 일월담 호텔의 조식은 '영 아니올시다'이다. 세계화완 거리가 먼 중국식 일색의 중하류식당이다. 별로 위생적이지도 않고 향료와 향채류가 입맛을 떨군다. 이제껏의 어느 중국 3성 호텔 식사보다 못한 편이다. 우범지대를 연상시키는 역두 골목길의 위치와 더불어 아침 식사가 이 호텔의 가장 큰 문제점인 듯하다. 그런대로 무난한 객실과 유명하다는 5층 빠 '대동강'의 명성에 걸맞는 리모델링이 시급하다고 봐야 할 듯—.

9시 정각 호텔을 출발한 우리 일행은 겨울 아침의 생기가 동토를 깨우고 있는 대련 시가를 벗어나 금석탄 지구로 향했다. 아직도 전차가 다니는 대련 도심에서 신구형의 서로 다른 모델을 보는 건 퍽 이색적 체험이었다.

시 외곽의 신도시를 지나 고구려 산성이 위치한 大黑山이 멀리 바라다보이는 도로를 약 50분여를 달리니 금석탄 관광지구 안내판이 보인다.

신도시 초입에서 승용차와 소형버스의 충돌현장을 목격한 직후라 모두들 표정들이 떨떠름하다. 차량파손 상태로 보아 승용차 조수석 탑승자는 거의 사망했을 것 같다.

좌회전 신호가 끊어지고도 3~4대는 기본으로 지나가는 중국식 운전법이 못내 조마조마하더니—. 아무리 올림픽이라 뭐다 해서 국가적 계도를 한다지만 문화는 일조일석에 이뤄지는 게 아님을 다시 한 번 절감케 한다.

요동반도 동쪽, 그러니까 황해안에 위치한 金石灘 지역은 이제 막 개발되기 시작한 신도시 개발구를 끼고 있는 곳으로, 여름 피서 관광지로 유명한 황금해안의 주가를 디즈니랜드를 유치해 배가시키고 있는 중이었다. 가히 중국 대륙과 중국인들의 무서운 저력이 새록새록 느껴지는 곳이기도 하였다. 우선 우리는 세계적 저명인사들과 풍물, 사건들을 밀랍인형을 비롯한 각종 자료로 표구, 전시한 밀랍인형관과 금석탄 해역의 기암괴석을 전시한 지질박물관, 그리고 모택동의 생애 관련 자료와 기념 뱃지를 전시한 모택동 주석 像章陣烈館 등을 거쳐 겨울 바닷바람이 예외 없이 뼛속을 파고드는 황금해안에서 사진을 찍은 뒤 서둘러 식당으로 내달았다.

점심을 든 한식당은 신도시 중심가에 위치한 곳으로 한국인 여주인의 깔끔한 외모만큼이나 음식도 훌륭하고 시설도 좋아서 어제 공항 부근의 한식당과 비교되었다. 아까 모택동 진열관에서 뚜껑에 모택동이 그려진 68위안짜리 태엽시계를 40위안에 깎아 산 나는 아무래도 바가지를 선 것 같아 식사 중에도 자꾸 포켓에 손이 갔지만, 체코 여행 시 산 소련제 태엽시계를 잃어버린 아들 녀석에게 줄 선물이라 생각하니 한결 마음이 가벼워진다.

　점심식사 후 우리는 대흑산에 위치한 고구려 천리장성의 최남단 발원지 卑沙城 등정을 향해 버스에 올랐다. 비사성까진 걸어서 약 40분인데, 바깥 날씨가 드세니 승합차를 이용할 사람은 인당 30위안씩 내란다. S선생이 일단 걸어가지고 사인을 보내기에 운동도 할 겸 그러자고 했다. 그러나 성 아래 주차장에서 하차해 보니, 산자락이라 그런 지 바람이 장난이 아니다. 게다가 대부분의 일행이 승합차로 먼저 떠나고 덩그라니 5명의 사내만이 남았는데 다들 표정이 누군가 승합차 타고 가자고 먼저 말을 꺼내면 동조할 기세다. 이때 가이드가 "오늘 같은 날 걸어서 가면 얼어 죽기 딱 알맞다"며 돈 때문이라면 자기가 낼테니 승합차 타고 가잔다. 우리 5명은 진작 그럴거지 하며 일시에 차속으로 줄행랑쳤다.

　비사성 정상엔 點將臺라 이름한 망루지휘소가 있었다. 산 정상이라 바람은 산 아래 주차장과는 비교가 되지 않을 정도로 맹렬했다. 찬찬히 이곳에서 고구려인의 옛 기상과 천리장성 축성을 감독한 연개소문의 사적을 기리며 성의 구조를 분석해 보리라던 계획은 일순에 물거품이 되고 말았다. 체감기온 영하 30도에 육박하는 산바람은 사진기 셔터를 누르는 2-3초의 간격을 참을 수 없을 만큼 손을 시리게 했고, 그 2-3초의 시간을 견디기엔 너무 고통스러운 모델들의 일그러진 표

정엔 광기마저 서려 있었다. 광풍이 몰아치는 험한 산성 아래의 돌산 바위 더미를 내려다보며 이런 겨울에 여기를 공격해 오는 '미친놈'은 아무도 없었을 거라며 우리는 이구동성으로 고개를 끄떡여 댔다. 약간 바람이 수그

러진 틈에 점장대 아래쪽에 위치한 천년 사찰 석고사를 잠시 구경한 우리
는 서둘러 승합차에 올라 하산길을 재촉했다. 석고사에선, 경내 마당에 위
치한 여러 개의 석불상과 절에서 키우고 있는, 사나운 사자 얼굴을 한 기
묘한 형상의 개가 눈길을 끌었으나 조용하고 찬찬하게 경배할 시간을 가
질 수 없어 아쉬웠다.

이태전, 겨울철 알래스카의 추위를 경험한 나로선, 그보다도 몇 갑절은
더 혹독한 대흑산 정상의 맹추위에 할 말을 잊었다.

따뜻한 실내가 그리워진 우리는 대련의 현대사를 장르와 문물별로 정
리한 현대박물관에서 2시간여를 보낸 후, 짝퉁 잡화점과 발마사지 업소를
거쳐 딤섬 요리로 저녁식사를 들었다.

50도 넘는 고량주와 갖가지 딤섬 및 중화요리로 거나해진 틈에도 내 눈
은 아까 짝퉁 쇼핑점에서 구입한 5만원짜리 이태리제 페딘 가방으로 쏠린
다. 대학생이 된 딸아이에게 줄 선물인데, 딸아이가 어떤 반응을 보일지
자못 궁금하다.

호텔로 돌아오는 길에, 우리는 가이드에게 10위안씩의 성금을 내고 대
련의 밤거리를 구석구석 누벼보았다. 북풍한설 몰아치는 거리를 직접 걷
기는 자살행위라, 대련의 동서를 가로지르는 버스투어를 택한 것이다. 돛
단배가 멋있게 포진한 로터리로부터 시작된 우리의 야경 투어는 대련의
메인로드인 인민대로 주변의 최중심 번화가5성급 호텔 샹그릴라와 프라마 호텔이 들

어선를 거쳐, 중산광장, 인민광장,
성해광장을 순환해 호텔로 되돌아
오는 코스로 진행되었다. 시청사
와 법원, 공안국이 들어선 인민광
장의 휘황찬란한 야간조명과 중산
광장에서 인민광장에 이르는 중산
로 주변의 야광 수목들이 뻗어가는

중국의 위상을 그대로 대변해 주고 있는 듯했다. 특히 야광등이 여러 개 포
개져 있는 소위 '아카시아등'이란 게 이색적이었다. 별 볼일 없이 끝나가는
2박3일의 대련여정에 별 볼일 있는 단서를 붙여준 야경 투어였다.

　한국 거류민과 관광객이 많은 도시라 그런지, 객실에서 한국 TV KBS,
MBC, SBS를 수신 시청할 수 있어 한국보다 1시간 이른 시각한국과 1시간 시차에
[조강지처 클럽], [황금신부], [겨울새] 등 한국 드라마들을 닥치는 대로 보
고 일찍 잠자리에 들었다.

　이튿날, 몸서리치는 호텔조식을 마친 우
리는 20세기 초 러시아인이 건설한 러시아
거리에서 이색적 풍광의 건물을 배경으로
사진을 찍고는 곧장 공항으로 향했다.
　정시에 출발하는 아시아나 국적기OZ302가
우리를 맞았다. 정확하게 13시 10분, 넓이
뛰기 선수가 발판을 구르듯 활주로를 박차
고 오르는 비행기 창밖으로 동토의 땅, 대련
이 아쉬운 듯 눈물짓고 있었다.

인도는 있다;
북인도

NATIONAL PERMIT
J P
GOODS यादव CARRIER
SHYAM COACH
TATA
HR38 H 7500

제3부

인도는 있다; 북인도

1. 스산한 출발

2006년 8월8일 오후 2시 15분, 에어 인디아 AI 311편은 우리의 기우를 일축하듯 정시에 인천공항을 이륙했다. 좌석의 채 3/1도 채우지 않은 여유로운 탑승상황 탓에 기내는 칸칸이 거의 '침대모드'로 널부러진 승객들의 다양한 모습들로 얼룩져 있다.

복도 쪽 좌석을 배정받았지만 창가 좌석이 공석인 바람에 나도 핸디캐리지 배낭을 좌석 위에 얹어두고 여유로운 공간의 혜택을 구가할 수 있었다. 그러나 이 특혜는 첫 경유지인 홍콩까지만 유효했다. 홍콩에서 꾸역꾸역 밀려들기 시작한 까무잡잡한 살갗에 희번뜩이는 눈동자의 인도인들로 어느새 기내는 빈자리를 찾을 수 없는 만석이 되어갔고, 서너자리를 독점하고 비즈니스석 부럽잖은 임시침대를 가설했던 한국인 승객들의 표정엔 아쉬움을 넘어 허탈한 박탈감으로 가득했다. 그렇게 비행기는 10시간여를 날아 인도의 관문 델리 공항에 도착했다.

현지시각은 같은 날 오후 9시 10분 경, 인도와 우리의 시차는 3시간 반.

수화물이 없었던 탓에 1착으로 통관 절차를 마치고 나오니, 한글 표지판을 든 인도인 가이드 산토스_{한국명; 삼성}가 반갑게 맞는다. 일행 16인이 모두 모이는데 35분쯤이 소요되었다. 비록 패키지라고는 해도 인도라는 만만찮은 코스임에도 예상외로 60~70대의 노친네를 비롯해 평균연령이 꽤 높은 편이다.

산토스를 따라 공항청사를 나서 대기 중인 버스로 향하는데 릭샤와 택시, 숙박업소의 호객꾼, 관광업자, 걸인 등이 우리 뒤에 수행비서처럼 따라붙는다. 열대야의 청사 밖 바닥엔 오물과 함께 널부러져 죽은 듯 숙면에 취한 부랑자도 간혹 눈에 띈다. 드디어 내가 '이 시대의 살아있는 인간 박물관' 인도에 도착했음을 실감하는 순간이다.

인도의 관광버스는 특이하게도 조수와 함께 사용하는 비교적 넓은 운전사의 전용공간이 칸막이로 분리되어 있다.

원래 대학에서 생물학을 전공한 교사지망생이었던 우리 가이드 산토스는 4년 전 서울대 어학당에서 7개월4개월은 정식 과정동안 한국어 교습을 받고 한국인 인바운드 투어에 종사하게 됐단다. 한국문화를 익히기 위해 한국음식부터 도전했다는 그는 집에서 된장찌개에 어설픈 김치를 만들어 먹을 정도로 한국매니아가 되었다며 기염을 토한다. 그러고 보니 아리안계보단 드라비다계에 가까운 까무잡잡한 피부에 영리한 눈매가 퍽 호감을 주는 청년이다.

약 50분 여 거리의 숙소로 향하는데, 창밖엔 늦은 시각임에도 곳곳에서 대중교통수단을 기다리는 숱한 인파들로 그야말로 인산인해다. 내일이 이곳의 명절이라, 밤늦게 친지들과 나눌 선물을 사러 나온 사람들이 귀가 버스를 기다리는 중이란다. 인구 12억 대국의 생생한 파노라마를 공항 어귀서부터 실감한다.

마크 트웨인이 왈 "인도에 1주일 있으면 소설 1권을 쓰고, 7개월 있으면 시를 1편 쓴다."는데 딱 1주일, 그것도 주마간산격 패키지여행을 온 내가 과연 어떤 엉터리 소설을 쓸 수 있을 런지, 야간군중의 행렬로 다가오는 이 밤의 열기가 묘한 긴장감을 불러일으킨다.

2. 델리는 염제炎帝에 젖어

나의 방 파트너는 T대 2년생인 홍인성군. 180을 넘는 장신에 탤런트 뺨치는 수려한 용모가 일행 모두의 시선을 사로잡기에 족하다. 이미 학군단 후보생ROTC으로 선발돼 병역문제에 관한 고민도 해결된 터라, 평소 묘한 관심을 불러일으키던 인도에서 사제인간겨울방학땐 ROTC 가입단 교육으로 홍역을 치룰 터이므로으로서의 마지막 방학을 보내고 싶었단다. 생애 첫 해외여행을 하필 녹록치 않은 인도로 택했냐며 물었더니 돌아가신 할아버지께서 인도를 오가며 명상수련을 해오셨기에 언젠가 자기도 꼭 가보리라 마음먹었었단다.

모처럼 해외여행지에서 아들뻘의 남아와 동숙을 하게 되니 창가에 부서지는 인도의 달빛에도 생생히 윤기가 흐르는 듯하다.

이튿날, 6시 기상, 7시 조식, 8시 출발의 일정을 칼 같이 준수한 일행은 우선 첫 행선지인 매머드급 회교사원 '자미 마스지드'Jami Masjid로 향한다. 어젯밤 야간의 시계에서 제대로 살필 수 없었던 이색적인 차창 밖 풍경이 우리의 시선을 사로잡는다. 산토스가 어젯밤, 3년 전 수도 델리의 임자 없는 소들을 시골로 다 보내 거리가 한결 깨끗해졌다던데, 간간이 도로 한가운데와 그늘진 곳에 무심히 걸터앉아 있는 牛소들이 눈에 띈다. 아마 생포 작전 당시에 잠복근무 중이었던 소들인가 보다! 문제는 이런 소들이 아직도 무척 많이 델리의 시가를 버젓이 배회하고 다닌다는 거다! "뭐가 잘못 됐수?" 하는 듯——.

숱한 민중의 암묵적 추종과 동의로 지탱되어오던 오랜 관습을 행정력으로 일시에 해결하기가 얼마나 무망한가를 보여주는 좋은 증좌이다. 하

물며 12억 인구의 90%가 절대빈곤에 시달리면서도 현상의 굴레에서 적극적으로 벗어나려 하기보단 오히려 대대로 물려온 인습에 더 집착하려는 인도 땅에서야 더 말해 무엇하리요!

내려쬐는 땡볕에도 긴팔 옷차림에 남루한 행색으로 오가는 행인들, 직사광선에 온몸이 익어 가는데도 자신의 고정위치를 사수하며 졸고 있는 걸인, 온갖 너저분한 분비물과 쓰레기가 어지럽게 널려있는 거리와 골목, 도심을 조금만 벗어나면 차선 없이 뒤엉켜 소리 없는 아우성으로 밀려드는 온갖 탈것들차, 릭샤, 자전거, 수레, 오토바이 등과 인파들의 물결.

차창 밖에 비친 밝은 날, 델리의 풍경은 그네들에겐 지극히 평범하겠으나 관광객들에겐 별스러울 수밖에 없다.

오늘날의 인도를 거의 홀로 먹여 살린다는 '타지마할'을 건설한 무굴제국의 건축매니아 샤 자한 최후의 걸작품1644년에서 1656년에 걸쳐 지어짐이라는 '자미 마스자드'는 이슬람풍이 물씬 풍기는 올드 델리 어귀에 위치하고 있었다. 10,000 여명이 동시에 예배를 볼 수 있다는 이 거대한 규모의 회교사원 출입구가 붉은 색 사암으로 온몸을 화장한 채 고상한 오만을 부리며 우리 앞에 버티고 서있다. 입구 계단에서 사진을 찍고 카메라를 맡긴 채, 신발을 벗고 입장해야 했다. 내부 촬영엔 카메라피를 별도로 내야 하기 때문——.

모든 회교사원이 그렇듯 이곳도 메카가 있는 서쪽 방향으로 예배본당이 향하고 있고 입구는 동, 남, 북쪽에 있는데 우리는 북쪽 출입구를 통해 출입하였다. 어차피 회교신도가 아닌터라, 뜨거운 한여름 인도의 땡볕에 인상들을 잔뜩 쓰던 우리 일행은 올드 델리의 풍광을 한눈에 감상할 수 있는 전망 좋은 사원 망루에서 다행히 그늘을 내려주신 하느님의 은혜에 감

읍할 뿐이었다. 역시 샤자한이 델리에 건축한 또 하나의 장관 '붉은 성'Red Fort이 웅장한 자태로 맞은편에서 우리에게 손짓하고 있었다.

다음으로 우리가 향한 곳은 마하트마 간디의 육신을 화장했던 화장터, '라즈 가트'Raj Ghat. 뛰어난 공원 조경과 함께 간디가 화장된 자리에 흑색의 대리석 제단이 축조되어 있었다. 아직 한국어가 서툴렀던 산토스가 가이드를 처음 하던 날, 엉겁결에 '간디의 화장실'로 소개해 모두를 포복절도 케 했다는 이곳엔 묘한 정적이 감돌 뿐, 특별한 감회는 느낄 수 없었다. 소고를 연상하는 타악기를 조용히 두드리며 간디를 숭배하는 전통복장 차림의 세 남자가 무언가 일정한 후렴의 구문을 외면서 주변을 선회하는 모습이 인상적이었다.

여기서 산토스는 세계적인 성인으로 추앙받는 비폭력 무저항주의자 간디에 대한 인도인들의 또 다른 시각을 우리에게 전해 주었는데, 그것은 간디의 지극히 소극적인 투쟁방식 탓에 영국정부의 농간에 말려 오늘날의 인도가 통일되지 못하고 파키스탄, 방글라데시 등으로 분열되었으며, 그래서 '간디'를 다룬 할리우드 영화가 만들어지는 등 의도적으로 서방에서 간디를 부각시키고 있다는, 다소 충격적인 내용이었다.

연이어 세계 1차 대전에서 산화한 인도 군인을 위한 위령탑으로 건립되었다는 개선문 스타일의 '인도문'인디아 게이트;India Gate 앞에서 한껏 폼을 잡고 기념 촬영을 한 우리는 라즈파트Raj Path의 대로를 우회해 대통령궁과 의사당 건물을 버스로 둘러보았다.

'해가 지지 않는 대영제국'의 신화를 구가하던 제국주의 시절, 영국은 그네들과 연관한 모든 전쟁에 식민지 군대를 투입해 방패막이로 활용했고

자국 젊은이들의 희생 대신 이들의 피땀으로 얻어진 식민지의 열매들을
고스란히 추수해 갔다. 세계 1, 2차 대전과 남아공의 보아전쟁은 물론, 세
계 각지의 숱한 국지전에서 영국 병사를 대신해 죽어간 식민지 용병들의
무덤 위에 그들은 갖은 명분의 위령탑과 기념일을 만들어 위무해 주었다.

1차대전시, 터키 갈리폴리 반도 침투작전에서 영국군을 대신해 전멸했
던 호주, 뉴질랜드 연합군의 영령을 기리기 위한 '안작데이'ANZAC Day
Australian and New Zealand Army Corps ;우리의 현충일과 비슷한 기념일, 4월25일도 같은 맥락
에서 생각할 수 있을 거다.

그런데 아직도 숱한 영연방 회원국들이 영국여왕의 생일행사에 자국의
문화사절을 파견하는가 하면, 입으론 영연방 탈퇴를 외치면서도 실질적으
론 은근히 영국 제도권에 기대려는 이중적 태도를 유지하는 걸 보면, 국민
적 정서와 현실적 이해관계가 괴리된 국제질서의 기묘한 마법에 혀를 내
두르게 된다.

인도의 명물 '탄트라 치킨' 요리로 점심식사를 마친 우리가 식당 밖의
나무그늘 아래서 잠시 쉬는 사이, 일군의 어린 거지들이 각종 묘기를 선보
이며 우리의 주의를 끌기 시작한다. 제대로 먹지 못해 뼈만 앙상히 남은
소년이 어른 주먹이 들어갈 만한 원형 루프 사이로 몸을 빼내는가 하면 양
팔을 어깨 뒤로 보내 다리 밑으로 통과시키는 등 그야말로 '몬도가네식 아
크로바이트'를 연출하고 있다. 10m후방에서 젖먹이 아기를 들쳐 않고 계속
하라며 비정한 사인을 보내는 어머니
의 눈치를 힐끔 힐끔 보면서——.

에어컨 빵빵한 차창 밖으로 마지
막까지 포기하지 않고 애처롭게 동
냥을 구걸하던 거지 소녀의 절망스
런 표정이 스러져 가고 있다.

　인도의 한여름 태양이 더욱 매섭게 헐떡이기 시작한 오후 2시경, 우리는 무굴의 이슬람 세력에 대항키 위해 힌두교에서 파생된 저항적 종파인 시크교의 사원을 찾았다. 인도북부 암리차르의 황금사원과 머리에 두른

터어번으로 상징되는 시크교는 힌두교에 비해 나눔을 실천하는 종교로, 비교적 유복한 사람들이 신도여서 그런지 옷차림도 여느 인도인들에 비해 깔끔했고 푸른 연못을 배경으로 한 황금 빛 지붕의 사원엔 화려한 운치가 돋보였다.

　때 마침 가족나들이를 나온 상류층 신도들에게 그네들의 전통음식너무 달아 먹기에 부담스러운을 대접받고 그들 가족과 기념촬영까지 한 우리가 사원을 나설 때, 화려한 사원입구의 땡볕 아래 온몸에 파리떼를 휘감은 소년이 악마의 오수를 즐기고 있었다.

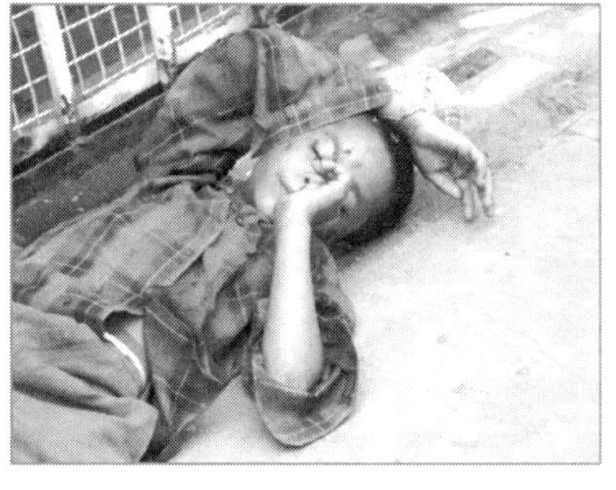

　이어서 바하이교이슬람과 기독교를 혼합한 신흥종교로 이란 출신의 바하올라가 창시함.의 아름다운 사원인 '연꽃사원'을 둘러보았는데, 힌두교와 이슬람의 나라인 인도의 심장부 델리에서 바하이의 사원을 보는 것도 이색적이었지만 시드니 오페라하우스보다 오히려 더 정교한 아름다움을 발하는 9면체의 연꽃형 곡각미는 우리를 전율에 떨게 하기에 족했다.
　델리에서의 마지막 일정은 유네스코 문화유산에 선정된 최고의 볼거리, '꾸듑 미나르 유적군'Qutab Minar Complex.

12~13세기 이곳을 유린했던 이슬람 정복자 '꾸듭 웃딘 에이백'Qutab ud din aibak; 델리 술탄국의 첫 군주로 노예왕조의 시조이 힌두교 사원을 부분적으로 파괴한 터전 위에 이를 재활용해 이슬람사원으로 리모델링(?)한 이곳 유적군에서 가장 눈길을 끄는 것은 뭐니 뭐니해도 역시 72.5m 짜리 승전탑 '꾸듭 미나르'.

당시의 건축기술로 이룩한 이 거대한 위용의 5층짜리 탑은 해시계로도 활용되어졌다는데, 1982년 단체 관람 중이던 초등생들의 집단 낙사사고 이후, 내부계단을 이용한 정상 등반이 제한되고 있다. 탑 주위에 산재한, '이슬람의 힘'을 의미하는 인도 최초의 회교사원, '쿠와트 알 이슬람 모스크'Quwwat-ul-Islam Mosque의 유적군은 이슬람의 외피에 힌두의 문양이 혼재한 인상적인 '적과의 동침' 현장이기도 했다.

바라나시행 야간 기차 시각에 맞추기 위해 역으로 향하는 우리의 버스 위로 좀체 기가 죽지 않은 델리의 뜨거운 태양이 마지막 신음을 내뿜고 있었다.

3. 역사보다 깊은 도시, 바라나시

저녁 6시 25분에 출발하는 바라나시행 야간 침대열차를 타기 위해 델리역에 도착한 시각은 한여름 태양이 마지막 신경질을 부리던 오후 5시 경.

얼마 전 뭄바이 열차 테러를 비롯해 건국 이래 종족 간 종교 분쟁이 그

칠 날 없었던 인도인지라 역 입구에
서도 검색대를 통과해야 했다. 말로
만 듣던 인도 역의 플랫폼은 시가지
모습과는 또 다른 풍경화를 연출하
고 있다.

찜통더위에 로봇처럼 앉아 선풍
기도 멈춰버린 3등 객차의 설움을 묵묵히 삼키는 서민승객들, 플랫폼 바
닥에 가방을 깔고 누워 오지 않는 기차를 꿈속에서 마중하려는 대기승객
들, 도착승객의 짐을 먼저 차지하려 목 좋은 곳에 퍼질고 앉아 치열한 탐
색전을 벌이는 포오터들, 누우런 때가 묻은 좌판대 음료수에 몰려드는 파
리를 쫓으며 돈 세기에 바쁜 행상들, 어떻게 검색대를 통과했는지 기차 기
다리는 승객에게 구걸하는 꼬맹이들, 그야말로 만화경 같은 델리 역 구내
의 풍경이 뿌연 대낮 아지랑이 속에 피어오르고 있다.

연발착을 밥먹듯한다는 정보와는 달리 바라나시행 열차는 제 시각에
정확히 움직이기 시작했다. 침대좌석 'AS3-14'에 자리 잡은 나는 같은 행
렬에 배정받은 5명의 우리 일행과
함께 현지 랜드사에서 준비한 한국
식 주먹밥 도시락으로 저녁식사를
한 후, 일찌감치 잠자리에 들었다. 3
사람이 앉아 있던 1층 좌석 위로 2개
의 침상을 가로 펼치니 3층 침대가
만들어진다. 3층 꼭대기 침상이 내
자리, 차창 밖에 부딪치는 밤 소나기
소리를 들으며 엉거주춤 3층 침상에
오르는 내 모습이 꼭 배불뚝이 다람
쥐 같다.

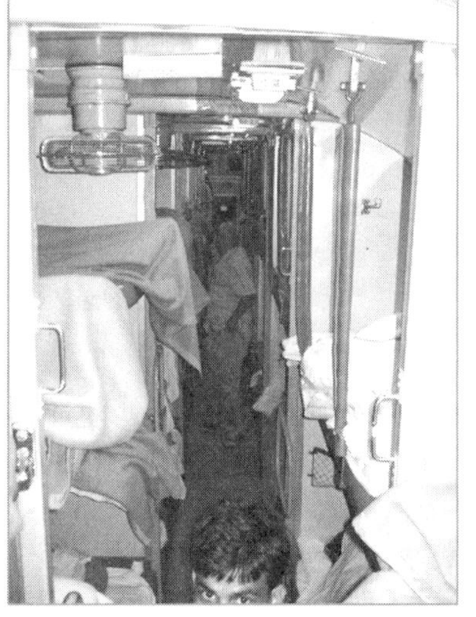

다소 불편할 것이라는 예상과는 달리 비교적 숙면을 취할 수 있었다. 차창에 비치는 아침 햇살에 눈이 부시다 싶었더니, 먼 산으로 꿩이 날아가고 밭 한 가운데서 용변을 본 소년이 바지를 여미며 일어서고 있다. 사방이 적토 빛으로 변해가며 누우런 강줄기가 보이기 시작한다. 드디어 '바라나시' 다. 그렇게 우리는 인류의 역사보다 더 오랜 이 영원의 도시에 이르렀다.

서로 우리의 짐을 먼저 차지하려는 바라나시 역 짐꾼들의 아우성으로 부터 바라나시의 여정은 시작되었다. 일단 인도의 일상과는 동떨어진 듯한 훌륭한 호텔에서 아침식사와 세면을 마친 우리는 부처가 최초의 설법을 행했다는 사르나트로 향하였다.

먼저 사르나트의 스리랑카 사원, '물라간다 꾸띠 비하르'Mulagandha Kuti Vihar와 고고학 박물관에서 부처고타마 싯달타의 해탈에 이르는 과정을 비롯한 생애에 관련된 각종 자료 및 유물을 관람한 우리는 부처가 최초로 설법을 행해 이곳을 불교 4대 성지로 자리 잡게 한 사르나트 유적군Main Site의 녹야원에 발걸음을 멈추었다.

이 유적군의 상징인 지름 28.5m, 높이 33.5m의 다멕 스투파Dhamekh Stupa는 부다가 다섯 도반에게 처음 행한 설법인 초전법륜을 기념하기 위한 석탑이라는데, 고대 인도의 광개토 대왕으로 불리는 '아쇼카 대왕의 석주'Ashokan Pillar가 상단의 사자상이 떨어져 나간 채 기단만 남아 있는 것과는 달리 온전한 위용을 과시하고 있어 눈길을 끌었다.

다시 바라나시의 호텔로 귀환해 점심식사를 겸한 휴식을 취한 우리는 이곳 지역 영주마하라자;위대한 왕이라는 뜻의 왕궁으로서 아직도 그들이 거주하고 있는 림나가르성으로 한낮의 '마실'을 나가게 되었다. 인도라는 열악한 환경을 잠시나마 잊게 해 주었던, 에어컨 빵빵한 훌륭한 시설의 호텔에서 바깥거리로의 외출은 마치 지옥과 천당을 오가는 저승사자의 출장을 연상시키는 듯하다.

우기인 탓에 거대한 흙탕 물줄기를 도도히 흘려보내는 갠지스 강의 150년짜리 낡은 철교 위에서 바라본 갠지스 강가의 가트Ghat; 강가와 맞닿아 있는 계단 지대엔 묘한 숙연함이 배어 있었다.

후줄근한 복장의 경비병이 보초를 쓰고 있는 퇴락한 림나가르성의 왕궁엔, 라자스탄주처럼 지방영주의 현존하는 영향력이 강하지 않아서인지 그다지 눈길을 끌만한 화려한 볼거리도 없었고 관례적 코스로 입장한 외국인 관광객들의 어색한 발길만이 부산하다.

무굴의 중앙정권과 영국 식민지 총독부 시절을 거치며 철저한 사대외교로 자신들의 기득권을 보장받은 인도의 지역 영주들은 아직도 그 노하우를 활용, 그들의 각종 재산권를 비롯한 일정한 특혜를 입고 있다. 물론 과거의 전제적 권리는 누리지 못하고 있지만——.

과거 바라나시 지역 영주의 선대 유물과 각종 무기, 장식물, 승용차 등 왕실 용품과 사진자료들을 비치한 자료관을 둘러본 후, 림나가르성에 연한 가트왕비의 산책 베란다용에 나가 강 건너 멀리 화장터 쪽과 왕궁 쪽을 번갈아 배경으로 사진을 찍고 밖으로 나왔다.

사발에 담아주는 이 지역 특유의 달삭한 요구르트를 한 잔씩 먹고 호텔행 버스로 발길을 돌리는데, 아까 성 입장 전부터 보자기를 둘러쓴 채, 일정한 간격을 두고 고개를 좌우로 돌려대던 걸인이 아직도 그 의미 없는(?) 동작을 계속하고 있는 것이 눈에 띈다. 족히 2시간은 지났을 법한데——.

북새통의 시장통을 지나 다시 호텔로 돌아 온 우리는 잠시 땀을 말린 후, 2인1조로 사이클 릭샤에 분승해 화장터가 있는 갠지스강가의 가트까지 행진해 가기로 했다. 나는 바라나시 현지 가이드인 아제이Ajay와 동승하게 되었는데 영리한 눈매가 범상치 않아 신원조회 겸 말을 걸었더니, 세상에나! 이곳의 명문 '베나레스 힌두 대학'Benares Hindu University에서 인도사를 전공하고 박사학위를 받은 인텔리이다. 현재 국가공인 가이드협회 회장일을 맡아 보고 있단다.

홀어머니를 비롯해 그의 4형제 부부와 아이들까지 합쳐 모두 17명의 대가족이 6베드룸의 한 집에 함께 살고 있단다. 힌두교와 불교의 성지인데다 이슬람에 대한 영속적 저항지였고, 영국 식민지 시절엔 독립운동의 정신적 지주 역할을 했던 바라나시인지라 아직도 산스크리트어를 공부하려는 인도의 지성들이 모이는 이곳에서 "인도 독립운동 당시 바라나시의 역할"The Role of Baranasi in Indian National Movement이란 논제로 학위를 취득한 아제이의 얼굴엔 자긍심과 좌절감이 묘하게 교차하는 듯하였다.

인도를 살아있는 박물관으로 박제화하는데 필요한 모든 동영상들이 사이클릭샤로 헤쳐 나가는 바라나시의 시가지 곳곳에서 활기차게 재생되고 있다. 자동차, 트럭, 오토릭샤, 사이클릭샤 등 온갖 탈것들과 갖은 행색의 행인과 부랑자들, 고정석을 차지한 걸인들, 그리고 개, 소, 말, 나귀, 염소, 양, 거위 등이 인도 특유의 매케한 내음 속에 황혼 속의 매스게임을 펼치듯 이방인의 시야에 들어차고 있다.

각인각색의 무질서한 행렬들이 곧 들이박을 듯 말 듯 하면서도 절묘하게 피해가는 묘기를 연출하는 사이, 우리의 릭샤왈라도 경적조차 없는 사이클릭샤를 오케스트라의 지휘자마냥 능숙하게 움직이며 그 카오스의 물결을 헤쳐 나간다. 가히 신기에 가깝다. 머리로는 사방을 두리번거리면서도 연신 손과 발은 정확히 목표를 향한 지렛대 구실을 한다.

약 40분간에 걸친 사이클릭샤 탑승은 새로운 세계로의 색다른 경험으로 부족함이 없었다.

시장 입구에서부터 갠지스 강가의 가장 대표적 가트인 다샤스와메드 Dasaswamedh까지는 릭샤 진입을 금하는 바람에 우리는 도보로 인파를 헤치며 나아갈 수밖에 없었는데 간간이 악수를 청하는 사람들이 눈에 띄었다. 그들은 안마사들로 손을 잡게 되면 돈을 내고 안마를 해야 되니 주의하라고 산토스가 일러주었다.

다샤스와메드 가트에서 출발하는 보트에 오른 우리 일행은 황혼에 젖어가는 갠지스 강을 북상해 성자의 고행을 체험해본다. 가트를 베개삼아 여행자들의 숙소가 빽빽이 들어선 좌측 언덕배기 위에 5개의 불사위가 타오르고 있다. 갠지스강가의 가장 대표적 버닝 가트_{화장터}인 마니까르니까

Manikarnika가트다. 5구의 시신이 화염
에 휩싸여 연기를 내뿜고 있는 가운
데 아래 계단엔 붉은 천에 감싸인 여
인의 시신이 차례를 기다리고 있다.

화장터 옆에 산더미처럼 쌓인 장
작더미가 바라나시의 엄숙함을 더하
는 듯하다. 화장을 끝낸 어느 할머니
의 마지막 흔적타다 남은 뼈와 가루을 갠지스 강가에 뿌리려 화장터 관계자의 부
축을 받아 강물과 닿아있는 가트의 마지막 계단에 내려선 백발 할아버지의
서글픈 어깨 위로 달빛이 서럽게
훌쩍인다.

어느새 우리 배에 건너 탄 소녀
로부터 소원을 빌어 띄운다는 '꽃
종이 양초'디아를 10루피에 구입해
온갖 영령의 영욕을 거둬들이고 있
는 갠지스 강에 흘려보냈다.

완전한 일몰이 이뤄진 다샤스와메드 가트의 무대 위에선 세계 각국에
서 몰려든 순례객과 관광객들의 호기심 어린 주시 속에 힌두교의 종교의
식 푸자 이 거행되기 시작한다. 역사보다 오랜 도시 바라나시의 밤이 갠지
스의 그윽한 포효 속에 깊어가고 있었다.

4. '카쥬라호'엔 '미투나'가 있다.

연회색 구름 위로 수줍은 듯 해가 이마를 드러낸다. 갠지스의 여명黎明
이 신의 도시 바라나시에 서서히 드리워지고 있다. 2006년 8월 11일 오전
5시, 갠지스 강의 일출 조망을 위해 다샤스와 메드 가트에서 보트에 승선

한 우리는 어스름히 밝아 오는 포구나루의 잿빛 혼돈 속에서 힌두의 신을
영접하는 경건한 몸짓들을 가슴 속 깊이 느낄 수 있었다.

　어제 저녁 푸자힌두의식를 보기 위해 숱한 인파가 모였던 다샤스와메드
가트의 둔치엔 아침바람에 날리는 쓰레기 더미만이 무성하고 강가에 이어
진 여행자 숙소의 난간 위로 일찍 기상한 원숭이들의 덤블링 묘기가 한창
이다. 어젯밤 육신을 한 줌의 재로 만들며 영혼을 앗아가던 마니까르니까
가트의 화장터엔 높이 쌓인 장작더미가 새벽의 고요를 짓누르고 있다.

　부지런한 일군의 순례자들이 새벽공기를 가르며 갠지스의 성수에 몸을
담그고 아침 멱을 감는 모습도, 가트의 계단 위에서 엄숙히 기도를 드리는
모습도, 그리고 마니까르니까 가트보다 소규모의 화장터인 하리시찬드라
Harishchandra가트에서 어젯밤 타다 남은 재를 치우며 보트 위의 관광객을 물
끄러미 쳐다보는 일군들의 초점 잃은 눈동자에도 갠지스의 성스러운 새벽
온기가 가득 들어차 있다.
　갠지스를 가로지르는 마라비야 다리 위로 막 떠오른 아침 해가 미소 지
으며 다가오고 있다. 바라나시의 일출은 이렇듯 갠지스에서 부터 시작되
고 있었다. 일출을 보기 위해 캄캄한 골목길을 돌아오는 동안, 용케 피한
다고 피했건만 어느새 샌달 밑엔 덕지덕지 붙은 소똥이 파리떼를 부르고
있고, 일출 전이라 올 땐 미처 못 봤던 집 없는 행려자들의 노상 수면 모습

에서도 왠지 모를 엄숙미가 느껴
진다.

　호텔로 돌아와 아침 식사를 마
친 우리는 3대의 4W형 승합차에
분승해 카주라호로의 여정에 돌입
했다. 슈트케이스는 차 지붕에 얹
어 끈으로 동여매고서—.

　나는 1호차의 선탑자가 되어 기사의 바로 옆자리에 앉게 되었다. 2째 칸
과 3째 칸엔 60~70대의 노부부 2쌍이 탑승했으니 우리 차엔 기사를 포함
해 모두 6인이 함께 한 셈이다. 30세의 나이에 25세의 아내와 15세와 10
세, 두 딸을 두고 있대서 우리를 놀라게 한 우리의 기사 '밥'힌두어로 위대한 성
인이라는 뜻이라며 그가 강조했다.은 서툴고 알아듣기 힘든 발음으로 일관했지만
기본적인 영어 능력은 갖춘 편이어서 의사소통에 큰 문제는 없었다.

　앞자리에 앉은 죄로 꼼짝없이 '엉터리 통역관'이 되어야 했던 나는 밥
의 어머니가 나와 동갑이라는 사실에 어안이 벙벙할 뿐이었다. 언뜻 보기
에 수염이 거뭇거뭇하고 피부도 쭈글한 편이어서 오히려 나보다 연장자인
듯한 그의 어머니가 나와 동년배란 사실에 나는 다시 한 번 인도대륙의 불
가사의한 맨홀 속으로 침잠해 들어갈 수밖에 없었다. 내가 나보다 더 늙은
저런 아들을 두고 있다고 생각하니 별안간 오싹 소름이 끼쳤다.

　바라나시 정션 역을 지나 몇 분을
주행하니, 양 옆으로 가로수가 펼쳐
지며 아침 일터로 출근해 오는 숱한
자전거 행렬이 보이기 시작한다. 2
차 대전 이후, 생계의 주요수단이었
던 자전거를 도둑맞은 아버지와 아
들이 이를 되찾기 위해 로마시내를

전전하는 도정을 네오리얼리즘 기법으로 영상에 담았던 [자전거 도둑]에서 영화포스터 부착작업을 위해 자전거를 타고 일제히 출근길에 나서던 작업부들의 장면을 연상시킨다.

바라나시 시가를 벗어나 얼마간을 달리던 우리의 차량들은 곧 고속도로에 진입하였는데, 겉보기엔 차선도 없이 헷갈리던 일반도로완 달리 번듯한 중앙분리대도 있고 차선도 4차선이어서 '인도란 나라가 기본적 SOC 사회간접자본엔 신경을 쓰는 구나' 라는 생각이 들었다.

그러나 5분을 채 못 가 곧 이상한 점들이 눈에 띄기 시작했다. 무단으로 도로를 횡단하는 사람들, 도로를 역주행해 달려드는 자전거, 태연히 도로 한가운데를 걸어서 집으로 가고 있는 사람과 수레들, 중앙분리대에 걸터 앉아 사랑을 속삭이는 소들과 이들 주위에서 서성이는 한 무리의 개들, 거의 2~3Km주기로 상행선 혹은 하행선이 차단돼 편도차선을 이용해야 하는 엽기적 도로환경 등, 그야말로 인도의 고속도로는 무늬만 고속도로일 뿐 너무나 인간적이고 아날로그적인 '길', 그 이상도 이하도 아니었다.

그러나 이 같은 고속도로마저도 30분이 채 못 돼 이별하고 다시 일반도로에 접어든 우리는 도로표지판도, 차선도 없이, 비포장의 자욱한 먼지와 시도 때도 없이 출몰하는 소떼의 유유자적한 몸짓만이 난무하는 인도 농촌의 전형적 파노라마와 속수무책으로 조우遭遇할 수밖에 없었다.

간헐적으로 나타나는 마을들에는 예외 없이 숱한 행인들이 인산인해를 이루고 있었고 텅 빈 비단공장, 짓다 만 가옥들, 통행세를 받는 낡은 교량, 도시간 경계를 알려주는 나무로 된 바리케이트 등이 인도 대륙의 만물상을 대변하는 듯하다. 그러나 그 중 압권은 화물트럭의 치장 모습과 운전자들의 목숨을 건 추월습관, 그리고 7인승 승합차량 우리의 산타페 정도의 차량에 25명을 태우고 그것도 모자라 대여섯명씩을 뒷 범퍼에 매단 로컬택시의 주행모습이었다.

인도 최대의 재벌그룹으로 이 나라의 자동차산업을 독점하고 있다는 '타타'에서 제작된 대부분의 화물트럭들은 예외 없이 서커스 광고차량을 연상시키듯 알룩달룩한 총천연색 그림으로 도배가 되어있어 30여년 전 우리나라에서 개봉돼 큰 인기를 끌었던 인도영화 [신상]의 이미지를 그대로 떠오르게 했다.

차선도 없는 비포장도로에서 운전자들은 일단 추월을 시작해 상대편 차선을 침범하면 맞은편에서 오는 차량이 보여도 일단 그 차량의 바로 코 앞까지 진격한 후 자기 차선으로 복귀하곤 해서 우리를 공포의 도가니로 몰아넣곤 했다. 그래도 상대편 운전자는 당연한 일이라는 듯 군소리 없이 지나쳤고 우리 운전자가 똑 같은 상황을 당해도 역시 마찬가지였다. 처음엔 소스라치게 놀라 비명을 질러대던 우리도 점차 그 상황에 익숙해지자, 상대편 차량이 우리 차의 바로 코 밑에 돌진해 들어와도 무덤덤하게 한낮의 오수를 즐길 수 있었다.

간간이 황톳길의 비포장도로가 포장도로로 바뀌는가 싶더니 울퉁불퉁 굴곡을 동반한 자갈길이 펼쳐지기도 하고 창밖으론 넓디 넓은 평야의 벼 이삭이 황금빛 춤사위를 벌이는가 하면난데 없이 언덕배기 고갯길이 이어지기도 하는 사이, 바라나시를 출발한 지 8시간이 지나면서 우리의 목적지 카쥬라호가 수줍은 듯 자태를 드러내기 시작한다. 결코 짧지 않은 시간이었지만 우리의 운전기사 밥이 더듬거리는 영어로 들려주는 농담에 적당히 반응하며, 한국의 여행사에서 우리를 위해 공수된 한국반찬으로 흡족한 점심식사를 한 때문인지 지루함을 느끼지 않아 다행이었다.

우리의 숙소, 크라스Clarks호텔은 마치 골프장을 연상시키듯 훌륭한 조경을 자랑하고 있었는데, 편안한 내부 객실과 우리 입맛에 맞는 저녁식사는 낮 동안 차량이동에 시달린 피로를 보상받게 하기에 족하였다. 대부분의 일행이 카작 댄스 공연 옵션을 보러간 사이, 호텔 바에 내려갔던 나는 부주의한 탓에 옵션 비용을 초과하는 돈을 날려버리고 말았다. 메뉴판의 동그라미 하나를 잘못 보는 바람에 1,300루피30불짜리 레드와인 1병을 시켜버렸던 것이다.

이튿날, 어제의 차량에 분승한 우리는 먼저 카쥬라호의 존재 이유라 할 서부사원군부터 찾았다. 관광객의 보시를 바라며 사원 입구에 버젓이 좌정하고 있는 일군의 악사와 걸인들의 풍모가 예사롭지 않다.

우리의 가이드 산토스가 입장권을 끊는 사이, 가격표지판을 봤더니 내국인은 10루피, 외국인은 250루피로 표기되어 있다. 무려 25배의 바가지다. 여느 개도국에서처럼 이곳에서도 외국인이 자국의 관광경기를 부흥시킬 봉 노릇을 톡톡히 하고 있는 셈이다.

유네스코 유산에 등재된 이곳 사원군의 여러 사원들은 먼 발치로 쳐다봐도 앙코르와트의 감동을 재현시킬 만큼 대단한 아름다움을 뿜어내고 있었다. 서부사원군 중, 가장 고참에 속하는 바라하Varaha사원900년 경 건축을 비롯해 비쉬누 신에게 봉헌된 락쉬마나Lakshmana사원, 이곳의 하이라이트라

할 수 있는 칸다리아 마하데브Kan
dariya Mahadev사원, 사자상이 이채로
운 마하데바Mahadeva사원, 빠르바티
신을 모시는 데비 자가담바DeviJaga
damba사원, 태양신 수르야를 모시는
칫트라굽타Chitragupta사원, 쉬바의 사
원인 비쉬와나트Vishwanath사원, 악

어를 탄 강가여신상이 있는 빠르바티Parvati사원, 원래 사원의 기능을 아직
수행하고 있는 마탕게스바리Matanggesvara사원, 다른 사원들과는 다른 건축
양식에 화강암으로 지어진 차우사트 요기니Chausath Yogini사원 등이 넓은 지
역에 분포되어 각기 그 독특한 흡인력을 과시하고 있었다.

그러나 이곳 사원의 진면목은 사원 외벽을 둘러싸고 오밀조밀 조각된
'미투나'mithuna; 에로 조각상의 존재로부터 발현된다. 따라서 반드시 근접 주
시 및 관찰이 필요한 터—.

1,000년 전 이곳에서 번창했던 찬델라 왕조Chandela Dynasty에 의해 건설
된 이 사원들은 원래 아쇼카 대왕 이후 번성했던 불교로부터 힌두교로
대중을 유인하기 위한 일종의 선정적 포교책의 일환으로 지어졌다고 한
다. 이와 함께 힌두의 대표적 신, 비쉬누의 9번째 化神이 부처이므로 화신
부처를 믿는 간접적 행위보다 직접 신을 믿는 힌두교를 택해야 한다는 논
리를 품고 있다고 한다.

고대 인도인의 성애에 관한 경전으
로 성애性愛; 카마 Kama에 대한 각종
기교와 지식을 전하는 [카마수트라]
Kamastra의 조형적 표현으로도 치부
되는 이 사원의 미투나들은 바로
보기가 민망할 정도의 노골적 자태

로 묘사되어 있어 우리를 당황하
게 했지만 모두들 눈이 찢어져라
열심히들 보기에 여념이 없었다.
친절히도 산토스가 햇빛에 반사시
킨 거울을 이용해 우리가 쉽게 문
제의 미투나들을 찾을 수 있도록
도와주는 바람에 효과적으로 관람
할 수 있었다.

그리고 보니 이곳의 미투나는 단순한 음란 조각이 아니라 이곳 주민을
먹여살리는 숭고한 조각상으로 그 본질적 기능을 발휘하는 셈이다.

이어서 약 5분 여 거리의 동부사원군으로 가기 위해 차량으로 향하는
데, 예의 잡상인과 걸인들이 무더기로 따라붙는다. 조잡한 기념품 더미를
내놓으며 어설프게 배운 한국어를 투박하게 내뱉는데 정신을 차릴 수 없
을 지경이다. "아가씨! 왜 내게 화를 내며 쳐다보지도 않나요!"며 떠나가
는 우리 차량에 화보집을 들이밀며 잘못 배운 자신의 유창한 한국어 실력
을 자랑하던 청년의 누런 치아가 뇌리에 걸렸다.

시간 관계상 동부사원군 중 유일하게 들른 자인교의 빠르스바나뜨Parsvanath
사원은 '타타'그룹을 비롯해 현재 인도의 최대 재벌들을 신자로 끌어안고
있는 부유한 종파의 사원답게 비교적 잘 보존되어 있었다. 자인교는 BC 6
세기경에 크샤트리아 출신의 신흥사상가 마하비라Mahavira에 의해 창궐된
종교로 불살생不殺生을 핵심윤리로 삼는다는 점이나 자인교의 표식이 불교
의 표식 만卍자를 거꾸로 한 것이라는 점, 부처와 마하비라의 활동시기와
영역이 비슷하다는 점 등에서 불교와 유사한 종교로 보여 진다.

부처상을 연상시키는 고마테스와라의 입상이 서있는 본당과 자인교의
역사와 유물 등 자료를 전시한 사원 내부의 이곳, 저곳을 둘러보는 중, 우

리를 가장 놀라게 한 것은 일체의 욕심을 버리고 무소유를 실천하기 위해 나체로 수행하는 자인교 승려들의 모습이 그려진 그림과 사진들이었다. 그리고 보니 고마테스와라의 입상들도 하나같이 나체의 모습이다. 사원을 나서는 일행의 얼굴들에 不可解한 당혹의 그림자가 깃들어 있다.

호텔로 돌아와 인도에서 먹기엔 너무 황송한, 화려한 중식으로 배를 채운 우리는 다시 3대의 승합차에 분승해 타지마할의 땅 아그라로 향하는 고된 여정에 돌입했다.

아직은 기세 좋게 한여름의 맹위를 떨치고 있는 태양이 차창 밖 지평선 너머로 심술궂게 이빨을 드러내고 있었다.

5. 샤자한의 망처가亡妻歌, 타지마할

무굴제국의 옛 도읍지, 아그라로 가는 여정은 어제 못지않게 빡빡했다. 한 여름 인도의 농촌 풍경이 차창 밖에서 신음에 묻혀 내 눈가에 날아들고 있다. 배탈에 멀미가 겹친 충청도 할머니가 신경 쓰인다며 산토스가 1호차와 2호차의 선탑자를 바꾸기를 제의해 쾌히 승낙했다.

산토스의 가이드로서의 사명감과 경로정신에 다시금 탄복했다. 2호차는 대구에서 온 중년의 부부, 서울에서 온 젊은 부부, 광주에서 홀로 온 50대 후반의 여선생님으로 구성되었는데 모 은행 대전 지역본부의 간부로 있다는 40대 신사의 부인이 재기 넘치는 입담으로 차내에 활기를 불어 넣었다.

2호차의 기사는 어제 1호차의 '밥'과는 달리 과묵한 스타일로 묵묵히 운전에 열중한 채 설명이 필요할 때만 입을 열었다. 따라서 주로 나와 '밥'의 대화로 채워졌던 어제 1호차의 분위기완 달리 오늘 2호차의 이니시어

티브는 이 젊은 부인이 휘어잡을 수밖에 없었다. 교회 성가대 소속이라는 이 부인이 청아한 목소리로 자신이 직접 노래를 불러가며 차내의 분위기를 노래방 스타일로 몰고 가는 바람에 차창에 머리를 박아가며 졸던 우리 모두는 졸지에 한낮의 꾀꼬리가 되어야 했다.

아그라로 가는 특급 열차를 타기 위해 잔시Jansi로 향하는 이날의 여정 중, 가장 눈길을 끈 것은 다리 너머 차창 너머로 그 예사롭잖은 자태를 드러내던 오르차Orcha의 古城이었다. 무굴제국의 제항기르가 왕자 시절, 부왕 악바르에게 반란을 일으킨 후 이곳의 군주 '비르 싱 데오'의 비호를 받은 인연으로 16세기에 번창했던 오르차에는 라즈 마할, 쉬스 마할, 제항기르 마할, 람 라자 만디르 등 훌륭한 건축물들이 있는데, 아쉽게도 달리는 차창 너머로 보이는 저 고성이 무엇인지는 정확히 알 수 없었다.

대 여섯 시간의 드라이브 끝에 이날 자동차 여행의 종착지인 잔시, 정확히 말하자면 잔시역에 도착하였다. 산토스가 열차 수속을 밟으러 간 사이, 우리는 포대기에 아이를 감싸 안은 채 달라붙어 동냥을 호소하는 일군의 여인네에게 홍역을 치뤄야 했다. 다들 차 안으로 피신했지만 줄기차게 차창을 두드리며 우리와 눈을 맞추려는 그네들의 안간 힘이 안쓰럽기도 하고 한편으론 소름 끼치도록 진저리쳐지기도 한다.

잔시에서 아그라까지 우리가 이용한 특급열차는 넓은 좌석에 차장의 음료 서비스까지 곁들여 비교적 쾌적한 시설을 자랑했는데 우리의 KTX 처럼 가운데를 기준으로 좌석이 역방향과 순방향으로 구분되어 있었다.

인도 북부 골든 트라이앵글의 대표적 관광지 '아그라'역에는 숱한 부랑자와 노숙자들이 역 구내 외 여기저기에 널부러져, 거리를 안방삼아 취침 중이었고 짐을 머리에 인 포터를 앞세워 버스로 향하는 우리를 줄기차며 따라오며 구걸하는 맨발 아이들의 무표정한 눈망울엔 대물린 가난의 멍에 가 새록새록 돋아나 보였다.

이튿날 새벽 6시에 기상해 이른 조식을 마친 우리는 이번 인도 관광의 하이라이트인 타지마할 관람을 위해 버스에 올랐다. 어젯밤 어둠 속에 묻혀 있던 아그라의 리얼 뷰real-view가 이른 아침 차창 밖으로 재생되고 있었다.

삼성을 비롯한 각국 기업의 선전판과 각종 게시물들, 노점상 준비를 위해 자리를 정리하는 사람들, 주택가 모퉁이에서 벌거벗고 멱을 감는 사람, 사이클 릭샤에 짐을 가득 싣고 어디론가 열심히 페달을 밟는 릭샤왈라 등, 예외 없이 아그

라의 아침도 인도의 여느 도시처럼 민생의 숨소리로부터 시작되고 있었다.

타지마할 앞 주차장에서 내린 우리는 여기서 다시 배터리 버스로 갈아타고 2~3분여를 더 가서 드디어 타지마할 매표소 입구에 이르렀다. 매연으로부터 세계적 명소요 그들의 주요 수입원인 타지마할을 보존하기 위한 인도 정부 당국의 노력이 엿보였다.

이른 아침부터 장사진을 친 매표행렬엔 어째 대부분이 서양인들뿐이다. 알고 봤더니 매표소가 인도 내국인 전용의 남문과 외국인 전용의 북문으로 나눠져 있었다. 입장료도 내국인이 20루피인데 비해 외국인은 ADA 인도 고고학회 기금포함 무려 750루피로, 단일 건물 입장료로는 역사상 유래가 없는 高價이다. 우리는 이른 아침 출발한 덕에 비교적 일찍 북문 매표소를 통과해 타지마할 경내에 진입할 수 있었다.

립스틱, 건전지, 라이터, 볼펜류 등 벽면에 장식된 보석을 훼손 또는 절취할 수 있는 일체의 소지품에 대한 엄중한 검색을 거치고 타지마할의 땅을 밟은 우리의 시야에 맞은 편 남문을 통해 싼 값(?)으로 들어온 인도 현지인의 행렬이 어슴푸레 들어왔다.

타지마할Taj Mahal은 익히 알려진 대로 무굴제국의 건축광이었던 샤 자한 황제가 출산 도중 사망한 아내 뭄타즈 마할을 기려서 만든 무덤 사원으로, 당시 천하를 호령했던 무굴황제가 아닌 한 지아비로서의 뜨거운 순애보가 절절이 가슴에 와 닿는 곳이다.

1632년부터 1654년까지 22년간에 걸친 공사기간을 상징하는 전후면 모두 22개의 종루형 조형물이 타지마할 앞 무굴정원으로 향하는 중간 출입구의 꼭대기에 설치돼 있다.

중간 출입구 부설 건물에 들어서니 아치형의 통로 속으로 타지마할 본당의 백색 자태가 모습을 드러낸다. 종족과 이념을 초월해 인간이 만든 이 불가

사의한 사랑의 조형물을 보기 위해 세계 각국에서 몰려든 이들의 카메라 플래쉬가 여기저기서 쉴 새 없이 터지기 시작한다.

아치형의 통로를 지나오니 드디어 공간 속에 갇혀 있던 타지마할의 전모가 푸른 하늘 아래 드러난다. 물을 빼버린 연못을 머금은 무굴 정원 위로 마치 천상의 백색궁전이 백색 두건을 두른 채 4개의 미나렛이슬람 첨탑의 호위를 받아 지상에 착륙한 듯한 광경에 모두들 얼이 빠져 있다. 30여 년 전 중학교 교과서에 실린 타지마할의 사진을 본 후, 언젠가 한 번은 꼭 가서 보리라던 소망이 실현된 환희에 들떠 무굴 정원 앞 가장 좋은 각도에서 기념사진을 찍었다.

당대 최고의 페르샤 건축가 우스타드 이사Ustad Isa가 설계한 이 아름다운 건축물은 철저히 대칭형의 구도를 고수해 본당 좌우에 두 개의 이슬람 예배사원을 별도로 거느리고 있다. 우측의 사원은 실제 예배용도로 사용되지 않는, 대칭을 위한 건축구도상의 건물에 지나지 않는다. 모자이크의 일종인 피에투라 두라Pietra Dura기법으로 벽면에 보석이 장식된 본당 내부를 둘러 보다 샤자한과 뭄타즈 마할의 가묘에 눈이 멎었다. 아이러니컬하게도 타지마할 안에서 좌우 대칭구조를 이루지 않은 유일한 구조물인 셈이다. 무덤을 두개로 만들 순 없을테니——.

본당을 빠져나와 뒤편을 우회하니 야무나강에서 헤엄치는 아이들의 모습이 동공에 들어찬다. 야무나강 너머로 아그라의 또 하나의 자랑거리, 아그라성의 실루엣이 희미하게 드러나고 있다. 타지마할을 만든 샤자한이 말년에 아들 아우랑제브에게 유폐되어 강 너머로 이곳을 물끄러미 바라보며 생을 마쳤다는 아그라성의 무삼만 버즈가 샤자한의 비원을 말해 주는 듯 회뿌연 안개 속에 흐느끼고 있다.

갖은 종교로 분열된 인도의 민중을 대승적 차원에서 포용해 민족단합을 이루기 위한 취지에서 어느 독지가에 의해 100년 째 건축 중이라는 더 얄팍 힌두사원을 잠시 둘러본 우리는 이어서 곧장 아그라성으로 향하였다.

아그라성은 1566년 악바르 대제에 의해 지어진 높이 20m, 폭 2.5km의 군사 요새였으나, 악바르의 손자인 샤자한이 자신의 건축적 혜안을 십분 발휘해 궁전으로 변모시켰다고 한다.

붉은 사암으로 둘러싸인 성벽의 위용에 두근거리는 가슴을 진정하며 정문에 해당하는 남쪽의 아마르 싱 게이트Amar Singh Gate를 들어서면 450년 전 무굴제국의 영화가 파노라마 스치듯 뇌리에 들어찬다.

왕의 공식접견실인 디와니암Diwan-i-Am, 개인접견실인 디와니카스Diwan-i-Khas, 악바르가 어렵게 얻은 아들훗날의 제항기르 황제을 위해 지은 제항기르 팰리스Jehangir's Palace, 성내 여성 전용시장이었던 레이디스 바자르Ladies' Bazaar, 그리고 샤자한이 아들로부터 유폐되어 숨지기까지 8년간 통한의 세월을 보냈던 '포로의 탑'이란 뜻의 무삼만 버즈Musamman Burj 등 성내 곳곳을 산토스의 안내로 둘러보았다.

무삼만 버즈에서 한 눈에 들어오는 타지마할을 쳐다보니, 아까 타지마할에서 이곳을 바라볼 때와는 또 다른 감회가 전신에 스며든다. 아들에게 유폐돼 사랑하는 아내가 잠든, 세상에서 가장 예쁜 집을 바라보는 그의 고독하고 비통한 심사에 동화되어서일까?

다시 호텔로 돌아와 현지식으로 중식을 마친 우리는 이제 골든 트라이앵글의 마지막 목적지 자이푸르로의 여정에 오른다. 비교적 도로 사정이 좋은 아그라 - 자이푸르 구간인지라 이제부턴 버스가 투입된다. 모처럼 16인의 일행이 함께 이동하게 되니 차내는 반가운 정담으로 가득하다.

아그라 시가를 벗어나 물소들이 목욕하는 야무나 강가의 철도 건널목을 지나 얼마를 달리니 창밖으로 파테뿌르 시크리의 성곽이 보인다. 아들이 없던 악바르 대제의 기적적인 후사과정에 공헌한 이 지역의 수피 성자 세이크 살림 치스티Sheikh Salim Chisthi에 보답하기 위해 아그라 인근의 파테부르 시크리로 수도를 옮겼던 시절1571~1585의 왕궁과 성곽 자리이다. 시간 관계상 달리는 차의 창밖으로 음미하는데 만족해야 했다.

우리가 가는 자이푸르는 광활한 사막지대인 라자스탄주의 도읍으로 예로부터 교통과 상거래의 요지로 명성이 높은 허브 시티Hub City이다. 그러나 사막지대 특유의 폭염은 우리를 숨 막히게 했고 게릴라처럼 엄습하는 강렬한 소나기는 여름옷에 온몸을 노출한 우리를 전율에 떨게 했다.

소나기가 그친 뒤, 우리나라에선 동물원에서나 볼 수 있는 공작이 그 우아한 날개를 접고 도로의 둔덕에 다소곳이 앉아 있는 모습이 차창 밖으로 보였다. 흘러간 가요 [인도의 향불]의 첫 구절이 "공작새 날개를 휘감는 염불소리—"로 시작되는 연유를 비로소 인도 땅에 와서 확인하는 순간이었다.

아그라를 출발한 지 약 5시간 30분 후, 우리는 전통 광대 복장의 풍물팀이 주악으로 환영하는 자이푸르 외곽의 골드 펠리스Gold Palace 호텔에 당도했다. 어둠이 깃든 라자스탄의 대지가 어스름 달빛 속에 우리를 맞고 있었다.

6. 핑크시티의 허상, 자이푸르

2006년 8월 14일, 인도 여행의 마지막 아침이 밝았다. 어제 밤 우리가 숙박했던 자이푸르 외곽의 골드 팰리스 호텔은 마치 중세 인도 영주의 장원manor을 방불케 할 정도로 주변 조경이 뛰어나다. 아침 일찍 호텔 주변을 산책하니 라자스탄의 마하라자위대한 왕이란 뜻으로 지방군주를 일컫는 말가 된 기분이다.

인도 북서부의 경제 요충지였던 이곳 라자스탄의 마하라자들은 특히 '큰 손'들이 많아서 그 막강한 영향력을 지배세력무굴제국의 황제, 영국에서 파견된 식민지 총독 등과의 외교에 십분 활용해 그들의 기득권을 유지해 왔다. 인도 각 지역의 숱한 마하라자들 중 아직까지 그 영화를 누리고 있는 대표적인 집단이 라자스탄의 마하라자라는 사실은 이곳 라자스탄의 주도 자이푸르에 와 오면 더욱 깊이 실감할 수 있다.

아직도 광활한 지역에 분포되어 있는 이들의 재산과, 다른 지역의 왕궁과는 비교할 수 없을 정도로 화려한 시티 팰리스, 이들의 왕궁생활의 진면목을 관광산업으로 활용하고 있는 초호화판 궁전열차The Palace on Wheels등에서 이 지역 마하라자의 위세와 사막 속 경제 허브도시 자이푸르의 위상을 새삼 절감하게 된다.

어제 저녁 패밀리룸을 배정받은 우리 객실에서 산토스가 깜짝 주최한 '이별 파티'의 주흥酒興탓에 아침 입맛이 없어 식사는 스프로만 때웠다.

마지막날의 일정은 암베르성 등반으로부터 시작된다.

암베르성은 자이푸르 북방 11km의 구릉지대에 위치한 이곳 지방 정권, 카츠츠와하 왕조1037~1726의 수도였던 암베르Amber에 축성된 화려하면서도 옹골찬 방어용 궁성이다.

암베르성으로 가는 동안, 말, 소, 양, 염소, 낙타, 원숭이 등 숱한 동물들을 차창 밖으로 구경했던 우리는 어느 순간, 마치 만리장성 같은 건축물이 산허리에 처연히 걸려 있음을 보게 되었다. 암베르성이 서서히 베일을 벗고 우리에게 다가오는 순간이었다.

이어서 버스는 우리를 성까지 실어 나를 코끼리들이 도열한 주차장에 이르렀다. 굴곡진 언덕길을 2인1조로 배정된 코끼리 등에 올라타고 등반하는 기분이 어째 묘하다. 코끼리의 탑승감이 별로 편안하지 않아서일까? 실룩거리는 코끼리의 어깨 몸짓에 발아래 호수의 전경이 덩달아 뚜렷이 클로즈업되고 있다.

이윽고 암베르성 입구가 있는 산 중턱 광장에 이른 우리는 정확히 착지할 테라스에 우릴 내려준 코끼리 몰이꾼에게 1불씩의 팁을 하사하며 암베르성의 절묘한 지세地勢에 다시한번 탄성을 내지를 수밖에 없었다.

무굴제국 시절, 악바르 대제와의 혼인동맹을 통해 제국에 복속되지 않고 자신의 영역을 지켜낸 카츠와하 왕조의 마하라자, 만 싱Man Singh이 자신의 재력과 권능을 총동원해 건설한 이 전대미문前代未聞의 건축물은 실로 다양한 볼거리를 선사해 주었다.

방 전체를 거울 모자이크로 장식한 왕의 침실, 쉬시 마할. 무굴제국의 제항기르 황제가 방문했을 때, 너무 화려해 그 장식에 덧칠을 해야 했던 디와니암. '환락의 궁전'으로 명명된 고혹적 자태의 수크 니와스Sukh Niwas. 암베르성 안에 있는 또 하나의 작은 성, 자이가르Jaigarh.

성 위에서 내려다보이는 그림 같은 풍경과 더불어 복마전을 연상시키듯 양파껍질의 속살을 점점이 드러내는 성내의 각종 시설들은 가히 당대 이 지역 마하라자의 권세를 짐작하게 하기에 족했다.

그러나 외적의 침입과 보안에는 문제가 없었으나 고산지대의 식수난을 견디지 못해 결국 산성을 내려온 카츠와하 왕조는 자이푸르에 새로운 왕도를 건설하게 된다. 암베르성에서의 오전 관광을 마친 우리도 이 왕조가 그러했던 것처럼 암베르성을 내려와 자이푸르로 발길을 돌렸다.

자이푸르로 귀환하는 도중에 차창 밖으로 '물의 궁전'을 뜻하는 잘 마할 Jal Mahal이 호수 위에 떠 있는 모습이 보인다. 급히 카메라를 꺼내 들르지 못하는 아쉬움을 달랬다.

자이푸르 시가에 접어드니 어느 순간부터 온통 분홍빛 무드를 물씬 풍기기 시작한다. 영국 식민지 시절

훗날의 에드워드 7세가 된 왕세자가 이곳을 방문했을 때, 이를 환영하기 위해 이곳의 마하라자가 온 도시를 분홍색으로 칠한 때문이라는데, 이로써 이 당시에 건설된 구시가의 일정 구간을 핑크시티Pink City라 부르게 되었단다.

우리는 핑크시티의 천문대인 잔타르 만타르Jantar Mantar 근처 주차장에서 하차한 후, 도보로 자이푸르 시내를 주유周遊하였다. 짐승도 살기 힘든 토굴 속에서 찌는 듯한 더위를 나는 빈민들이 우두커니 행인들을 쳐다보며 그네들의 고뇌를 바람결에 실어 보내고 있었다. 지붕 위에 승객을 가득 실은 버스가 에어컨 없는 고통에 찌든 영혼을 잔뜩 태우고 위태롭게 우회전을 하고 있었고 한 손을 기브스한 노파가 성한 나머지 손으로 관광버스 앞에서 동냥을 하고 있는 모습이 보였다. 곧 바퀴벌레가 튀어나올 듯한 이발소에서 머리를 자르는 손님이 무표정한 얼굴로 거울을 응시하고 있었고 연이은 철물점에선 사환 아이들이 맨발차림으로 장난을 치고 있다.

인도의 여느 도시처럼 자이푸르의 시가지도 헉헉거리는 거친 숨결 속에 한여름의 오수午睡에 젖어들고 있었다. 뿌리 깊은 마하라자의 권세와 사막지대의 독점 상권 탓에 다른 지역에 비해 비교적 부유하다는 라자스탄주의 주도 자이푸르이지만 고통의 여름을 나는 서민들의 모습은 힘겹기 그지없다.

인도의 천문대 중 가장 규모가 크다는 자이푸르의 잔타르만타르에서는 적도시계와 해시계가 단연 주목을 끌었다. 기하학적 전체 구도가 그대로 천체의 모습을 연상시킨다. 잔타르 만타르 맞은 편에 위치한 시티팰리스는 마하라자의 거주행궁과 사하이 만싱 2세 박물관으로 나눠지는데 깃발이 게양된 것으로 보아 현재 마하라자가 궁내에 체류 중인 것으로 보인다.

산토스를 따라 시장통을 끼고 구시가를 걷다 보니 우측으로 낯익은 주황 건물이 빛바랜 얼굴로 나타난다. 자이푸르의 상징, 하와 마할Hawa Mahal; 바람의 궁전이다. 각종 기념엽서에서 자이푸르를 대표하는 거창한 건축물로 소개되어 왔던 지라 기대가 컸는데 막상 실물을 대하니 다소 맥이 빠진다. 마치 어릴 때 놀던 우리 동네 텅스텐 공장의 폐허를 대하는 것처럼 허허로운 심사가 가슴에 와 닿는다. 흔히들 '하회 마을'로 잘못 발음하기 십상인 이곳 '하와 마할'은 바깥출입이 어려운 왕가의 여성들을 위해 전망대 용도로 1799년에 세워졌다고 한다.

얼른 한길을 건너가 맞은편에서 하와 마할의 거대한 풍모를 카메라에 담았다. 때 마침 피리로 코브라를 조련 중인 거리 풍물패의 모습도 슬쩍 찍어 버렸다. 돈을 내고 정식으로 인도의 풍물을 정성껏 담아가는 서양인의 뒷 틈바구니에서 무임승차한 셈이다.

하와 마할 앞은 크고 작은 가게가 도열한 상가로 이어져 있다. 이름하여 '시레됴디 바자르'Siredyodhi Bazaar!

일행 중 여성들이 예쁜 꽃장식이 있는 인도 전통샌달을 흥정하느라 근처 가게는 때 아닌 한국인 특수特需를 누리는 듯하다. 기다리는 동안, 자신들 제품에 자신이 붙었는지 우리 남성들에게도 조잡한 기념품들을 내놓으며 선전에 열을 올린다. 전반적으로 자이푸르 자체는 '골든 트라이앵글'이란 명성에 비해 볼거리가 그다지 없는 도시라는 생각이 들었다. 아마도 핑크시티의 상징성과 수도 델리에서 인접한 사막지대의 특이성이 실체 이상으로 과대 포장된 탓으로 여겨졌다.

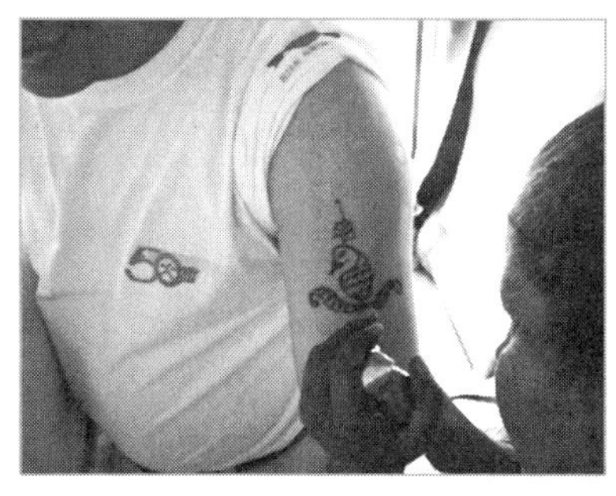

마지막으로 인도의 명물 헤나문신을 체험하기 위해 우리의 버스는 소똥 말리는 외곽마을로 찾아든다. 대기 중이던 사리 복장의 인도여인 둘이 차에 오르더니 희망자에 한해 원하는 부위에 초콜릿 같은 염료로 주로 공작과 같은 새의 형상을 그려 준다. 자매 사이라는 이들 두 여인은 숙련된 손놀림으로 금세 10명에 가까운 희망자에게 문신을 새겨 넣었다. 1불씩의 팁을 받아 챙겨 하차하면서 이들은 호텔에 가면 문신 부위에 레몬즙을 짜서 떨어뜨리라고 당부했다. 그래야 문신이 오래 간다며———.

호텔로 돌아와 중식을 마친 우리는 드디어 귀국 비행기를 타기 위해 델리로의 귀환 장정에 나섰다. 마침 내일2006.8.15이 인도 독립기념일이라 검문검색을 위한 도로차단이 수시로 이어지는 바람에 델리로 향하는 고속도로는 심한 체증을 앓고 있었다. 심지어 델리로 진입하는 모든 화물차량을 규제해 일반도로로 우회시키고 있었다. 이 때문에 우리는 예상시각보다 훨씬 더디게 델리 시내에 진입하게 됐는데 그나마 고층빌딩이 시원시원하게 뻗은 델리 외곽의 신도시 건설지대에서부턴 강화된 검문 탓에 모든 차량은 거북이걸음으로 나아가고 있었다.

몇 번씩 흐르는 침을 닦으며 차창에 머리를 박아대다 보니 차창 밖으로 숱한 군중이 무리지어 밤의 활보를 하는 모습이 보이기 시작한다. 드디어 델리 도심에 진입한 모양이다. 다시 잠시 의식을 놓았다 싶었더니 멀리서 희미하게 공항 관제탑의 불빛이 신기루처럼 눈에 들어찬다.

순간, "공작새 날개를 휘감는 염불소리, 갠지스 강 푸른 물이 찰랑 거린다—" 현인 선생의 [인도의 향불] 노래 가락이 내 심연 깊은 곳에서 들려왔다.

6박8일의 인도 여정이 아쉽게 이별을 고하는 찰나였다.

제4부

아시아와 유럽의 기로에서; 터키

유럽과 아시아의 기로에서; 터키

1. 화이트 이스탄불

11년 만에 다시 찾은 이스탄불은 하얀 색으로 단장하고 있었다. 출국 전 터키에 폭설이 내렸다는 외신을 접한 지라 짐작은 하고 있었지만 막상 보스프러스 해협 양안에 밀가루 반죽을 뿌려 놓은 듯한 이스탄불의 '민낯'을 대하니 말할 수 없는 감흥이 가슴 밑바닥으로부터 밀려온다.

2010년 1월28일 아침, 보스프러스해협 크루즈로부터 우리의 터키 여정은 시작되었다. 빙판으로 변한 선착장에서 어렵사리 배에 오르니 썰렁한 겨울 한기를 가르며 유람선이 곧 발진한다. 고등어 케밥으로 유명한 갈라타 다리엔 숱한 조사들이 궂은 날씨에도 무수하게 낚시줄을 드리우고 있다. 이 다리를 중심으로 좌측이 신시가지, 우측이 콘스탄티노플 성곽이 자

리한 구시가지로 나뉜다. 유럽측 좌측 연안을 따라 흑해 쪽으로 나아가는
배 창밖으로 돌마바흐체궁전의 모습이 들어찬다.

11년 전과 변함없이 단아
하다. 베르사이유궁전을 모
방했다는 이 궁궐 실내의 다
이아몬드 상드리에가 아직도
뇌리에 선연하다. 이 궁전의
맞은 편 아시아측에 터키 민
요로 유명한 '우스크다라' 지
역이 위치하고 있다. 오스만
제국 멸망 후 잃어버린 터키
의 고토를 수복한 장군이자
터키 건국의 아버지인 케말파
샤가 타던 배가 정박한 곳을
지나, 비잔틴제국의 보급로를
차단하기 위해 오스만이 세
웠던 루메르히사르성의 유허
에 이르자 드디어 보스프러

스의 2번째 현수교가 눈에 들어온다. 이 다리를 통과해 백설의 잔해가 손
짓하는 피안으로 빨려들면 바로 흑해다. 이곳에서 유턴한 배는 이제 아시
아측 연안을 따라 왔던 길을 되돌아간다. 상가와 관청 등이 주를 이루던
유럽측과는 달리 이쪽엔 부호들의 별장을 비롯해 주거지역이 자리 잡고
있다. 지중해와 흑해를 잇는 32km의 보스프러스해협은 아시아와 유럽의
경계를 이루며 이스탄불을 관통하고 있는데, 양안 사이의 폭이 매우 좁아
어떤 곳은 한강보다도 더 가깝다. 그래도 강이 아닌 어엿한 바다임엔 틀림
없다. 매일 바다를 건너 아시아와 유럽을 오가는 터키인들에게서 묘한 노
스탤지어가 느껴진다. 1시간 가량의 크루즈를 마치고 버스에 올라 다음

행선지로 향하는데, 차창 밖으로 오리엔트특급열차의 종착지 셸케이지역
이 보인다. 아가사 크리스티가 이 역이 바라다 보이는 보스프러스해협 근
교의 호텔에서 저 유명한 [오리엔트 특급 살인사건]을 구상·집필했단다.

‘대포문’을 의미하는 토카피 궁전의 뜰은 눈이 녹아 온통 진흙밭이다.
그예 딸아이의 찢어진 운동화 속 양말이 흥건히 젖고 말았다. 비잔틴 궁전
자리에 세워진 최초의 오스만 정궁인 이 궁전엔 모두 4개의 정원이 있는
데 보스프러스해협이 내려다보이는 술탄의 산책로가 있는 제4정원이 가
장 인상적이었다. 보석관에 전시된 ‘다윗의 칼’, ‘모세의 지팡이’, ‘요셉의
두건’, ‘마호멧의 수염’ 등의 진위 여부에 의구심을 품고 궁을 나서니 바로
지척에 성소피아 사원이다.

동로마 제국 시절 이래, 그
리스정교의 메카로 기능하다
비잔틴 제국이 이슬람화 된
후론 4개의 미나렛첨탑이 부가
된 채 이슬람사원으로 둔갑
한 이 유서 깊은 건축물은 지
금 박물관으로 사용되고 있
다. 높이 56m의 돔 천정에서
발산되는 위용은 근접할 수 없는 카리스마를 내뿜으며 이스탄불을 감싸

안고 있다. 아직도 절대 다수의 관광객에게 이스탄불을 찾는 이유로 군림하고 있는 이 붉고 위대한 건축물 내부는 보수공사의 마감질이 한창이다. 이슬람 문양의 덧칠을 파헤친 뒤 속살을 드러낸 비잔틴 시절의 모자이크 회화 앞에서 사진을 찍고 밖으로 나왔다. 오벨리스크가 중앙에 버티고 선 로마 시절의 원형경기장, 히포드럼 광장을 지나 성소피아 사원 맞은 편의 블루 모스크로 향했다. 이슬람의 자존심을 위해 성소피아 사원의 지척에 세워진 이 거대한 이슬람사원의 원래 이름은 술탄 아흐멧 모스크. 성소피아보다 2개가 많은 6개의 미나렛에 높이는 43m, 내부는 장당 8천불 짜리 타일 21043개로 장식되어 있다. 17세기 초, 당시의 술탄, 아흐멧에 의해 건축되었던 이 사원은 푸른 빛 실내 타일의 강렬한 인상 탓에 원래의 제 이름보다는 블루 모스크로 널리 불리워지게 되었다. 예배 시간이 지난 사원 내부를 둘러보고 나오는데 예배 전 세족 의식을 하는 수돗가에서 건장한 청년 몇이서 발을 씻는 모습이 보인다.

이제 동서문명의 보고, 이스탄불에서의 일정이 모두 끝났다. 점심을 먹

은 후 수도 앙카라로 출발했다. 자다 깨다를 반복하며 눈내린 밀밭 평원을 5시간 여 달린 끝에 1923년 터키 공화국 출범 이후 줄곧 수도로 기능해 온 터키 제2의 도시 앙카라에 닿았다. 터키 공화국의 국부, 케말 파샤아타 튀르크의 시신이 안치된 아타 튀르크 기념공원과 한국전에서 전사한 터키병사 추모탑전형적인 한국탑 모양이다.이 있는 한국공원을 들러 호텔에 도착했을 때 시계는 어느덧 밤 8시를 가리키고 있다. 딸아이의 신발을 사러 호텔 근처의 시장에 들렀다. 막 문을 닫으려던 신발가게 한 군데를 용케 찾았는데 다행히 마음에 드는 신발이 있다. 제 누나가 고르는 신발을 보더니 아들 녀석이 자기 것도 하나 사잔다. 짝퉁 리바이스 2켤레를 130리라약 10만4천원에 카드 결제했다. 좀 더 흥정하면 더 깎을 수도 있었겠지만 늦은 시간이라 더 지체할 수가 없었다. 이제는 제 아버지보다 훌쩍 커버린 아들 녀석과 살뜰히 제 동생을 챙기는 딸아이, 남매를 데리고 호텔로 돌아오는 발걸음이 만선의 어부 마음처럼 흡족하다. 하투샤고대 히타이트의 수도의 영광을 재현하려는 앙카라의 겨울 달이 우리 세 사람의 등 뒤에서 수줍은 듯 미소 짓고 있었다.

2. 카파토키아의 탄식

세계사의 중심에 섰던 비잔티움 이스탄불으로부터 수도의 지위를 앗아 간 앙카라는 생각보다 큰 도시였다. 케말 파샤가 100년 앞을 내다보며 천도한 이 도시는 1차 대전 후 영국에 의해 산산이 해체된 오스만 제국의 고토를 수복하는 교두보 역할을

한 곳이기도 하다. 그러나 관광지로서의 매력은 전무한 곳이라, 이른 아침 길을 나서야 했다. 밀밭 사이로 소금호수가 보인다 싶더니 얼마 지나지 않

아 구름모자를 쓴 雪山이 모습을 드러낸다. 해발 3,200m의 하산山이다. 나무 한 그루 보이지 않는 백색의 산야가 靈驗스럽기 그지 없다.

점심 때가 되어서야 카파토키아에 이르렀다. 이번 여행의 하이라이트라 할 수 있는 곳이다. 11년 전엔 관광이 아니라 학회 참석차 왔기에 못 들른 곳이라 더욱 기대가 된다. 페르샤어로 '말馬이 아름다운 곳'의 의미를 가지는 카파토키아는 BC 6세기 이래, 이 지역에 실재했던 고대 왕국의 이름이며, 터키인들이 주로 부르는 지명은 '괴뢰메'이다.

우선 우리는 기독교 박해시절의 지하도시 데린구유'깊은 우물'의 의미를 찾았다. 1965년 처음 공개된 이곳은 깊이 55m의 8층으로 이루어져 있다. 1층과 2층에는 마굿간과 포도주 압착기, 돌로 만든 두개의 긴 탁자가 놓여져 있는 식당 혹은 교실이 위치하고 있고 3, 4층에는 거주지와 교회, 병기고, 터널이 있었다. 십자가 모양의 교회, 지하 감옥 및 묘지는 지하층에 위치하고 있다.

우리는 미로처럼 얽혀 있는 좁다란 통로를 때로는 오리걸음으로, 때로는 뭐 마려운 강아지처럼 불편한 포즈로 오르내리며 앞사람의 둔부에 자신의 머리를 맞대고선 옛 카파토키아인들의 지하세계를 상상해 보았다.

점심 식사 후, 우리의 눈 앞에는 [스타워즈]의 촬영현장임을 실감케 하는 별천지가 펼쳐진다. 차례로 들른 낙타 계곡, 파사바 계곡, 파노라마 언덕 등에서의 감동은 대자연의 위대한 조화에 인간은 무조건 고개 숙여야 함을 가르쳐 준다. 아나톨리아 중부의 황량한 화산 지대로 선사시대 때부터 화산 활동이 활발하여 화산재가 많이 퇴적되었던 이 지역은 당시 형성

된 응회암층이 오랜 세월 비바람에 침식되면서 버섯이나 죽순 모양의 기암이 되어 만물상을 이루고 있다. 가히 터키의 그랜드캐년이라 부를 만하다. 낙타 형상의 바위가 이채로웠던 낙타계곡, 성시몬 교회의 동굴벽화가 인상적이었던 파사바 계곡, 매스게임을 하듯 바위산의 군무를 연출한 파노라마 전망대 등 카파토키아의 모든 경관이 나를 사로잡았지만, 특히 파노라마에서 맛본 '마도' 아이스크림은 마치 인절미처럼 쫀득쫀득하여 아직까지 잊을 수 없는 입 안의 촉감으로 남아있다.

이곳에 와서 느낀 건, 이 동네에 방목하는 개들이 엄청나게 많다는 것이다. 개들의 덩치도 거의가 헤비급이어서 언뜻 보면 위압감을 느낄 정도이지만, 터키인을 닮아서인지 성품들이 착하고 '겸손'(?)해서 관광객 주위에서 온갖 재롱을 피우며 식생활을 영위하고 있었다. 게다가 얼마나 사교성들이 좋은지 이성교제의 폭도 넓고 다양해, 숱한 관광객들의 시선도 아

랑곳하지 않고 돌집 사이 오솔길 한복판을 가로막고 노골적인 '생비디오'
쇼를 연출하기도 하였다. 일행 중 아침부터 사모님과 티격태격해서 기분이
다운됐던 강원도 어르신은 이 광경을 부러움 가득한 눈으로 감상하다가 버
스에 가장 늦게 타는 바람에 또 다시 사모님의 일장 훈시를 들어야 했다.

　우리가 보통 카파토키아로 통칭하는 지역은 실제론 괴뢰메, 젤베, 위르
굽, 오티히사르 등의 행정적 부락단위로 엮어져 있는데, 특히 구멍 난 암
벽 속에 비둘기들이 거주해 비둘기 계곡으로 통칭되는 우치사르 지역엔
아직도 현지인들의 암석 전통가옥여름철에만 상주이 존재해 눈길을 끌었다.
스머프의 집을 연상시키는 이들의 가옥 내부에서 돌구멍 사이로 밖을 내
다보니 마치 만화영화의 주인공이 된 듯한 착각이 인다. 그들의 터키식 전
통커피를 대접받은 일행들은 재미삼아 집주인에게 커피 잔을 이용한 점을
쳐 보기도 한다. 백설에 묻힌 돌집에서 석양을 바라보며 치는 점괘놀이는
분명코 저 세상 우주인들의 유희에 틀림없으리라! 헉슬리의 '멋진 신세
계'가 눈앞에 도래한 듯하다.

　소담스레 눈이 쌓인 그들의 고공정원에서 구멍 뚫린 돌집을 배경삼아
아들 녀석의 독사진을 찍는데 주인집 아들이 "Don't fly날진 마"하며 농을
건다. 그러고 보니 아들 녀석이 포즈를 취하고 있는 곳 바로 아래는 한길
낭떠러지다. 애고고! 잘못하면 내 제사지낼 상주가 없어지겠구나 싶어 얼

른 자리를 옮겼다.

터키석 원석을 가공하는 보석점과 카페트 공장을 거쳐 우리의 숙박지가 있는 위르굽에 도착했을 때는 어느덧 밤 7시, 제때 맞춰 출근한 겨울달의 히스테리가 대지에 준동하고 있었다. 서둘러 식사를 마친 후, 카파토키아의 겨울 밤 마실에 나섰다. 현지 가이드의 안내로 멋있는 장식의 카페 문을 열어젖히는데, 내 눈 위로 셀로판지로 몸뚱이를 감싼 요상한 별똥별이 쏜살같이 떨어지고 있었다.

3. 파묵깔레 가는 길

2010년 1월31일 오전 6시, 눈부신 새벽 여명을 맞이하는 카파토키아의 협곡엔 환희와 아쉬움이 교차하고 있다. 꼭두새벽부터 잠이 덜 깬 애들을 독려해 예까지 온 건 안타면 평생 후회할 것 같은 열기구 탑승체험을 위해서인데 아무래도 안전범위를 벗어난 겨울 풍속 탓에 오늘도 열기구 비행이 취소될 듯하다. 벌써 3일째 새벽잠을 설쳐가며 기다린다는 대구 출신의 두 여대생 배낭족은 "원래 겨울엔 취항 확률이 15%밖에 안 된대요. 처음엔 타도 그만 안타도 그만 심드렁했는데 이젠 그 동안 기다린 게 아까워 꼭 타보고 갈래요"하며 주위 경관 찍기에 여념이 없다. 1시간여를 기다렸지만 끝내 카파토키아 하늘로의 비상은 불발.

결국 새벽5시에 일어나 열기구 탑승 장소로 달려갔던 우리가 한 일이라곤 추위에 발을 동동거리며 컵라면 끓여먹은 일과 현지 취재차 나온 스페인 방송의 카메라 앞에서 세계 각국의 여행객과 어울려 스페인식 강강수월래 댄스를 즐긴 것밖에 없었다.

이날의 일정은 파묵깔레까지의 장거리 이동이 전부.

평화로운 대평원을 2시간여 달려 버스가 멋있는 건축물 앞에 정차한다. 그 옛날 실크로드를 횡단하던 카라반들이 묵었던 숙소란다. 중세의 이슬람성곽을 연상시키는 멋있는 풍치에 저절로 카메라 셔터가 눌려진다. 이곳의 화장실은 유료, 3인에 1달러란다. 전혀 변의가 없었지만 애들 둘이 가는데 인원수 맞추려 화장실에 끌려가다시피 들어가 방귀만 한 번 뀌고

나왔다. 내 생애 가장 비싼 방귀였다.

　다시 두 시간여를 달리니 차창 밖 풍경은 밀밭 평원에서 공장지대로 바뀌어져 있다. 중세 이 지역을 호령했던 셀죽 터키의 수도였고 현재 터키의 7대 도시며 산업전략도시로 주목을 받고 있는 '코냐'이다. 터키 이슬람 메블라나 교단의 본산지답게 종교적 색채가 강한 곳이라더니 차창 밖으로 히잡을 두른 여성이 많이 보인다. 12세기에 메블리나가 창시한 신비적 이슬람 종파인 메블리나 교단은 수도승의 명상춤인 세마sema 춤으로 유명한데,

흰색의 치마를 입고 빙빙 도는 원무圓舞는 우주의 신과 융합하는 의식이란다. 우리는 입구에 세마춤 수도승의 모형이 버티고 선 식당에서 터키식으로 점심을 들었다. 다시 몇 번을 쉬고 가다를 반복해 5시간 여 정도를 더 가, 밤이 이슥해서야 피묵깔레 석회붕이 있는 오늘의 유숙지 데니즐리에 도착할 수 있었다. 비록 밤이라 카메라에 제대로 잡히진 않았지만 어둠 속에 희뿌연 속살을 드리우는 석회붕 지대의 장관을 올려다보는 것만으로도 작은 희열이 일었다.

　호텔에서 늦은 저녁식사를 마친 뒤, 오누이를 거느리고 이곳의 명물, 흙탕물 온천 체험에 나섰다. 이끼진 미끄러운 계단을 조심스럽게 내려가 황톳물이 가득한 욕탕에 입수하니 말할 수 없는 안온함이 느껴진다. 하루 동안의 피로가 일시에 풀리는 듯하다. 독일 뮌헨에서 휴가를 즐기러 왔다는 일군의 관광객과 반갑게 인사를 나누었다. 시간 날 때마다 이곳을 즐겨 찾는다는 그들을 보며 1차 대전의 돈독한 동맹국이었던 독일-터키 양국의 관계가 다시금 상기되어진다. 터키탕의 원조인 여기까지 왔으니 폐장하기

전에 터키탕도 체험코자 아쉽지만 황토탕에서 서둘러 나와야 했다. 호텔 별채에 있는 황토탕과는 달리 터키탕은 본관 1층 객실 북쪽에 있는지라, 객실 복도를 관통해 지나가야 한다. 젖은 몸이 마를 때까지 기다릴 수 없어 수영복 차림에 타월로 상체를 두르고 애들과 함께 복도를 황급히 지나가는데, 마침 건너편 터키탕 쪽에서 일행 중 세 아줌마가 이쪽으로 걸어오는 게 보인다. 원수는 외나무다리에서 만난다더니 터키탕 체험을 마치고 일상복으로 갈아입은 채, 여유롭게 담소를 나누며 걸어오던 세 아줌마가 나와 눈이 마주치자 당황해 어쩔 줄 몰라 하며 냅다 내뺀다. 용기를 내 눈인사까지 건넨 내가 얼마나 뻘쭘해지던지…

   자기네들 말 듣지 않고 옷도 안 갈아입고 쏘다니다 그 잘난 똥배까지 보여주고 무슨 망신이냐며 아이들이 더 창피해 한다. 머쓱하고 황당한 마음에 무심코 올려다 본 테라스 밖 하늘엔 초승달이 창창하다. 보여준 사람보다 본 사람들이 더 부끄러워하는 파묵깔레의 겨울밤이 수줍음 속에 저물고 있었다.

4. 소아시아 속 로마를 찾아서

‘목화성’을 뜻하는 파묵깔레는 이 지역의 온천수에 들어 있는 석회와 칼슘 성분이 침전되면서 자연적 폴과 종유석을 형성한 곳이다. 일찍이 아침 식사를 마친 우리는 버스로 파묵깔레의 언덕에 올랐다. 이름 그대로 석회붕의 언덕이 계단식 논처럼 하얀 이빨을 드러내고 우리를 맞고 있었다. 90년대였던가? 하얀 석

회성의 야외 온천에서 온천욕을 즐기는 서양인들의 모습을 해외토픽에서 보고 얼마나 터키를 동경했는지 모르는데, 문제의 야외온천욕은 오래 전에 중지되었단다. 아직도 더운 석회온천수가 콸콸 뿜어져 나오는 배수로에 발을 담그고 하얀 목화성을 훑어보노라니 옛 페르가몬 왕국의 영화가 꿈결인 듯 그리웁다.

　　BC 4-5세기 경 헬레니즘문명의 한 가운데에 서있었던 고대 페르가몬 왕국 시절, 생사의 갈림길에 세워졌던 네크로폴리스死者의 도시와 히에라폴리스生者의 도시의 흔적이 이천년의 세월을 훌쩍 넘어 석회붕 언덕 옆에 처연히 걸쳐져 있다. 의술이 발달했던 당시의 이곳에 치료차 왔던 이들의 주검이 들어선 공동묘지, 네크로폴리스를 제외한 대부분의 유적은 BC 129년 로마의 속주가 된 이후의 것들이다. 원형극장, 목욕탕, 신전, 교회 등 당대 히에라폴리스를 형성했던 유허가 잔해로 남아 안타까운 모습으로 우리를 맞이하고 있다. 예수 12사도 중 한 사람인 사도 빌립이 이곳에서 전도하다가 AD 80년에 나무에 거꾸로 못박혀 순교했단다. 멋있는 사진을 많이 남길 수 있는 전망 좋은 장소였다.

다시 버스는 소아시아반도의 서남단을 줄기차게 달려 로마제국의 흔적을 더듬는다. 차창 밖으로 멋있는 풍치의 고성이 보인다 싶더니 비잔틴 제국 시절의 셀죽성이란다. 그리고 보니 벌써 에게해에 연한 역사의 고도古都 셀죽이다. 6-8세기 경 중국의 변방이었던 돌궐이 수·당·송 등 중원의 대제국에 부대끼며 동돌궐, 서돌궐, 후돌궐 등으로 끈질긴 생명력을 이어오다 마침내 서역에 둥지를 틀게 되고, 이곳 셀죽을 터전으로 비잔틴제국을 위협하는 셀죽터키로 번성하면서 근세사를 호령하는 오스만 대제국의 기반을 닦았으니, 가히 이곳 셀죽은 굴러들어온 동양계 부족이 서방 원주민을 몰아낸 동방점령사의 역사적 산실인 셈이다.

패션쇼가 인상적이었던 가죽의류 매장과 무늬만 된장찌개인 야릇한 한식도 반가웠던 한식당을 거쳐 오후 1시 경 에베소 유적지에 닿았다. 11년 전 그 가죽의류매장에서 아내의 가죽조끼 하나를 사갔다 색깔도 마음에 맞지 않고 가격도 바가지를 썼다고 원성을 들은지라 이번엔 애들과 한 켠에서 사진만 찍고 나왔으나, 멋있는 가죽슈트를 고른 일행을 보니 불현듯 아쉬움이 인다.

고대 로마제국 시절 소아시아 속주의 수도로 번성했던 에베소의 유적지는 우리로 하여금 타임머신을 타고 2000 여년의 세월을 훌쩍 뛰어넘게 하였다. 그만큼 당대의 화려했던 문명을 각인시켜 주고도 남을만한 곳이었다. 특히 한글로 된 입간판은 우리의 관광욕을 고취시키기에 족했다. 바

리우스Varius의 로마 목욕탕, 국가가 운영하던 아고라시장, 기둥만 남은 바실리카교회, 공연장이었던 오데이온 등은 입구Magnesian Gate를 들어서면 가장 먼저 접하는 정경이다. 오데이온을 지나 서진西進하면 기둥만 남아있는 당시의 시청과 멤비우스의 기념탑이 보이고 왼쪽으로는 당시의 물 저장고였던 폴리오 파운틴, 도미티아누스 사원 등이 이어진다.

아래쪽의 두 기둥으로 이뤄진 '헤라클레스의 문'에서 켈수스도서관까지 이어지는 '큐레테스'Cu- retes거리의 좌우로 트라이아누스 황제의 분수, 하드리아누스 황제의 신전, 당시 부유층의 저택, 스콜라스티카의 목욕탕, 브로델유곽과 화장실 등이 자리하고 있는데, 특히 50여 명 이상이 동시에 대소변을 볼 수 있는 당시의 좌식 변기가 눈길을 끌었다. 여기서 엉덩이를 까놓고 스스럼없이 일상사를 뇌까렸을 로마인들의 허심탄회함이 연상되어지자 그때 이곳에서 태어나지 못한 것이 한스럽다. 인공 비데 아닌 자연풍에 항문을 내맡기고 끝없는 정담을 나누었을 그네들의 여유가 부럽기만 하다.

50,000권의 장서를 자랑하는 세계에서 3번째로 큰 도서관이었다는 켈수스 도서관은 에베소 총독 가이우스 율리우스 아킬라가 그의 아버지 켈

수스를 추모하기 위해 지었다는데, 우뚝 선 이오니아식의 위용도 빼어났지만 지혜, 지식, 지능, 덕망을 의미하는 입구의 4 조각쌍도 눈길을 끌기에 충분했다. 도서관 우측의 아고라를 지나 대리석 도로를 걸으면 오른편에 거대한 원형극장이 모습을 드러낸다. 수용인원 24,000명을 자랑하는 이 극장은 BC 3세기에 처음 지어진 뒤, AD 1세기에 로마식으로 개조되었다고 하는데 자연적 음향시설이 뛰어난 것으로 유명하다. 11년 전 이곳을 방문했을 때, 성악을 전공한 여성 가이드가 베르디 [아이다]의 아리아를 독창하며 그 울림의 정도를 시험한 적이 있었는데, 가히 가슴이 저밀 정도의 감동이 밀려왔었다. 누가 시키기만 하면 당장 극장 한복판으로 뛰쳐나가 풋치니 [투란투드]의 '공주는 잠 못 이루고'Nessun Dorma를 뽑아대고 싶은 심정이었으나 아무도 시켜 주지 않아 아쉽게도 사진만 찍고 물러나야 했다.

극장을 나오면 면전에 양가에 기둥만 남은 곧은 거리가 펼쳐지는데 바로 항구까지 이어진 530m의 항구 대로아르카디안 대로;Arkadian Way이다. 진흙으로 바다가 메워지기 전, 로마황제가 배편으로 항만에 도착해 수레를 타고 이곳에 이르던 황제의 전용도로이다.

아름드리 소나무 가로수의 환송을 받으며 출구를 나오니 기념품 상가가 이어진다. 시간 관계상 BC 6세기에 지어진 고대 7대 불가사의에 해당하는 아르테미스 신전과, 사도 요한이 말년의 성모 마리아를 돌봤다는 '성모 마리아의 집'을 그냥 지나쳐 무척 아쉬웠다.

오늘 우리의 숙소는 에게해의 미항 아이발록.

[일리아드]의 음유시인 호메로스의 고향 이지미르터키 제3의 도시를 지나 에게해를 거슬러 올라가야 한다. 중간에 어느 시골마을을 지나는데 가이드가 가옥 옥상에 올려진 항아리를 가리키며 "저 항아리는 과년한 처녀가 신랑감을 구한다는 공식 전갈이랍니다."고 설명해준다. 그리고 보니 드문드문 옥상에 얹혀진 항아리, 심지어는 콜라병도 보인다. 평소 처녀에 눈독을 들이고 있던 총각 중 가장 먼저 그 항아리를 깬 자가 부모와 함께 맞선을 볼 수 있단다. 맞선 후 처녀는 마음에 들면 커피 잔에 꿀을, 그 반대면 소금을 넣어 의사를 전달한단다. 퍽 흥미로운 혼례방식이다. 가이드가 어느 집의 항아리를 가리키며 "저 집은 4년 째 항아리가 전혀 깨지지 않고 있는데 처녀가 도대체 어떻게 생겼는지 궁금하다"며 농을 던져 우리 모두를 파안대소破顏大笑케 했다.

에게해의 매서운 바닷바람이 빗방울과 합주하는 아이발록에 닿았을 땐, 짧은 겨울해가 이미 도도한 밤기운에 밀려난 뒤였다. 저녁 식사를 마치고 아이들과 해변 산책에 나섰다. 멀리 에게해 건너편의 어느 섬에서 반사되는 불빛이 더 없이 영롱한 밤하늘의 별빛과 어울려 고혹적 영상을 연출하고 있었다.

5. 트로이의 허무

2010년 2월1일, 에게해에서 바라보는 아침 태양은 왠지 생뚱맞다. 얄싹한 여광餘光이 바람둥이 총각의 눈매 같다고나 할까?

오늘은 터키여정의 마지막 날, 트로이 유적지를 거쳐 배를 타고 다시 유럽 쪽으로 건너가는 스케줄로 짜여있다. [일리아드]에 나오는 트로이의 목마로 널리 알려진 이곳에 발을 내딛는 건 내게 여러 모로 감회 깊은 일이다. 11년 전 터키를 방문했을 때, 학회를 마치고 부랴부랴 대절 버스로 달려왔건만 폐장시각을 넘겨 끝내 구경하지 못한 곳이기 때문이다. 시간 압박에 시달리면서도 느슨한 터키인 근무자의 아량에 기대면 입장이 가능할 거라며 우리에게 희망어린 독려를 하던 가이드는 마침 이날 이곳에 독일인 감찰관이 와 있다는 사실을 알곤 그 자리에 털썩 주저앉고 말았었다. 결국

우리 그 깐깐한 독일 감찰관 덕에 폐장 시각을 5분 넘기고 도착한 대가를 톡톡히 치러야 했다. 유적지 바로 입구까지 갔다 쫓겨났던 그날의 기억을 되살리며 머릿속에 목마를 그리는 순간, 버스가 매표소 앞에 멈춰 선다.

트로이 유적지_{현재 지명; 히사를륵 Hisarlik}는 1870년 독일의 거상 하인리히 슐리만이 발굴해 세상에 알려졌는데, 어릴 때부터 [일리아드]에 심취해 있던 그는 15m 두께로 쌓여진 퇴적층을 7개로 분류해 맨 아래부터 '트로이1'에서 시작해 '트로이7'까지 명명했다. 1890년 슐리만의 사망 후 발굴 작업을 계승한 돌프펠트가 마침내 '트로이7'에서 거대한 성벽을 찾아냄으로써 호메로스가 [일리아드]에서 읊었던 것이 허구가 아니었음을 입증할 수 있었다. 그 후 1932년, 이곳을 재 발굴·조사한 미국 신시내티 대학의 고고학자 블레겐이 이를 다시 9개 층으로 세분하면서 청동기시대부터 인간이 정착한 이곳에 화재, 지진, 전쟁 등으로 숱한 문명이 명멸하여 복층화되었음을 확인할 수 있었다. '트로이1'BC 3000-2600에서 '트로이9'BC 85-400에 이르

는 9색의 문명과 그 유허는 4세기경 하천의 퇴적 작용으로 항구가 메워지면서 차차 역사의 뒤안길에 묻히게 되었다.

11년 전 입구에서 쫓겨났던 세계문화유산을 다시 찾은 내 감회는 남달랐으나, 입구 초입에 버티고 선 트로이 목마의 모형1970년대 제작은 실망스럽지 그지없었다. 그러나 그것은 장차 보게 될 트로이 옛 유허의 예고편에 불과한 것으로, 트로이 유적 관광이 왜 세계 3대 허무관광의 하나로 비아냥되어지는지를 알려주는 정확한 바로미터이기도 하였다. 우리는 트로이 유적의 전체 조감도를 따라 '트로이6'과 '트로이7'의 유허를 지나 트로이성내 주택의 흔적을 둘러본 뒤, 아테나 신전이 있던 자리에서 트로이전쟁의 현장을 훑어보고는 옛 우물터와 제단 그리고 오데온실내극장을 거쳐 출구로 나왔다. 그야말로 별 볼일 없는 돌무덩이 단지를 한 바퀴 휑하고 휘돌아 나온 느낌이었다. 아무리 아킬레스와 아가멤논과 헥토르와 파리스의 이미지를 간곡히 심어주려고 애써도 고개를 흔들며 거부할 것 같은 이 땅의 황량함에 진저리가 쳐졌다.

오늘 이스탄불로 돌아가야 하는 우리는 유럽으로의 귀환을 위해 갈리폴리 해협의 아시아측 항구 치나칼레랍세기로 향하였다. 치나칼레 항만에선 브레드 피트 주연의 영화 [트로이] 촬영을 위해 제작되었다는 멋진 목마 조형물이 기품 있는 자태로 우리를 맞고 있었다. 트로이 유적지의 조잡한 목마에 실망한 우리는 이 기특한 목마를 배경으로 삼삼오오 짝을 지어 기념촬영을 해댔다.

아시아의 치나칼레와 유럽의 갈리폴리를 연결하는 불과 17km의 갈리폴리 해협은 1차 세계대전의 격전지로 유명한 곳이다. 1914년 11월부터 1916년 1월에 걸쳐 영국군 25만, 터키군 15만, 도합 40만의 병사가 희생된 이 대혈투는 당시 육군 대령에 불과하던 케말파샤를 일약 전쟁영웅으로 부상시켜 훗날 터키건국의 아버지로 성장하게 하는 발판이 되게 한 중요한 역사적 사건이기도 하다. 10년 전 호주 연구년 시절, 당시 영국군에 배속되었다 괴멸되다시피 한 호주군의 영혼을 달래기 위한 숱한 위령구호들이 호주의 현충일이라 할 수 있는 안작데이Anzac day를 수놓던 장면이 다시금 연상되어진다.

치나칼레 항에서 버스 째로 페리에 승선한 우리는 바로 눈앞에 마주한 갈리폴리 항을 향해 서서히 미끄러져 간다. 페리 승객들이 던지는 빵조각을 좇아 치나칼레 항에서부터 날아온 갈매기 군단의 요란스런 날개 짓 사이

로 갈리폴리 반도의 남단곶에 걸쳐진 갈리폴리대첩 기념석판18 MART 1915이
눈에 들어찬다.

　보스프러스 해협에 걸쳐진 현수교를 통해 아시아로 건너왔던 우리는
이렇게 배를 타고 갈리폴리 해협을 건너 유럽으로 돌아왔다. 상륙하자마
자 유럽땅에서 고등어 케밥으로 점심을 든 우리는 다시 3시간여를 달려
드디어 콘스탄티노플의 외성곽을 뚫고 이스탄불에 입성할 수 있었다. 닷
새 만에 다시 찾은 이스탄불엔 이별을 아쉬워하듯 가랑비가 촉촉이 내리
고 있었다. 석류 엑기스가 주력상품인 기념품 샵을 거쳐 실크로드 최대의
재래시장인 그랜드바자르에 들어섰을 땐 이미 땅거미가 지고 있었다.

5,000 여개의 상점이 미로처
럼 연결된 이곳에서 중앙아시
아와 유럽이 혼재된 풍물을
감상하는 사이, 오누이는 여
기저기 쏘다니며 저마다 관심
품목을 발견하곤 상인들과 흥
정을 해대는데 그 모습이 제
법 진지하다. 잠시 후 허겁지
겁 버스로 돌아온 딸아이의 손엔 그랜드바자르가 수놓아진 실크지갑이,
아들 녀석의 손엔 칼리프의 휘장이 멋있게 새겨진 단검이 들려 있었다. 새
벽비행기를 타기 전, 토끼잠을 자야할 숙소로 돌아가는 버스 차창 밖으로
우수에 젖은 이스탄불의 겨울달이 밤비를 걸으며 손짓하고 있다.

　이튿날2010년 2월2일 새벽 6시, 이스탄불의 아타 튀르크 공항을 이륙한 우
리는 3시간 30분을 날아 암스텔담의 스키폴 공항에 도착했다. 한국행 비
행기를 환승하기까지 약 10시간의 여유가 있다. 한국식 꼬리곰탕이 손짓
하는 암스텔담 1일 패키지 관광에 심히 유혹을 느꼈으나 오누이는 자유
관광을 고집한다. 오랜 만에 동행한 애들의 요구를 뿌리칠 수 없어 중앙역

까지 왕복 티켓을 끊고 겨울비 내리는 암스텔담 시가로 돌진해야 했다. 중앙역 앞에서 2번 트램을 타고 고흐 박물관 앞에서 하차했다. 꼭 1년 만에 다시 찾은 암스텔담의 겨울은 변함없이 우울하다. 얼마 전의 대설大雪 탓에 1년 전보다 길거리가 더 미끄러운 외에 추적추적 내리는 겨울비의 회색 자화상은 그대로다. 그런데 물가만은 제 자리에 있지 않았다. 트램 승차비가 2.5유로에서 2.6유로로, 고흐 박물관 입장료가 12.5유로에서 14유로로 각각 올라 있다. 유럽에서 런던 다음으로 악명 높은 암스텔담의 물가를 실감할 수 있었다.

오누이만 고흐 박물관에 입장시키고 난 지근至近의 하이네켄 공장 유료 견학에 나섰다. 그러나 11시에 지각개장하는 견학프로그램을 무려 15유로의 고가에 즐기려면 아이들과의 약속시간에 맞지 않을 것 같아 입구 처마에서 디카만 매만지다 약속장소로 되돌아왔다. 찢어진 1회용 우의를 걸친 웬 동양인 거지(?)가 하이네켄 건물 처마 밑에 죽치고 있는 모습을 지나가던 행인들이 힐긋힐긋 쳐다보는 듯하였다. 애들은 고흐 박물관에 상당히 만족한 듯하였다. 입장료를 치르고 남은 돈으로 캘린더, 책갈피 등 기념품까지 잔뜩 사들고 나왔다. 마지막 남은 유로화였던지라 그걸로 콜라라도 한 잔하려던 나는 절망감에, 젖은 몸이 더욱 떨려왔다. 다시 담광장에 들러 공사 중이라 온몸을 가리고 있는 왕궁을 배경으로 사진을 찍고는

암스텔강 운하에 걸쳐진 다리를 몇 개나 지나 홍등가까지 걸어갔다. 홍등가가 목적이 아니라 그 주위의 식당을 찾으러 가는 길이었으나 우람한 체격의 매춘부들이 근엄한 표정으로 유리창 속에 앉아 있는 모습을 오누이와 함께 감상해야 했다.

원래 중세 성의 구조물이었
으나 외과의사 길드와 석공 길
드의 사무실을 거쳐 교수형 집
행장으로 쓰여 졌던 전통 깊은
식당 'Waag'에서 점심을 해결
했다. 아이들은 촛불 상드리에
로 장식된 중세 유럽 식탁의 운
치에 고무되어 퍽 즐거운 듯 하

였으나 나는 자꾸만 패키지팀이 이 시간 즐기고 있을 꼬리곰탕에 미련이
가서 비 내리는 창밖만 응시하였다. 겨울 낮 암스텔담 자유 관광은 그다지
추천할 게 못 된다는 걸 다시 한 번 확인할 수 있었다. 담락街까지 걸어가
간단한 쇼핑을 하곤 서둘러 중앙역에서 기차편으로 공항에 돌아왔다. 비
맞고 돌아다닐 걱정 없이 앉아서 푹 쉴 수 있는 공항은 훨씬 안온했다. 그
러나 애들 할머니가 부탁한 화장품을 사야만 한다는 데 생각이 미치자 용
수철처럼 자리를 박차고 일어설 수밖에 없었다. 면세점에서만 살 수 있는
대용량의 외제 영양크림을 할머니와 그 친구분 일행이 학수고대하고 있다
는 사실은 내 가슴을 무겁게 짓눌렀다. 순간 나도 모르게 뛰기 시작했다.
면세점을 향해 100m 선수처럼 달려가는 내 뒤로 오누이가 영문도 모른
채 헐떡이며 따라오고 있었다. "영양크림 어디 있니?" 외치는 할머니와 친
구분들의 아우성이 꿈결인 듯 들려왔다.

한겨울의 아지랑이;
남유럽

28E
3599
R. Conceição
carris
ESTRELA 28
544
WE'RE ON

한겨울의 아지랑이; 남유럽

1. 가우디의 축복, 바로셀로나

2009년 1월 12일 오후 12시 반, KTX와 공항 리무진을 연계해 도착한 인천공항의 드넓은 3층 라운지는 시집간 새색시의 친정집 마냥 나를 들뜨게 한다. KTX가 천안 구간을 지날 때 쯤, 온 세상을 하얗게 수놓던 눈발세례에 혹여 비행기가 결항될까 적이 조바심쳤건만 한 겨울의 공항은 한 점 구름 없이 청명하다.

기성청사에 한 동의 터미널외국 취항사용을 새로 증축했다더니 게이트가 100단위를 넘어 130번이다. 새 터미널까진 기성 청사의 26~27번 게이트 아래로 에스컬레이터를 타고 내려가 다시 트램을 타고 한 정거장 이동해야 했다. 홍콩 쳅락콕 공항의 공항 내 수송 시스템을 그대로 본뜬 듯하다.

이륙 시각을 20분 넘긴 오후 2시 50분, 마침내 KL866편은 육중한 동체를 인천만 상공 위로 비상飛翔시킨다. 그토록 고대하던 남유럽, 이름하여 스모포 12일의 파란만장한 일정이 맹아萌芽의 싹을 틔우는 찰라이다. 학창시절 이래, 지중해를 연하여 아프리카와 맞닿아 있는 지정학적 위치 탓에 이슬람 세력과의 숱한 마찰을 겪은 세계문화사의 보고寶庫, 스페인의 신기루에 내내 취해 있었던 내 눈가엔 벌써 이베리아반도의 아지랑이가 아물거린다.

11시간 여를 날아 도착한 중간 기착지, 암스텔담 스키폴 공항은 세련된 단아함과 기묘한 적막감이 뒤섞여 겨울밤의 운치를 더하게 한다. 2시간여 환승 대기 후 다시 2시간을 날아 마침내 이번 여행의 시발점, 스페인의 바로셀로나에 이를 수 있었다. 착륙 직전 하늘에서 내려다본 바로셀로나는 크리스마스 트리의 점멸전구등이 종횡으로 포개진, 작고 영롱한 환타지아를 방불케 한다. 이름_{바로셀로나}처럼 바로 새지 못하고 경유지_{암스텔담}를 거치다 보니 인천 출발 후, 15시간여가 흐른 뒤였다. 공항에서 40분 거리의 호텔에 밤 12시가 넘어 도착해 시차와의 전쟁을 벌이다 보니, 여행지의 첫 밤을 거의 뜬 눈으로 지새울 수밖에 없었다.

이튿날 _{2009.1.13}, 빵과 치즈, 유유 일색의 콘티넨탈 조식으로 아침을 때우고 8시 30분, 드디어 이번 여정의 첫 스타트를 끊는 바로셀로나 투어에 나섰다. 우리 일행이 처음 찾은 곳은 바로셀로나의 상징, 성가족 성당_{사그라다 파밀리아; Sagrada Familia.}

수더분한 여염집 아줌마 타입의 현지 가이드는 바로셀로나를 "가우디와 햇볕이 먹여 살리는 도시"라고 요언_{要言}한다. 그만큼 바로셀로나엔 지중해의 온기를 실어다 주는 사철 따사로운 햇볕과 천재 건축가 가우디의 숨결이 도시 곳곳에 뒤덮여 있다는 말이다.

평생 독신으로 근검 소박하게 살며 천상의 조형혼을 펼치다 전차사고로 운명을 달리 한 가우디의 천재성을 한 마디로 대변해 주는 성가족 성당은 실물이 사진보다 몇 배의 감동을 불러일으킨다. 각종 비주얼 자료들을 통해 볼 때, 그냥 멋있는 한 채의 성당으로 뇌리에 남아 있었던 이 위대한 종교건축물을 현장에서 세세히 살펴볼수록, 도저히 인간의 머리에서 배출된 인공 조형물이란 사실이 실감 나지 않는다.

성당의 사위는 중앙부를 포함해 탄생, 수난, 영광 등 성가족_{예수, 마리아, 요셉}의 성사_{聖史}를 압축한 3면의 석조벽으로 이뤄져 있는데, 멀리서 봤을 때 노인의 주름살 같았던 곡각진 부분들을 가까이서 보니 넋을 잃을 지경이다. 돌로 새긴 조각화의 구상과 세밀하게 암각된 면면이 소름이 끼칠 정도로 환상적이다.

　예수의 탄생과 관련된 역사를 가우디가 구상 설계한 '탄생의 문' 쪽 조각벽화는 그대로 석조화된 성경이다. 예수와 당대인물들이 돌을 뚫고 돌출해 나와 생생히 살아 움직이는 듯한 정경들에 오금이 저렸다. 가우디의 천재성에 저절로 고개가 숙여졌다.

　가우디의 제자가 완성시켰다는 '수난의 문' 쪽 벽화는 십자가에 못 박히기까지의 수난사를 그린 것으로, '탄생의 문' 쪽에 비해 사각진 둔중함을 느끼게 했다. 십자가를 진 예수를 바라보는 가우디의 초상과 예수의 세수世壽33이 종횡의 합이 되도록 짜 맞춘 숫자 마방진이 눈길을 끌었다.

　예수의 사후 부활을 주제로 한 '영광의 문' 쪽 을 비롯해 아직 시공하지 못한 주변 조경 등을 완전히 마무리해 생전 가우디의 꿈이 만개하기까진 아직도 기약 없는 수십년의 세월이 필요할 것 같았다. 가우디의 또 다른 역작인 구엘공원으로 이동하는 버스 차장 밖으로 성가족 성당이 스러져가며 찬란한 송가를 읊어대고 있다. 나는 목이 빠져라 고개를 돌려 멀어져가는 가우디의 숨결을 붙잡으려 몸부림쳐 보았다. 겨울 낮의 햇살이 차창 밖에서 부서지고 있었다.

　가우디의 흔적은 구엘공원에서도 지중해의 햇살과 더불어 빛나고 있었

다. 구엘공원은 원래 가우디의 후원자였던 구엘 백작이 기부한 15헥타의
대지 위에 가우디가 설계한 당대의 획기적 다세대 주택타운이었다. 그러
나 시대를 앞선 그의 기획은 분양 실패로 이어져 60채를 지으려 했던 대지
위엔 3채의 저택만이 지어졌다. 그 3채의 집엔 구엘 본인과 가우디와 그의

조카, 그리고 유일한 분양객인 어
느 변호사가 각각 살았었다. 공원
광장에서 야자수 형태의 긴 육교
와 뱀 모양의 구불구불한, 세상에
서 제일 긴 벤치를 바라보니 공원의
실용성과 조형적 예술미를 절묘히
결합시킨 가우디의 창작혼이 꿈틀
거리며 내 뇌리에 들어찬다.

구엘 사후, 현재는 초등학교로 사용되는 구엘의 거처를 지나 정문 쪽으
로 걸어 나오면 헨젤과 그레텔의 집을 연상시키는 앙증맞은 건물이 보이
는데, 수위실로 사용되고 있단다. 세상에서 가장 아름다운 수위실이다!

이어서 우리는 바로셀로나 올림픽의 영웅 황영조의 투혼이 숨 쉬는 몬
주익 언덕으로 오후 나들이를 나섰다. 경기도와 이곳 까딸루니아주의 자
매결연 반석 위에 황영조의 뛰는 모습을 조각한 기념석이 세워져 있는 올
림픽 경기장 맞은편에서 모두들 감격에 겨운 기념촬영을 해댔다.

이 언덕 위에서 경쟁자인 일본 선수를 힘차게 따돌리던 황영조의 투혼
이 다시 떠올라 감회가 새로웠다.
나선형의 도약대와 펜을 결합 ·형
상화한 올림픽 조형물을 우측에
거느린 몬주익 스타디움은 55,000
명 수용의, 올림픽 메인경기장으
론 소박한 규모였다. 원래 1936년
올림픽을 유치하려 지어진 것이었

는데 스페인내란 탓에 그 꿈이 유보되어 오다가, 92년에 이를 리모델링해 올림픽을 치렀단다. 마드리드 중앙정부의 도움 없이 지방정부의 재원으로 고집스레 올림픽을 치룬 이곳 까달란까달루니아 사람들의 자존심과 고집이 상기되었다. 몬주익 올림픽 경기장은 세계적 명소인 누캄프Nou Camp; FC바로셀로나의 홈구장와는 별도로, 현재 프리메라 리그 소속 모 축구팀의 홈구장으로 활용되고 있단다.

몬주익 지역은 원래 유태인 박해·축출 시절, 그들이 숨어살던 산악으로, 주변엔 몬주익 경기장 외에 몬주익성이 자리하고 있다. 원래 지중해 연안의 방어기지였던 몬주익성은 프랑코 총통 시절 교도소로 쓰이기도 했는데 지금 일부시설은 군사박물관으로 활용되는 한편, 그 주변은 시민들의 전망·산책로로 개방되고 있었다. 몬주익성 정상에서 바라본 바라셀로나의 겨울 한낮은 정중동의 활기가 넘쳐흐르고 있었다.

지중해의 훈풍이 따사로운 해변 차양막 식당에서 스페인의 전통요리

‘빠에야’로 점심을 먹은 후, 바닷물이 넘실거리는 해변을 둘러본 나는 사위의 전망을 살펴려 콜룸부스 기념탑 전망대에 올랐다. 신대륙을 향해 손짓하는 콜롬부스의 위풍이 느껴지는 기념탑은 신대륙 발견 후 이사벨 여왕을 알현키 위해 이곳을 찾은 그를 기리기 위해 건립된 것이다.

전망대행 엘리베이터 탑승료는 2.5유로약 4,500원.

52m, 18층 건물 높이의 기념탑에서 내려다 본 바로셀로나의 사위는 오늘 하루 우리의 행선지를 그대로 복기復碁하게 한다. 북동쪽에 솟아오른 성가족 성당의 첨탑, 남서쪽

에서 존재를 알리는 몬주익성과 올림픽경기장, 버스로 지나쳤던 까달루니아 미술관, 고고학 박물관, 라스 아레나스 투우장, 그리고 바로셀로나항에 드나드는 온갖 배들을 육신을 번쩍 들어 맞이하는 승계교^{부산 영도다리처럼 다리 중앙부를 중심으로 양분해 들려지는}와 해변의 풍광을 고취시키는 야자수의 실루엣들, 그야말로 바로셀로나만의 겨울 자화상을 운치 있게 연출하고 있다.

바로셀로나의 명동거리인 람블라스 거리를 걸어 까탈루니아 광장까지 주유周遊하는 동안, 여느 유럽 도시의 거리에서처럼 온갖 퍼포먼스를 연출하는 행위예술가들의 도도한 눈망울이 이 도시의 거룩한 황혼을 서서히 거둬 들이고 있다.

까탈루니아의 자존심, 바로셀로나에서의 첫 날이 그렇게 저물고 있었다.

2. 카스티야 제국의 영화, 톨레도와 마드리드

2009년 1월 14일, 마드리드에서의 첫 아침이다. 먼동이 트는 호텔 식당 창밖으로 와 닿는 아침 기운이 싸늘하다. 새초롬한 하늘이 비가 올듯 잔뜩 흐리다. 어젯밤 비행기로 바로셀로나에서 마드리드에 늦게 도착한 탓에 제대로 시내를 살필 겨를이 없었는데, 오늘 여정도 마드리드 시가 쪽보다는 구 도읍지 톨레도 쪽에 맞춰져 있어 스페인의 수도를 제대로 정탐하긴 어려울 것 같은 예감이다.

마드리드가 현재 스페인의 수도이긴 하지만 세계사에 명함을 내민 건 1561년 필리페 2세가 톨레도로부터 천도하고 난 뒤부터이니 우리의 수도 서울보다 아우인 셈이다. 해발 690m에 위치한 이 남유럽의 거대도시는 옛 아라곤 왕국의 외항이었던 바로셀로나의 명성에 눌려 그간 허울뿐인 수도로 기능하면서 옛 카스티야 왕국의 전통을 잇고 있었을 뿐이었다. 그 나마도 독재자 프랑코 총통 시절엔 중앙집권적 철권통치로 수도의 체통을 지킬 수 있었으나 70년대 중반 그의 사후, 민정이 복고된 뒤론 그 위세가 점차 하락되어 왔다.

18세기 이래 시칠리, 나폴리, 제노바 등 이태리의 도시국가들을 속주로 거느리고 지중해 연안에 구축된 천혜의 SOC를 바탕으로 산업화에 박차를 가하며 부상한 까딸로니아 지방의 맹주 바로셀로나는 막강한 경제력을 내세워 마드리드의 권위에 도전해 왔다. 실제로 피레네 산맥의 수력발전에 힘입어 일반산업은 물론 패션, 디자인, 금융 등 90년대까진 모든 면에서 바로셀로나가 마드리드를 앞질러 왔던 것이 사실이다. 그러나 2016 올림픽 유치를 선언하는 등, 수도의 자존심을 회복하려는 마드리드의 약진으로 근자엔 금융 서비스 부문은 완전히 바로셀로나를 따돌리는 데 성공했다. 따라서 그간 사실상의 경제수도 바로셀로나에 둥지를 틀었던 한국기업의 지사들도 거의 마드리드로 이사하고 있는 중이란다.

스페인에서 건축학 박사과정을 마친 후 마드리드에 정착했다는 30대 후반의 한인 가이드 J는 이지적 눈매가 퍽 인상적이었다. 그는 계산이 분명하고 타산적인 까딸란_{까딸로니아 사람}에 비해 내륙 마드리드 사람들이 다혈질이긴 하지만 더 인간적이라 평한다. 그러면서 바로셀로나 사람들이 '내 돈은 내 돈, 네 돈도 내 돈', 스타일이라면 마드리드 사람들은 '내 돈은 내 돈, 네 돈은 네 돈' 스타일이고 남부 안달루시아 지방 사람들은 '내 돈도 네 돈, 네 돈도 네 돈' 스타일이라며 남쪽으로 내려 갈수록 인심이 후한 편이라고 설

 명한다. 현재 스페인 전역엔 약 3,000명의 교민이 있는데 마드리드에 약 1,000여명, 바로셀로나 지역에 약 700여 명이 거주하고 있단다. 스페인 교포 중 가장 성공한 인사로는 대구 인터볼고 호텔과 케이블 채널 X ports의 소유주인 권영호씨로서, 황영조가 바로셀로나 올림픽 금메달을 획득하는 데 숨은 산파 역할을 했었다. 지금도 설날이 되면 모든 교민을 초대해 손수 떡국 잔치를 열고, 고향인 경북 울진과 모국을 위해 온갖 후원을 아끼지 않는다고 하니 저절로 존경심이 일었다.

톨레도로 가는 M50도로의 진입로는 자욱한 안개 속에 끝없는 차량행렬로 이어져 있다. 그 와중에 가벼운 접촉사고까지 있어 굼벵이 행렬은 더욱 길게 늘어진다. 겨우 사고가 수습되고 전진하는가 싶더니 이번엔 지선에서 끼어든 차량과 본선 차량, 두 대의 소형 승용차가 바짝 붙은 상태에서 독기 품은 레이스를 펼치고 있다. 양보할 시기를 놓치고 부질없는 자존심 대결을 벌이는 우리네 인생의 축소판을 머나먼 이곳 이베리아 반도에서 다시 대하니 머리 속은 허허로운 상념으로 가득하다.

1시간을 달려 1,500년 역사 가운데 1,000년을 스페인 수도로서 영화를 누렸던 古都 톨레도에 이르렀다. BC 200년 경 로마인에 의해 건설된 타호 강 유역의 이 점잖은 도시는 그 후 페니키아와 카르타고의 영향권에 들기도 했지만 한니발 전쟁 이래 로마 장군 스키피오에 의해 완전히 라틴화되기에 이른다. 서로마 멸망 후 5C 경 게르만족이 세운 서고트 제국의 수도로 세계사의 전면에 등장한 이래, 711년 이슬람 세력에 점령당했다가 11세기경 알폰소 6세에 의해 재탈환된 후, 15~16C 대항해 시대의 단초를 열기까지 약 1,000년간 스페인의 수도로 기능했던 이 도시엔 기독교와 이슬람의 숨결이 암묵적으로 교호하고 있다. 그런가 하면 항상 박해를 받아왔던 유대인의 흔적이 옛 성벽의 골목길에 묻혀있고, 원주민이었던 이베로인을 비롯해 한니발 전쟁 때 모로코 쪽에서 흘러 들어온 베르베르알모라비데족, 이슬람 제국의 지배층이었던 타리파족 등의 후예들이 뒤섞여 로마 600년, 이슬람 800년, 기독교 700년의 대 교향시를 도도히 읊조리고 있다.

　우리가 먼저 들른 곳은 스페인 천주교의 수석 대주교 성당인 톨레도 대성당Catedral. 1227년 착공해 1493년에 완공된 고딕식의 이 건물은 이슬람으로부터 수복 직후 기독교인들의 절박한 염원이 곳곳에 배어 있었다. 전체적 형태는 고딕식이라 하나 200년이 넘게 걸린 공사이다 보니 곳곳에 르네상스 양식이 혼효되어 있었다. 신약의 내용을 형상화한 스테인드 글라스와 함께 가장 눈길을 끈 것은 <베드로의 눈물>, <성의를 벗기다>, <12사도> 등 엘 그레꼬의 聖畵들이었다. 그리스의 크레타 섬 출신으로 톨레도의 풍광과 정취에 이끌려 이곳에서 평생을 마친 엘 그레꼬의 감성적 집념이 그대로 묻어나는 듯했다. 성당 밖 광장에서 성당의 전모를 카메라에 담기엔 골목길의 바운더리가 너무 협소했다.
　그 옛날 다마스커스 검을 제련했던 이곳의 보석 세공술은 정평이 나 있다. 성당 근처 골목길 상점에서 대학생 딸에게 줄 귀걸이 한 쌍을 11유로에 구입했다. 내 대신 귀걸이를 골라주던 중년 아주머니가 그렇게 큰 딸이 있냐며 놀라는 눈치다. 좁은 골목길을 따라 서쪽으로 가다보니 대성당에 비해 너무 왜소하고 초라한 건물이 눈에 띈다. 그런데 입구에서 가이드가 입장료를 지불하고 단체 티켓을 끊는다. 여기가 그 유명한 산또 또메 성당Iglesia de Santo Tome이란다. 성당이라기보다 시골 정미소 같은 이 허름한 곳에는 엘 그레꼬의 세계적 명화 '오르가스 백작의 매장'1586년이 소장되어 있다. 이 한 편의 그림을 보기 위해 세계인의 발길이 찾아들지 않는다니 그의 예술혼이 경이로울 뿐이다. 평생 그리스도의 복음을 전하며 선행을 해

온 오르가스 백작의 안장식 광경
을 담은 화폭엔 백작의 혼이 성모
마리아와 예수에게 바쳐지는 모
습과 백작의 육신이 매장되는 모
습이 펼쳐지고 있다. 엘 그레꼬의
아내가 성모 마리아의 얼굴로 형
상화된 점이나 조문객으로 모습

을 드러낸 돈키호테의 작가 세르반테스의 모습이 눈길을 끌었다.

알까사르 요새가 올려다 보이는 무데하르이슬람과 기독교 양식의 혼합건축양식
의 알깐다라 다리 부근 식당에서 와인을 곁들인 점심을 먹은 후, 우리는
톨레도의 전경을 한 눈에 담을 수 있는 전망대에서 이 늙은 도시의 낭만을
마음껏 향유하였다. 구비진 산기슭에 레고조각처럼 들어찬 취락 아래 아
찔한 계곡이 포개지고 그 사이로 타호강이 유유히 흐른다. 강 너머 우뚝
솟은 대성당과 알까사르 요새의 우아하면서도 포스 넘치는 자태는 1000년
도읍의 위용을 드러내기에 족하다.

다시 돌아온 마드리드는 좀처럼 찌푸린 얼굴을 펴지 않고 있다. 스페인
왕가 행사 관계로 예정되었던 왕궁 관람이 불가능해진 탓에 세계 3대 미술
관의 반열에 드는 프라도 미술관을 둘러볼 수 있어 오히려 다행이라고나 할

까? 피카소의 '게로니카'가 소장된 레이나 소피아 현대미술관과 고속철 아또차 역 사이의 까를로스 5세 광장을 지나 왕립식물원에 연한 무릴료 광장에 이르니 바로 앞에 프라도 미술관이 모습을 드러낸다. 입구 둔덕에 버티고 선 고야 동상이 스페인 회화를 집대성해 갈무리하고 있는 이 미술관의 상징적 값어치를 엄숙히 대변하는 듯하다. 1819년 페르난도 7세 때, 왕립회화관으로 출범했다가 1868년 국립미술관으로 바뀌어 오늘에 이르고 있는 이 세계적인 예술의 장엔 스페인의 김홍도로 일컬어지는 벨라스케스를 필두로 고야, 무릴료, 엘 그레꼬, 루벤스, 보디첼리, 라파엘로 등 기라성 같은 거장의 명작들이 줄줄이 망라되어 있어 가슴을 들뜨게 했다. 한때 피카소가 관장을 지내기도 했던 이곳엔 주로 중세 콜렉션을 중심으로 약 8,000점의 작품들이 전시되어 있는데 구관보다는 신관에 국보급 작품들이 많다고 한다. 해박한 가이드 J의 설명을 통해 다가오는 명작의 향기는 짙고 그윽했다.

특히 신관 2층 정중앙에 배치된 벨라스케스의 '시녀들'은 필리페 4세 가족의 모습을 통해 당대 궁정의 실상을 사실감 있게 묘파함으로써 깊은 감동을 주었다. 이 외에도 왕가의 권력 서열을 희화화한 '까를르 4세의 가족'고야, 나폴레옹 침공의 무자비함을 폭로한 '1808년 5월 3일'고야, 묘한 대조를 불러일으키는 '옷을 입은 마야'고야 와 '옷을 벗은 마야'고야, 종교화의 새로운 지평을 연 '선한 목자'무릴료 등이 눈길을 끌었다.

짧은 시간에 주마간산으로 아쉽게 미술관을 마무리한 우리 일행은 서쪽으로 방향을 돌려 넵투누스의 분수와 코르테스 광장을 거쳐 마드리드의 명소 '뿌에르따 델 솔'태양의 문까지 버스로 周遊했다. 다시 여기서 북서진하니 마드리드 최대의 번화가 그랑 비아Gran Via街 가 펼쳐진다. 알깔라 광장에서 스페인 광장까지 1.5km에 이르는 이 거리엔 호텔, 고급 부띠끄, 항공사, 백화점, 영화관 등이 연이어져 이곳의 패션 트렌드를 주도하는 곳인데, 넘치는 인파는 한겨울의 냉기를 데우고도 남았다.

이윽고 버스가 멈추고 우리는 낯익은 인물의 동상 앞에 서게 되었는데 돈키호테와 산초의 모습이 오랜 친구를 만난 듯 반갑게 다가온다. 이곳이 바로 스페인 광장. 세르반테스가 세계 최초의 근대소설Novel, [돈키호테] 1부를 발간한 300주년을 기념해 1905년에 조성한 도심 휴식공간이다. 돈키호테와 산초의 동상 위로 근엄하게 자리 잡은 세르반테스의 석상이 물끄러미 지는 해를 바라보고 있다.

급하게 기념사진을 찍고 우리가 도착한 곳은 원래, 마드리드의 첫 목적지였던 왕궁. 지하 주차장에 버스를 주차시킨 후, 모두들 왕궁 광장에서 왕궁을 배경으로 디카를 눌러댔다. 내부엔 모두 2800여 방이 있는 호사스러운 명소라지만 바깥에서 바라보는 왕궁은 별다른 감흥을 불러일으키진 못 했다. 근처 기념품 샵에서 아들 녀석에게 줄 '레알 마드리드'의 유니폼과 목도리 등을 구입했다. 샵에서 느낀 이곳의 물가가 장난이 아니다. 되도록 허튼 돈은 쓰지 말아야겠다는 각성을 자아낸다.

이제 완연한 어둠이 깃든 거리를 버스로 횡행하는데, 차창 밖으로 '레알 마드리드'의 홈구장 '산티아고 베르나베우'가 다가온다. 얼른 디카를 꺼내 셔터를 눌렀으나 모니터엔 플래쉬에 반사된 버스 커튼만이 뎅그라니 남아있다. 정말 아쉽다!

한식당에서 된장찌개와 불고기로 저녁을 먹고 어제의 그 숙소로 내달리는 버스 차창 밖에 달빛의 미소가 皎皎히 부딪친다.

3. 이슬람의 진수, 코르도바와 그라나다

차창 밖은 아직 겨울의 냉기로 싸늘하다. 이른 아침7시 45분에 출발한 버스는 이제 막 잠에서 깨어나는 마드리드의 아침 공기를 가르고 남쪽으로 남쪽으로 거침없이 내닫는다.

오늘 우리의 첫 목적지는 한 때 이슬람 세력의 유럽 교두보로 10세기 초 동로마제국의 콘스탄티노플과 더불어 유럽 최대의 인구50만를 자랑했으며 아카데미상에 빛나는 영화 [글래디에이터]의 로케이션 장소로 알려진 코르도바.

마드리드-코르도바 구간 400여km를 고속도로로 달리는 동안 차창밖엔 끝없이 대평원이 펼쳐진다. 거의가 밀밭과 올리브밭이다. 약 5시간을 달려 드디어 코르도바의 시계市界에 들어섰다.

오렌지 나무가 가로수로 늘어서 있는 이색적인 코르도바의 시가 풍경에서 아스라히 이슬람의 숨결이 묻어나고 있다. 안달루시아 지방의 중심부에 위치하고 있는 이 역사적 도시는 네로의 스승 세네카의 출생지로도 유명한데, 과달까비르강 유역에 위치한 메스키타Mezquita를 보는 것이 이 도시를 찾는 절대적 이유인 셈이다.

8세기에 이슬람교도가 침입하여 후기 우마이야 왕조가 성립되자 코르도바는 유럽과 북아프리카 이슬람 왕국의 중심으로 발전해갔다. 기록에 따르면 10세기 초 코르도바엔 20만 호의 주택, 300개의 모스크, 50개의 병원, 500개의 공중 욕탕, 30개의 도서관이 있었다고 한다. 거리를 밝히던 가로등은 런던이나 파리에 비해 700여 년이나 앞서 설치됐다. 이슬람 장군 타리크 이븐 지야드가 400명의 이슬람 병사를 이끌고 지브롤터 해협을 건너 스페인 땅에 첫발을 디딘 것은 711년 7월. 카디스 남쪽의 바르바테 강변에서 서고트 왕국419~711의 로데리크 왕을 죽이고 북상을 거듭해 이듬해 수도 톨레도까지 함락시킨다. 이후 무어족북아프리카 아랍인의 스페인 지배는 1492년 1월까지 무려 800년간 계속된다. 세익스피어의 희곡 [오셀로]를 비롯해 찰톤 헤스톤 주연의 영화 [엘시드] 같은 대작들은 모두 무어족이 득세하던 당대 스페인을 무대로 한 것이다.

코르도바가 세계사의 전면에 등장한 것은 바로 무어족의 스페인 지배, 다시 말해 이베리아반도의 이슬람화가 시작되었던 안달루시아 왕국756~1031 시절부터인 셈이다.

코르도바의 절대적 랜드마크, 메스키타는 스페인어로 모스크 이슬람 사원를 뜻하는 보통명사이지만, 코르도바의 메스키타는 워낙 유명하여 고유명사로 사용되고 있다. 메스키타가 세계적 명물이 된 이유는 이슬람사원과 기독교성전의 기묘한 동거 형태 때문이다. 원래 785년 이슬람 군주 아브드 알 라만 1세가 서고트족의 교회를 매입해 세웠던 2만 5천 명 수용의 거대 모스크를 기독교 수복 후 16세기에 카를로스 5세가 성당으로 개조한 것이 오늘날의 메스키타인 것이다.

메스키타의 종탑 옆 '용서의 문'을 통해 경내로 들어가니 오렌지나무가 심어진 아름다운 파티오스페인식 실내 정원가 나타난다. 정원에는 작은 연못이 있다. 예배소에 들어가기 전 손발을 씻도록 만든 것이다. 돌을 박은 바닥 아래 거미줄 같은 수로를 설치해 나무에 물을 공급할 수 있도록 한 이슬람의 지혜에 탄복할 뿐이다.

　　'종려나무의 문'을 통해 사원 내부로 들어가니 850개의 기둥으로 떠받쳐진 웅장하고도 이국적인 자태가 眼前을 압도한다. 중량을 분산시키고 천장을 더욱 높이기 위해 만든 2층 말발굽 아치의 적백 문양은 언뜻 보면 채색한 
것처럼 보이지만 실제는 백색과 적색의 벽돌을 교대로 짜 맞춘 것이다. 자신들의 기상과 특기를 말발굽으로 표현하면서도 벽감을 장식한 아라베스크 문양의 섬세함과 정교함을 더해 묘한 조화를 느끼게 한다.

　　이슬람의 기도실 미랍을 둘러본 뒤 좌측을 훑어보니 화려한 플라스코 성화가 천정에 오밀조밀 그려진 기독교 성당이 눈에 띈다. 카를로스 5세가 부하의 제안을 받아들여 아치형 기둥의 일부를 헐고 그 자리에 고딕 양식으로 지 
은 것이다. 그러나 성당 완공 후 왕은 "어디에도 없는 것을 부수고, 어디에나 있는 것을 지었다"며 한탄했다고 한다. 하지만 결과적으로 기독교와 이슬람의 기형적 동거형태로 말미암아 세계적 명소가 되게 했으니 역사의 아이러니를 다시금 절감하게 한다.

　　이슬람 양식에서부터 고딕·로마네스크·바로크의 제양식이 혼효된 실내를 주유하고 다시 오렌지 나무가 반기는 파티오를 지나 밖으로 나오니 겨울의 한낮 태양이 작심하고 나그네를 반긴다. 가죽, 도자기, 세라믹 장신구, 열쇠고리, 투우 장면이 그려진 티셔츠 등을 파는 기념품 가게와 각종 상점이 숨바꼭질하듯 이어진 메스키타 주변의 골목을 우측으로 돌아

나가니 뽀뜨로 광장이 나타난다.

뽀뜨로란 '망아지'를 뜻하는데. 분수 위에 있는 청동 망아지상이 이 광장의 상징이다. 광장 옆에 있는 뽀뜨로 여관은 세르반테스가 묵었다는 곳으로, 그의 소설 <돈키호테>에도 등장한다. 맞은편에는 흑발의 여성만을 그려온 화가 훌리오 로메로 데 토레스의 미술관과 고야, 무리요, 수르바란 등의 작품을 소장한 코르도바 미술관이 있다.

메스키타와 함께 코르도바의 풍광을 대변하는 전통 깊은 유대인 지구는 뽀뜨로 광장 북서쪽에 위치한다. 사람 한 명이 겨우 지나갈 만한 좁은 골목이 미로처럼 얽혀 있는 유대인 거리엔 건물의 벽과 베란다를 장식한 예쁜 꽃이 행인의 눈길을 사로잡는다. 이 좁은 골목으로 자동차가 지나간다는 사실이 믿기 어려웠지만 자동차의 통행을 위해 벽을 깎아 낸 흔적을 보니 저절로 고개가 끄떡여진다. 골목 속에 있는 옛 시장터의 2층 베란더를 배경으로 사진을 찍고 다시 메스키타 쪽으로 돌아 나오는데, 젊은 청춘들의 냄새가 물씬 풍기는 운치 있는 건물이 한 채 눈에 띤다. 코르도바대학 법문학부 캠퍼스란다. 그야말로 골동품 같은 대학 건물이다.

골목 어귀 군데군데서 집시여인들이 구슬픈 표정으로 손을 벌린다. 스페인 땅의 유대인 지구에서 집시여인의 구걸행색이라니 퍽 아이러니컬하다.

곧 그라나다로 이동해야 하는 시간상 제약으로 메스키타에서 5분 거리인 알카사르성엔 들를 수 없었다. 14세기에 알폰소 11세가 개조한 무데하르 양식의 이 성은 안달루시아 지방에 레콩키스타Reconquista;국권회복운동의 기운이 무르익었던 시절, 가톨릭 부부 왕페르난도 왕과 이사벨 여왕의 거주지였으며, 1490년부터 1821년에는 기독교의 이단자 심문소로 사용됐다. 현재 내부에는 로마 시대의 석관과 모자이크 등이 전시돼 있다고 한다. 분수가 있는 정원에 노송과 사철 화초가 멋지게 조화된 장관을 볼 수 없다는 사실이 여행자의 상념을 더욱 아쉽게 부채질한다.

과달끼비르강 유역의 로마교 Puente Romano 부근에 주차된 버스에 올라 그라나다로의 여정에 올랐을 때, 차츰 태양의 고도는 서쪽으로 기울기 시작한다.

유대인 거리에서 종종 눈에 띄던 집시들의 모습은 버스가 그라나다로 향하는 외곽지역으로 접어들자 집단적으로 보이기 시작한다. 차창 밖으로 이네들의 아파트 단지가 연이어 펼쳐진다. 한 눈에 봐도 슬럼가임을 알아 볼 수 있는 아파트 베란다 위에 굴곡진 삶의 흔적이 덕지덕지 붙어있다. 흰 자위가 드러난 휑한 눈으로 버스를 쳐올려다보는 그네들의 왠지 모를 서글픔을 뒤에 남기고 우리는 여정을 계속해야만 했다.

코르도바에서 그라나다 가는 길은 그야말로 올리브 바다의 물결이다. 올리브와 포도 생산량 세계 1위를 자랑한다는 스페인의 현상적 실체를 가시화하는 도로변 정경은 스페인이 3개의 바다로 둘러싸여 있다는 교설巧說을 증명하고도 남는다. 3개의 바다란 이베리아반도가 면하고 있는 대서양, 지중해의 지리적인 두 바다와 끝없이 펼쳐진 올리브밭의 장관, 즉 올리브의 바다를 말한다. 코르도바에서 그라다나에 이르는 약 170여km, 2시간여에 이르는 여정은 올리브밭의 군무群舞와 환상적으로 맞닿아 있다.

잔설이 쌓여있는 시에라네바다 산맥이 차창 밖으로 모습을 드러내는가 싶더니 드디어 목적지인 그라나다의 市界에 접어들었다. 해발 3400m, 시에라네바다 산록엔 총슬로프 90km에 달하는 유럽 5대 스키장의 하나가

자리하고 있다. 이곳에서 130km 밖에 해수욕장이 위치한 그라나다는 가히 사계절 스포츠의 보루인 셈이다. 이곳 그라나다엔 현재 태권도 사범, 병아리 감별사 등 약 10여 명의 우리 교포가 거주하고 있단다.

그라나다의 호텔은 시가를 벗어난 외곽에 위치하고 있었다. 하루 8시간을 넘는 버스 여정에 모두들 피곤한 기색이 역력하다. 일행들이 플라멩코 춤 옵션을 즐기러 간 사이 알아들을 수 없는 스페인어 TV방송을 틀어놓고 뒤척이다 한잠이 들었나보다. 옵션을 마친 뒤 파트너가 잠들어버린 방 밖에서 조바심치다 비상키를 따고 들어오는 T선생의 그림자가 몽롱한 의식 속에 어렴풋이 보였다.

이튿날 호텔 조식 후, 알함브라 궁전을 향해 버스가 출발한 시각은 아침 8시 30분 경.

'석류'를 의미하는 '그라나다'는 이슬람 최후의 왕조가 존재했던 곳으로 숱한 문학과 음악, 영화의 배경이 되었던 문화콘텐츠의 보고寶庫이다. 그라나다의 백미는 뭐니 뭐니해도 알함브라 궁전.

붉은 성을 뜻하는 알함브라는 원래 해발 740m의 고원에 위치한 너비 205m, 면적 142,000 m^2에 달하는 궁전과 성곽의 복합단지이다. 아랍군주의 저택이었던 곳에 카톨릭 수복 후 르네상스식의 까를로스 5세 궁전이 부가·증축되어 현재는 나자레궁Casa Real, 알까사바Alcazaba, 헤네랄리페Generalife와 더불어 모두 4부분으로 나눠진단다.

하루 7,800명으로 입장객을 제한하는 입장예약제 규정에 따라 오늘도 먼 길을 떠나야 하는 우리는 서둘러 첫 입장객이 되어야 했다. 궁전 입구 그라나다스의 문 우측 초입에 미국 작가 워싱턴 어빙1783~1859의 기념동판이 놓여져 있어 눈길을 끌었다.

미국 최초의 단편소설 「The legend of sleepy Hollow」1820로 미국소설사에 이름을 올린 어빙은 다년간 스페인에서 외교관으로 근무하며 그라나다의 풍광과 무어인의 전설에 매료돼 스페인을 소재로 한 다양한 소설을 발표했었다. 이 동

판은 1832년 발표된 그의 소설 「알함브라 이야기; The Alhambra」와 함께 그를 기리게 위한 것이란다. 그러나 「알함브라 이야기; The Alhambra」는 실상 소설이라기보다 알함브라에서 구전되어 오던 민담류를 어빙이 이곳에 거주하며 채록해 저작한 것으로 에세이 모음집동양의 패관문학류에 가깝다고 할 수 있다.

유럽 땅에 남겨진 이슬람 최고의 명소에서 뜬 금 없이 미국 최초의 단편 작가를 떠올리게 된 건 분명 예사롭잖은 조짐이다. 나자레궁으로 들어서는 오르막 담길에 어빙의 그림자가 어스름히 드리워진다. 기독교 수복 후 개축과정에서 훼손된 담을 보수한 흔적이 곳곳에 보였는데 유대인 저택 담의 돌을 빼와 틈새를 메웠다니 기독교와 유대교의 갈등이 어떠했는가를 가히 짐작하고도 남겠다.

알함브라의 진수 나자레궁은 1200년대 초반 약 40년의 공정을 거쳐 완성된 아랍식 궁전으로, 붉그스름한 기품을 간직한 외형도 멋있지만 이슬람 정원의 고혹적 분위기를 만끽할 수 있는 내부는 더욱 매력적인 곳이었다. 궁 안에 들어서 처음 맞게 되는 대사大使의 방은 1492년 1월2일 이사벨 여왕이 이슬람 군주로부터 항복조인을 받아 이베리아반도를 완전 해방시킨 역사적 처소로, 모까라베스종유석 장식의 아름다운 자태가 내장객의 혼을 빼놓을 지경이다.

　12마리 사자가 떠받치고 있는 분수가 정중앙에 놓여 있는 사자의 뜨락은 현재 이슬람의 고향 중동에서도 원형을 찾기 힘든 이슬람 정통의 정원양식으로 눈길을 끈다. 이와 함께 후궁들의 거처인 하렘, 왕의 방, 두 자매의 방, 옛 성채의 꼬마레스탑 등 나자레궁의 연이어진 전모는 아랍의 옛 영화를 각인시키기에 족했다.

　그러나 나자레궁에서 가장 눈길을 끈 곳은 역시 '아라야네스의 뜨락'.

　물, 대기, 식물의 컨셉을 절묘히 융합해 아랍의 조형미학을 극대화시킨 이 정원에 들어서니, 작곡가 본인의 애절한 사랑이 묻어나는 프란시스코 타레가의 세계적 기타 명곡 '알함브라 궁전의 추억' 선율이 저절로 읊조려진다. 뜨락 한가운데 수면에 비춰진 궁의 모습을 배경 삼아 모두들 사진 찍기에 바쁘다.

　실내외라는 차이만 있을 뿐, 인도 타지마할의 모습을 빼닮은 것 같다고 우리의 박식한 가이드에게 얘기했더니 타지마할처럼 페르샤 건축가가 설계했단다. 나자레궁을 돌아나가던 중, 계단 낭하에 이르렀을 때 고색창연한 그라나다의 전통보존지구알바이신지역이 한 눈에 들어찼다. 묵은 포도주향 같은 감회를 디카에 담을 수밖에 없었다.

　알함브라의 성곽에 해당하는 알까사바와 까를로스 5세 궁전을 거쳐 13세기에 조성된 왕의 여름별장 헤네랄리페에 이르렀다. 까를로스 5세 궁의 2층은 스페인의 국보급 아랍유물을 전시하는 박물관으로 활용하고 있었는데 입구에 비치된 한국산 대형 홍보용 티비가 눈길을 끌었다.

　온갖 분수와 꽃으로 꾸며져 세계 유수의 식물원을 방불케 하는 헤네랄

리페 경내는 인종과 연령을 초월
한 세계 각지의 단체 관람객으로
발디딜 틈 없이 부산하였다.

헤네랄리페의 조경에 취해 알
함브라 궁의 속살에 탐닉하는 사
이, 어느덧 해는 중천에 떠 있고
배꼽시계가 여행자의 허전한 속
내를 유혹한다. 다들 시내 중심가의 중식당에서 점심을 때우고 다시 오늘
의 숙박지 말라가로의 여정에 올랐다.

바로셀로나와 더불어 지중해 연안 스페인 항구의 두 축을 이루는 말라
가는 '코스타 델 솔'태양의 해변이라 불리는 지중해 남부 휴양지에 이어진 미
항이다. 우리의 애마 버스가 약 2시간 반 정도를 달렸을 때 좌측 너머로 '코
스타 델 솔'의 해변이 보이기 시작하더니 계속 평행의 주로를 유지한다.
오랜만에 대하는 해안선의 푸근함에 마음이 셀렌다.

우선 우리는 말라가 시내의 피카소 생가를 구경하고 인근의 메르세데
츠 광장에서 피카소 동상 옆에 앉아 사진을 찍었다. 말라가가 피카소의 출
생지일 뿐, 활동은 바로셀로나 등의 외지에서 주로 한 탓인지, 생가엔 입
장료1.5유로이상의 볼거리는 없었다. 어린 시절 피카소가 부모의 손을 잡고
걸음마를 익혔던 메르세데츠 광장에서 바라본 말라가 시내는 정중동의 한
적함이 묻어나고 있었다.

아직 해가 남아있는 동안, '코스타 델 솔'의 아름다움을 증명하는 백색
의 명소 미하스 지역을 관광하기로 했다. 약간의 추가비용을 지불하고 해
변을 따라 미하스까지 가는 데 약 40분이 소요되었다.

근자에 세계 부호들의 별장지로 각광받는 3M1D모나코, 마이애미, 마르베이아,
두바이중에서 특히 말라가 인근의 마르베이아엔 브루스 윌리스, 故오드리
헵번, 훌리오 이그레시아스등의 별장이 있을 뿐 아니라, 팝페라의 여왕 키

메라의 대저택이 위치하고 있어 우리의 관심을 끈다. 그러나 마르베이아까지 가기엔 여건이 허락지 않아 그와 비슷한 운치의 미하스를 대신 보여주겠단다.

지중해의 발코니라 불리는 산중턱의 이 하얀 마을은 그리스 산토리니를 연상시키는 고적함이 묻어나고 있었다. 마을 주차장 턱 앞에 위치한 관광용 당나귀 마차 승차장에서 언덕을 치고 올라가면 앙증스런 기념품 가게들이 동화 속 미로 같은 구릉에서 튀어나와 겸연쩍게 얼굴을 내민다. 16세기에 성모가 발현했다는 미니 성당, 지중해가 발 앞에 내려다보이는 전망대 테라스, 당나귀 마차가 지나가는 시계가 멈춰선 듯한 가파른 언덕 광장, 이 운치에 이끌려 전망 좋은 카페에서 맥주잔을 기울이지 않을 수 없었다.

다시 말라가 시내로 귀환해 해변가 호텔에 도착했을 땐, 사방에 깔린 어둠이 우리를 맞고 있었다. 말라가 해변의 아름다움과 백색 건물들의 환상적 조합에 흠뻑 빠진 룸메이트 T선생은 쓸데없는 미하스 나들이로 말라가 해변의 이 낭만과 정취를 밝은 날 즐기지 못했다며 불만이 이만저만이 아니다. 미하스 나들이가 그다지 나쁘지 않았던 나로선 T선생의 낭패감에 어정쩡하게 동조하면서 창밖만 응시하지 않을 수 없었다. 그러는 사이, 말라가의 어색한 밤이 속절없이 깊어만 가고 있었다.

4. 지브롤터를 건너 북아프리카로

　2009년 1월 17일, 말라가 해변의 겨울 아침햇살이 싱그럽다. 오늘은 지브롤터 해협을 거쳐 아프리카 대륙으로 들어가는 날이다. 8시경 호텔을 출발한 버스는 해변을 따라 약 2시간여 남서진南西進하더니 지중해 최남단 항구 타리파에 닿았다. 타리파 항만에 닿아 갈 무렵 차창 밖 초원 구릉에 펼쳐진 풍력발전기 그룹의 모습이 허수아비들의 열병처럼 인상적이다.

　이슬람 지배시절 타리파 문명의 거점도시이기도 했던 이곳은 지브롤터 해협을 사이에 두고 불과 13km 남방에 모로코의 탕헤르와 마주보고 있는 대對아프리카 관문이다. 세기의 결혼식을 치뤘던 영국 찰스황태자와 다이애나비 부부의 신혼여행지로 세간의 이목을 집중시켰던 영국령, 지브롤터 섬이 놓여져 있는 이 낭만적 바다는 지금 온통 농무로 뒤덮여 있다.

　마침 쓰레기 수거차량이 우리 버스 앞에 선행하는 바람에 거북이 행보로 국제여객 터미널에 접근하는 동안 북아프리카로부터 불어오는 타리파 연안의 훈풍이 옷깃을 스친다. 출국 수속을 마치는 동안 우리의 버스는 탕헤르 행 페리의 적재함 속으로 어슬렁 어슬렁 기어들어가고 있다.

　고뇌하는 인간과 살인병기로서의 두 가지 빛깔 스파이상을 창출한 영화 [본 얼티메이텀]에서 타이틀 롤을 맡은 맷 데이먼이 자신의 뿌리를 찾기 위해 탕헤르로 향할 때, 탔던 바로 그 페리에 내가 타고 있다. 정시에 출발한 페리는 약 50

여 분의 항해 끝에 모로코의 유럽 관문 탕헤르에 도착했다. 부산과 시모노세끼를 연결하는 관부페리를 연상시키는 타리파~탕헤르 구간은 유럽과 아프리카를 연결하는 최단거리 해양루트로 많은 관광객을 실어나르는 황금노선이다.

그 옛날, 이슬람 무어족의 유럽 침략로였고 프랑스, 이태리를 비롯한 구미열강세력의 아프리카 경영루트였으며 롬멜 대전차군단의 수송루트였던 지브롤터의 바다길은 이제 드넓은 세상을 향해 포효咆哮하고 있는 것이다.

간단한 입국 수속 후 스페인에서 건너온 버스에 다시 오른 우리는 우선 탕헤르의 호텔식당에서 현지식으로 점심부터 해결했다. 호텔로 오는 도중 차창밖에 비친 탕헤르 시가는 지금까지 봐온 유럽의 끝자락 스페인과는 확실히 차별되는 남루함으로 가득하다. 항만 근처 도로도 불과 2~3년 사이에 포장된 것이라 한다. 영화 [본 얼티메이텀]의 서스펜스 넘치는 추격신에서 보여 지던 이국적 풍경은 꾀죄죄한 행인들의 무표정한 얼굴과 우중충한 회색도시의 을씨년스러움이 겹쳐 빛바랜 흑백사진처럼 우중충하다. 오토바이를 개조한 삼륜차에 실려 가는 노인의 무표정한 삶의 연륜이 말할 수 없이 고단해 보인다.

탕헤르에서 카사브랑카로 이어지는 모로코의 지방국도변은 무미건조하기 짝이 없다. 올리브의 바다가 끝없이 이어지던 코르도바와 그라나다 쪽 안달루시아의 녹색 풍경에 비해 스텝과 사바나의 사막풍이 주조를 이루다 가끔씩 모래언덕에 갇힌 개울이 출몰하는 황색 풍경이 확연히 대비를 이룬다.

약 5시간여에 걸친 지루한 여정 끝에 드디어 카사브랑카의 시계에 접어들었다. 여기저기 건물 옥상에 설치된 위성방송 수신용 파라블라 안테나가 숱하게 눈에 띈다. 이슬람의 종주국 사우디아라비아에서 열악한 문화 환경의 모로코에 메카에서의 종교행사 중계 및 이슬람 정신교육을 위해 무료 지원한 것이라 한다.

유럽에서 아프리카로 건너 하루 종일, 모로코를 남북으로 종단하다 보니 카사브랑카의 하산2세 모스크에 도착한 때는 이미 땅거미가 지고 있었다. 짧은 겨울해가 원망스러울 뿐이다. 이래서 겨울 유럽 여행패키지경비가 저렴한 것일게다.

스페인어로 '하얀 집'을 뜻하는 카사브랑카는 대서양에 면한 모로코 최대의 항구도시다. 15세기 폴투칼인에 의해 건설된 이 도시는 룸북투와 더불어 2차대전시 북아프리카 최고의 전략요충지였다. 우리에겐 잉글리드 버그만과 험프리 보카트 주연의 영화 [카사브랑카]로 널리 알려졌고, 실제로 이 영화에 매료된 많은 미국 관광객들이 옛 애인을 위해 자신을 희생한 비련의 향수에 젖어 즐겨 찾고 있는 곳이기도 하다. 그러나 영화는 대부분 카사브랑카와 전혀 상관없는 세트에서 촬영된 것이라 한다.

모로코의 전 국왕 하산2세가 자신의 60세 생신을 기념해 명명했다는 하산2세 모스크는 1990년대에 완공된 세계에서 3번째로 큰 이슬람사원이다. 모스크의 첨탑 높이만 210m로 세계 모스크 사상 최대높이란다. 모스크 내부는 2만5천 명을 수용할 수 있고 모스크 앞까지 합치면 10만명까지 동시에 예배를 볼 수 있단다. 메인 모스크 외에 부속 건물로 신학대학과 종교도서관을 거느리고 있다. 웅장

한 스케일과 섬세하기 이를 데 없는 모자이크 문양이 조화된 이 모스크 앞의 드넓은 광장은 온통 대리석으로 뒤덮여 있었는데, 세계 각지에서 구한 최양질의 자재로 건축 당시부터 세간의 화제를 모았다는 사실이 허언이 아님을 알 수 있었다. 모스크 앞 광장은 대서양의 물결과 부딪치는 방파제와 바로 맞닿아 있었는데 어둠이 내리기 시작한 방파제 둑에 앉아 바닷바람을 쐬고 있는 고단한 민생의 모습들이 퍽 인상적이었다.

이어서 우리는 카사브랑카의 도심에 위치한 모하메드 5세 광장을 찾았다. 카사브랑카에서 가장 번화한 이곳 광장 중앙의 분수대와 그 주변은 프랑스 식민지시대 건물들이 조화를 이루면서 시내 관광 및 쇼핑의 기점 역할을 하고 있었는데, 그야말로 밤을 잊은 모로코의 남녀 청춘들로 입추의 여지가 없을 지경이다.

광장 앞 하얏트 리전시 호텔 1층에 위치한 '바 카사블랑카Bar Casa blanca'는 영화 [카사블랑카] 속의 배경인 '릭스 카페 아메리칸'을 그대로 재현해 놓은 곳으로 특히 서구 관광객들에게 인기가 높단다. 광장 분수대 건너편에 모로코 국기가 휘날리는 백색 아랍풍 건물이 인상 깊어 물어봤더니 국왕이 카사브랑카에 행차할 때 사용하는 행궁이란다. 모로코 최대 도시는 이곳 카사브랑카이지만 현재 모로코의 수도는 라바트란 사실을 다시 한 번 상기하게 하였다.

호텔에 여장을 푼 후, 간단한 복장으로 밤 마실에 나섰다. 카사브랑카의 밤 풍경은 영화와 그 고혹적 명칭에서 쌓아온 명성과는 달리 초라하기 짝이 없었다. 우리가 묵은 호텔 주변이 중심가에서 그리 멀지 않은 곳임에도 불구하고 거리의 전반적인 모습은 우중충한 불빛 아래 죽은 도시의 실루엣으로 다가왔다. 일반 상점에서 술을 판매하지 않는 이슬람국가의 수칙 탓에 밤길을 10여 분 걸어, '워싱턴 호텔'까지 가서야 맥주 몇 잔을 기울일 수 있었다. 이곳의 브랜드 '카사브랑카 맥주'는 실망스런 이곳의 밤 풍광을 보상할 만큼 맛이 좋았다.

이튿날은 모로코의 古都, 페스 관광이 예정된 날.

카사브랑카에서 페스를 들렀다 다시 지브롤터의 관문 탕헤르에서 숙박해야 하므로 버스는 아침 일찍 서둘러 출발했다. 먼동이 트는 카사브랑카 도심을 가로질러 페스로 향하는 고속도로에 진입했을 때, 차창밖엔 어제와 다른 풍광이 펼쳐지기 시작한다. 간간이 올리브 나무들이 보이기도 했지만 또 다른 일군의 나무들이 시야에 연이어 포착된다. 가이드 왈 코르크 나무란다. 그러고 보니 달구지에 코르크나무를 통째로 실은 사내들이 지나가는 모습들이 자주 눈에 띈다.

약 4시간 후 모로코의 옛 왕도 페스에 도착했다. 페스는 포에니 전쟁 때 카르타고의 한니발이 코끼리 군단을 이끌고 지나간 유서 깊은 곳이다. 십자군 원정을 전후한 8세기경부터 도시 건설이 시작되어 11세기경에 완성된 후, 14~16세기에 최번성기를 누렸던 이 도시는 아프리카에서 유럽으로 진출하기 위한 교두보 역할은 물론, 동서를 연결하는 상업 무역루트로서 활발히 기능하였다. '페스에서 건너간 이슬람 사람'을 의미하는 아랍어 '알 안달루시안'에서 스페인 남부 지방, 안달루시아의 명칭이 유래되었다는 사실을 보더라도 당시 페스의 영향력이 어떠했던가를 가히 짐작할 수 있다. 현재 인구 100만의 페스는 카사블랑카, 수도 라바트에 이어 모로코 제3의 도시로 그 위상을 유지하고 있는데, 시외 구간을 운행하는 '택시'와 시내 구간만 운행하는 '페티 택시'petty taxi의 이원화된 운수 시스템이 인상적이었다.

우리는 일단 15세기 초반에 건축된 왕궁부터 들리기로 했다. 최근에 건축 당시의 아라베스크 문양을 그대로 복원했다는 페스의 옛 왕궁은 그 규모도 엄청났고 은근한 중세 아랍풍의 운치도 빼어났으나 마침 이날 국왕이 행사차 페스에 들러 왕궁에 숙박하는 바람에 경호 의전 관계로 내부를 관람할 수 없었다. 아쉽게도 우리 일행은 왕궁 입구 궐문 앞에서 경호 병

력들과 기념사진을 찍고 발길을 돌릴 수밖에 없었다. 경호 책임자의 인식표를 목에 건 왕실 근위대 간부가 어디서 왔냐고 묻길래 "사우스 코리아"라고 대답했더니 반갑게 고개를 끄떡이던 장면이 아직도 눈에 선하다.

왕궁에서 벗어난 우리는 구시가지 쪽으로 나아갔다. 8세기의 고대도시 메디나_{도시란 의미의 아랍어}를 구경하기 위해서이다. 대부분의 외부 관광객이 페스를 방문하는 진정한 목적이요 이유이기도 한 메디나의 재래시장은 10,000여 개의 미로 속 골목에 숨어 있었다. 다종다양한 민생의 신음과 고뇌를 접할 수 있는 이 좁고도 끝없는 골목 속 고대 시장엔 쉽게 사라지지 않을 북아프리카 아랍인의 웅혼한 숨결이 살아 숨 쉬고 있다. 짐짝을 짊어진 당나귀를 피하려 좁은 골목담에 어깨를 붙인 순간, 가축의 질척거리는

분비물이 내 등에 둥지를 튼다.

약 2시간여의 골목시장 탐방 중, 가장 기억에 남는 장소는 KBS-TV "걸어서 세상 속으로"의 시그널 그래픽에 등장하는 가죽 염색공장.

머리가 아플 정도로 역한 냄새 속에, 숱한 노동자들이 양가죽을

비롯한 짐승 피혁에 수동으로 염색작업을 하고 있었다. 천연 원색의 염색 물감통과 한켠에 쌓여진 내장 없는 짐승의 사체더미는 이곳을 "미로 속의 지옥"으로 인각시키기에 충분했다. 숨이 멎을 것 같은 악취 속의 열악한 환경을 일상으로 받아들여야 하는 젊은 청년들을 보니 측은한 마음을 가눌 길 없었다.

메디나 구경을 마치고 버스로 돌아 왔을 때, 시장터 아이들이 우리의 버스를 놀이터 삼아 차체의 범퍼에 올라타고 온갖 묘기를 연출하고 있다. 시장 입구 공터에 주차된 차량이긴 하지만 혹시 사고라도 당할까봐 보는 사람이 여간 조마조마한 게 아니다. 기사에게 들켜 달아나면서도 해맑게 웃는 이네들을 보니 과거, 동구 밖에 주차된 미군 짚차에 올라타고 놀던 나의 동심이 겸연쩍어진다.

다시 오늘의 숙박지 탕헤르를 향해 버스는 달리기 시작한다. 도중, 휴게소에 들렀는데 웬 일인지 식당 내부로 들어가지 않고 휴게수 밖 간이식탁에서 도시락을 나눠준다. 도시락을 펼쳐보니 쌀밥에 양배추김치, 깻잎, 고추, 계란말이의 눈물겨운 반찬이 장착되어 있다. 어젯밤 카사브랑카에서 20년을 산 한국교민에게 부탁해 급히 만든 것이란다. 모두들 그 교민의 정성과 가이드의 마음씀에 감읍해 허겁지겁 고국의 맛을 즐기느라 숨소리도 들리지 않는다.

오랜만에 한식을 먹은지라 단체로 기분이 고조된 일행이 버스 속에서 장기자랑을 곁들인 여흥에 취한 사이, 차창 밖 모로코의 풍광은 코르크나무 숲으로 바뀌어 있다. 간간히 올리브나무들이 출현하기도 하지만 이곳의 대세는 역시 코르크다. 전형적인 북아프리카 베르베르인의 콧수염 인상에 전통의상을 갖춰 입은 로컬 가이드 '모하메드'는 친절하게 노변 나무들에 대해 영어로 설명을 해주고 있으나 나무에 무관심한 나로선 심드렁할 뿐이다.

버스가 어느 시골마을을 통과하는데 갑자기 군중들의 소란한 함성이 들린다. 이스라엘의 가자지구 공습을 비난하는 규탄집회란다.

드디어 땅거미가 깔린 탕헤르에 접어들었다. 페스를 출발한 지 4시간이 지났다. 적색 신호가 걸려 대기할 때마다 우리의 기사 바스코의 신경이 곤두선다. 내일 새벽 스페인으로 넘어가는 차량임을 눈치 챈 아이들이 밀입국을 위해 신호대기 정차 중인 버스 바퀴 속으로 숨어들려 하기 때문이다. 그리고 보니 맞은 편 인도 쪽에 숱한 청소년들이 차도로 뛰어들 태세다. 바스코는 잠시라도 정차시키지 않기 위해 차량을 서행시키다 우회전해 버린다. 그리고 지름길을 내질러 아이들을 따돌린다. 이 정도면 007도 울고 갈 필사의 심야추격전이다.

어제 점심을 먹었던 탕헤르의 호텔에 묵게 되었다. 호텔로비에 걸려 있는 국왕 모하메드 6세 가족사진 속 왕비의 미모에 모두들 감탄 일색이다. 아버지 잘 만나 젊은 나이에 왕이 된 47세

국왕보다, 대학 영문과 교수였다 왕비로 간택된 후 서민들의 대모로 국민의 존경을 받는다는 왕비의 외모보다 더 예쁜 마음씨가 가슴에 와 닿는다.

일행들과 함께 호텔 바에서 카사브랑카 맥주로 아프리카 대륙에서 맞는 마지막 밤의 아쉬움을 달랬다. 호텔 창밖으로 불 꺼진 가로등의 창백한 얼굴이 수줍은 듯 미소 짓고 있었다.

5. 세비야엔 이발사가 없다

2009년 1월 19일, 탕헤르의 새벽 공기가 아직 차다. 스페인으로 건너가 세비야까지 진군進軍해야 하는 오늘의 빡빡한 일정 탓에 꼭두새벽에 일어나 식사를 마쳐야 했다. 이곳에선 꽤 잘 나가는 철야 유흥시설이라는 우리 호텔 나이트클럽에서 밤을 지샌 젊은 청춘들이 택시를 타고 귀가하는 모습들, 버스바퀴에 숨어 밀입국하려는 청소년을 적발하기 위해 버스감시원으로 밤새 고용된 노인의 하품하는 실루엣, 아직 어둠의 그림자가 채 가시지 않은 탕헤르의 새벽 밑그림을 밝히는 풍경들이 어스름한 불빛 속에 뇌리에 들어찬다.

오늘따라 아랍 전통복장을 벗어던지고 점퍼 차림을 한 로컬 가이드 모하메드의 아침 행보가 유난히 바쁘다. 다른 팀들을 제치고 우리가 제일 먼저 통관 수속을 밟기 위해 서두르는 까닭이다. 덕분에 타리파행 페리에 우리 일행이 제일 먼저 탑승하게 되었다. 나중에서야 모로코 출입국 관리들에게 웃돈을 얹어줬다는 사실을 알았지만….

스페인으로 돌아오는 날도 지브롤터 해협엔 농무가 자욱하다. 결국 올 때 꼭 보고야 말리라 다짐했던 영국령의 지브롤터 섬을 끝내 볼 수 없었다. 타리파 항에 도착하자 버스에 대한 정밀 수색이 시작된다. 혹여 탕헤르에서 바퀴에 숨어든 불청객이 있나 해서다. 그만큼 모로코 당국의 검사를 불신한다는 것일 터….

버스 상체 바퀴를 완전히 까집어 놓고 샅샅이 뒤지는 모습이 마치 인체 해부 실습을 방불케 한다. 다행히 우리 버스에 불청객은 없었다. 간혹 스페인측 수색에서 모로코 소년들이 적발되는 경우, 모로코측에서 적발되어 아예 스페인에 입국조차 하지 못하고 쫓겨나는 것보다 운이 좋단다. 스페인에 체류 중인 부모나 연고자가 있을 경우, 그들에게 인도되고 합법적 체류가 보장되기도 하기 때문이다.

터미널 밖은 음습한 기운에 강풍까지 휘몰아쳐 제대로 눈을 뜨기 조차 힘들다. 그러나 버스가 고속도로에 진입해 세비야로 향하는 궤도에 들어선 뒤론 곧 일상의 평온 모드로 복귀한다. 차창 밖으론 올리브의 행렬이 주기적으로 출몰하고 있다. 약 3시간여가 지나자 과달키비르Guadal quivir 강을 가로지르는 다리가 나타난다. 드디어 세비야Sevilla다!

흔히 '세빌리아'란 영어식 지명으로 불리우는 이 역사적 도시는 스페인 남부 안달루시아 지방 세비야 주의 주도로, 이슬람 지배 시절 수도의 기능을 수행했을 뿐 아니라 그 후, 대항해 시대엔 신세계 탐험의 전초기지 역할을 했던 내륙 항구도시이다. 14~15세기에 명성을 떨쳤던 리스본의 입지를 가로채고 16세기 들어 대항해시대의 대역사를 이룩한 세비야는 고래로 숱한 영웅들의 고향이기도 했다. 로마 5현제 중 유일한 속주 출신이었던 트리야누스의 고향도 세비야였고 스페인의 국민화가 무릴로와 벨라스케스, 조각가 후안 마르티네스와 몬타네스, 그리고 시인 페르난도 데 에라라의 고향 역시 세비야다. 네로의 스승 세네카의 고향은 코르도바이지만 그가 활약했던 주무대는 세비야였다. 그런가 하면 시저가 해외 총독으로 근무하여 정치적 야망을 키웠던 곳도 세비야 근교 메리다였고, [돈 후안], [카르멘], [피가로의 결혼], [세비야의 이발사] 등 숱한 예술작품의 무대도 세비야였으며, 돈후안의 흔적을 찾던 희대의 탕아 카사노바로 하여금 몇 번이나 들르게 했던 경배의 땅도 바로 세비야다. 특히 카탈로니아의 축제였던 1992년 바로셀로나 올림픽에 대항해, 같은 해 대규모의 엑스포 행사를 개최함으로써 안달루시아의 자존심을 드높인 곳도 세비야다.

해양항구가 아닌 내륙항에 불과했던 이곳에서 마젤란, 아메리고 베스
풋치, 콜롬부스 등 세기의 대탐험가들이 신세계를 향한 돛을 올렸다는 사
실은 이 도시의 당대 정치적 위상이 어떠했는가를 웅변으로 증명해 주는
것에 다름 아니다.

다리 아래 과달키비르Guadal quivir
강 하구의 운하를 타고 드나드는
대형 화물선들의 모습에서 신대
륙을 횡행하며 호령하던 그 옛날
이 도시의 榮華가 상기되어진다.

우중충한 초겨울 한낮의 세비
야 시가엔 가랑비 속에 낙엽마저 흩날리고 있다. 그 어디에서도 '세빌리아
의 이발사'가 나타날 기미는 없다. 여느 유럽에서 경험할 수 있는 그렇고
그런 중국식으로 점심을 해결한 우리가 가장 먼저 찾은 곳은 스페인 광장.

도심 한 복판의 거대한 투우장을 지나 과달키비르강을 우측으로 끼고
남동진南東進하는 버스 차창 밖으로 콜롬부스가 아메리카 대륙 발견 당시
탔던 산타마리아호의 모형이 보인다.

이어서 바로크 양식의 세비야대학 법학부 건물이 모습을 드러낸다. 저
유명한 오페라의 타이틀 롤, 카르멘이 여공으로 근무했던 18~19세기 유
럽 최대의 왕립 담배공장이었던 곳을 개축해 대학 캠퍼스로 쓰고 있단다.
카르멘의 흔적을 더듬으려 버스가 대학 건물 모퉁이를 다 돌 때까지 뚫어
져라 쳐다봤더니 고개가 아프다.

스페인 광장 주차장에 도착했을 때, 갑자기 소나기가 쏟아지기 시작한
다. 미처 우비를 준비하지 못한 나는 룸메이트 T선생의 우산 속으로 빈대
의 둥지를 틀지 않을 수 없었다. 약 200년 전, 카를로스 4세의 왕후, 마리
아 루이사가 기증해 조성된 마리아 루이사 공원 내에 1929년 건축가 아니

발 곤살레스가 설계한 건축물이
완성됨으로써 이뤄진 스페인 광
장은 중앙의 분수대와 함께 스페
인 전역 50개 주의 특징과 역사를
묘사한 타일그림이 눈길을 끌었
다. 현재 시정부 및 국방부 부속
건물로 사용되는 반원형의 바로

크 건축물은 웅장하면서도 섬세한 조형미가 돋보였는데, 1929년 이베로
아메리카스페인 연방박람회장으로 사용된 전력을 자랑한다. 스페인 광장은
세비야를 찾는 배낭족들이 꼽는 제1의 휴식처답게 아늑하고 웅혼한 기품
이 넘쳐흐르고 있었다.

　차창에 부딪치는 겨울 가랑비의 낭만을 싣고 다시 버스가 우리를 내린
곳은 유대인 거주지역인 무릴로 공원 입구.

　화가 무릴로의 집이 있던 이 지역
은 산타마리아호와 사자상을 위, 아
래에 끼워 올린 두 개의 원주형 기념
탑이 있는 곳으로부터 시작되고 있
었다. 안달루시아 지방을 주유하면
서 이젠 눈에 익은 오렌지 가로수가
유난히 탐스럽게 다가오는 이곳은

좁고 복잡한 미로가 이어진 산타크
루즈 거리와 맞닿아 있다. 이미 톨레
도와 코르도바에서 경험한 유대인
거리의 아기자기한 곡각미는 운치
있는 각종 카페 및 미술품 살롱, 기
념품 부띠끄는 물론 안달루시아 최

대 규모의 세비야 알카사르성, 요새를 뜻하는 아랍어의 담자락을 끼고 있는 산타

크루즈 거리에서 더욱 고혹적인 빛을 발한다. 안달루시아 특유의 가옥과 발코니에 수 놓여진 형형색색의 화초와 알카사르 돌담길의 조화가 가히 환상적이다.

이슬람 세력과 숙명의 혈전을 벌였던 스페인 도처에 역사의 유흔으로 남아있는 숱한 알카사르 중에서 세비야성과 함께 가장 주목받는 곳은 세고비아성이다. 세고비아! 이슬람에서 받아들인 기타를 세계적인 악기로 발전시킨 이곳 스페인의 전설적 맹인 기타리스트의 이름이기도 한 세고비아는 마드리드 북서부에 위치한 도시로, 카스티야 레온 지방 세고비아주의 주도이다. 영화 [누구를 위해 종은 울리나]의 무대가 된 유명한 철교가 있는 곳이기도 한 세고비아에는 백설공주의 배경이 된 아름다운 알카사르가 있어 세인의 주목을 받는다. 15~16세기 한때 감옥으로도 사용돼 콜롬부스가 갇히기도 했던 세고비아성이 세비야성 앞에서 불현듯 연상되어지는 건 왜일까? 세비야와 세고비아, 단순히 도시이름의 유사성에서 오는 혼효감混淆感 외에 두 도시의 알카사르가 공유하는 묘한 견인력 때문이리라!

산타크루즈 거리의 낭만을 가슴에 안고 우리는 인근의 세비야 대성당을 노크하였다. 세비야를 찾는 가장 큰 이유이기도 한 이곳 까떼드랄Catedral; 대성당은 로마의 성베드로 성당, 런던의 세이트 폴 성당과 함께 세계 3대 성당으로 지칭되는 규모로, 원래 800년 전 지어진 이슬람 유적 위에 1402년부터 104년간 공사해 완성한 스페인 최대 성당이다. 실내를 장식한 화려한 스테인드 글라스와 각종 성화들, 웅장하면서도 섬세한 내부 부설문든, 그리고 품위 넘치는 대예배당Capilla Mayor과 알폰소 5세의 묘가 있는 왕실예배당 등 모든 시설물에 눈길이 갔지만, 가장 관심을 끈 것은 역시 콜롬부스의 묘였다. 스페인 건국의 모태가 된 4대 왕국카스티야, 레온, 나바라, 아라곤의 문양을 가슴에 두른 4왕이 콜롬부스의 관을 멘 형상의 조형물 아래 준설된 콜롬부스의 묘는 오랫동안 진위시비眞僞是非의 한 가운데 놓여 있었다.

그것은 콜롬부스의 유언에 따라 아메리카 발견 당시 첫 상륙한 도미니카에 매장했던 그의 유해를 중남미 제국의 독립 붐이 한창이던 18세기 무렵, 세비야 대성당으로 이장해 온 데 따른 세간의 헷갈림 때문에 빚어진 것이다.

신대륙 발견의 영웅으로 알려진 바와는 달리, 이태리 제노바 출신의 유태계 탐험가였던 콜롬부스는 공명심과 사욕에 물든 속물이어서, 많은 정적을 만들었던 까닭에 세고비아성에 투옥되는 등, 말년이 순탄치 않았다고 한다. 그의 모든 행적은 아버지를 그림자처럼 수행했던 아들 페르난도에 의해 낱낱이 기록되어졌기에 오늘날 콜롬부스의 인간적 허실을 조감하는 귀중한 자료로 활용되고 있다. 그 공적을 기려 페르난도도 사후, 아버지 콜롬부스의 묘 옆에 모셔져 있다.

세비야 대성당에서 또 하나의 명소를 꼽으라면 단연 히랄다Giralda탑.

성당 내부에서 연결된 디귿자의 완만한 비탈길을 따라 전망대가 있는 70m 높이까지 올라가려면 10여 분에 걸쳐 순례자의 사투를 벌여야 한다. 전망대에 오르는 마지막 부분은 계단으로 되어 있어 대부분 거친 숨을 몰아쉬며 오르기 마련이다. 천천히 오르면 별 문제가 없으나 의욕과잉으로 무리하게 속보速步하다 보면 전망대 도착 후, 기진맥진해 세비야 시가는 보이지 않고 눈 앞이 캄캄해질 게다. 12세기 말 이슬람 세력이 건립한 97.5m의 이 탑은 지진으로 파손 된 후, 16세기에 천주교 세력이 종루와 풍향계를 덧붙여 증축한 것이다. '바람개비'풍향계란 의미의 히랄다란 명칭도 그때 붙여졌단다.

종루와 연결된 꼭대기 전망대에서 사위를 둘러보니 온 세비야 시내가 한 눈에 들어찬다. 가까이는 세비야 대성당의 아름다운 외관에서부터 알

함브라를 빼다 박은 지척의 세비
야성, 겨울 공반기라 관중석이 텅
비어있는 투우장이며 좀 전에 들
렀던 스페인 광장과 버스로 지나
쳤던 황금의 탑, 아까 우리가 건
너왔던 과달키비르강의 다리까지
세비야의 360도 전방위 풍경이
파노라마처럼 돌아가고 있다.

왕이 말을 타고 오르도록 계단 아닌 디근자 비탈길로 설계된 통로를 다
시 역순으로 내려오는데 동네 약수터를 오르듯 많은 관광객들이 내 옆을
스쳐 올라가고 있다. 오르면 내려가야 하는 우리네 인생의 진리를 다시 한
번 절감하며 걸음을 재촉했다.

그러나 세비야 대성당은 마지막까지 보여주기 서비스를 그치지 않는
다. 그것은 바로 화장실. 마치 아늑한 동굴 속 화랑 혹은 황색 톤의 실내 공
원을 연상시키는 환상적 분위기의 화장실에선 볼 일 보기가 송구스러울
지경이다.

대성당 앞에서 거리를 배경 삼아 마지막 기념 촬영을 마치고 북쪽으로
발길을 돌리니, 바로 지척에 세비야의 최번화가 시에르뻬스Calla de las Sierpes
거리가 펼쳐진다. 최신형 트램이

지나가는 레일을 따라 가랑비 오
는 거리를 걷는데 등 뒤로 물기에
젖은 낙엽이 내려앉는다. T선생
과 함께, 레스토랑과 상점이 이어
진 보행자 전용 거리를 거슬러 빅
토리아 광장까지 갔다가 아이스
크림 하나씩을 입에 물고 출발지였던 시청사 앞으로 돌아왔다.

세비야 시청 입구 처마 밑에 신
문지를 깔고 앉아, 겨울비 우산
속, 시에르뻬스 거리의 행인들을
쳐다보는 기분이 어째 처량하다.
행인들의 비에 젖은 뒤통수 위로
어김없이 황혼이 내려앉고 있었
다. 어디선가 트램의 크랙션 소리
가 구슬프게 들려왔다.

6. 이베리아의 보석, 리스본

2009년 1월 20일화요일 아침, 세비야에서 리스본으로 향하는 가로변엔
역시나 올리브 행렬이 줄기차게 이어진다. 어제 밤에 묵은 세비야의 호텔
은 꽤 분위기 있는 곳이긴 했으나 황량한 교외에 위치한 탓에 특별히 밤
문화를 즐길 수 없었다. 해서 충분한 숙면을 취했건만 차만 타면 주인 없
는 제사를 지내느라 머리통을 차창에 박아대는 이 기벽奇癖을 어찌하리요!

세비야에서 리스본에 이르는 530km의 대장정엔 근 5시간 반이 소요되
었다. 오디세우스의 처절한 방랑혼이 깃든 역사의 도시 리스본은 웅장한
현수교 '4월 25일 다리'Ponte 25 de
Abril너머로 그 위용을 드러냈다.

1966년 완성된 2,278m의 이 거대
한 다리는 1974년 4월 25일, 독재
자 살라자르를 몰아내고 포르투
갈에 민주정부가 들어선 것을 기
념해 '4월 25일 다리'로 명명되어
지게 되었단다.

고속도로 톨게이트를 지나면 우측에 로마 시절의 수도교가 보이고 잇따라 거대한 예수상이 나타난다. 1959년, 브라질 리오 코르코바도 언덕의 예수상을 본떠 만든 '끄리스또 레이'Cristo Rei다. '끄리스또 레이'의 출현과 함께 등장한 '4월25일 다리'는 강과 바다를 가르는 분할선 역할을 한다. 즉 다리의 우측은 떼주강을 바다로 연결시키는 리스본만이요, 좌측은 대서양인 것이다. 강폭이 최대 20km에 이르는 도도한 떼주강은 일주일 전, 스페인의 고도 톨레도에서 만났던 타호강의 다른 이름이다. 스페인 중부에서 발원한 강이 이베리아반도를 횡단해 대서양에 이르는 셈이다.

다리 위에서 바라본 리스본의 첫 인상은 무척 고풍스럽고 운치가 있다. 한 마디로 포르투갈의 국가신인도와는 달리 꽤 '있어' 보인다. 부자는 망해도 그 때깔은 쉽사리 사라지지 않는다던가! 과거 공산권이었던 동유럽을 제외한 서방유럽세계 중에 가장 가난한 나라로 알려져 있고 실제로 경제상황이 열악한 이 나라 포르투갈의 실상과는 달리 리스본은 대항해시대의 영화를 아직껏 간직하고 있는 듯하였다. BC 12세기 지중해 상권을 장악한 페니키아인들이 첫 발을 디딘 이래, 그리스, 카르타고, 로마, 서고트, 이슬람, 스페인의 지배를 거쳐 세계사의 전면에 나섰던 이 역사의 고도는 아직도 그윽한 기품을 간직하고 있었다.

우선 시내 레스토랑에서 포르투갈 전통식으로 점심을 해결한 우리는 신시가지의 에두아르두 7세 공원과 뽕발 후작광장을 거쳐 '자유의 거리'리베르다데 대로; Av.da Liberdade를 주유해 구시가지로 향했다.

1755년 대지진 후 리스본을 재건한 뽕발 후작을 기리는 뽕발 후작광장에서 레스따우라도레스 광장에 이르는 1.2km의 '자유의 거리' 연도엔 기품 있는 석상들과 은행, 오피스텔,

고급호텔 등 현대적 건축물이 어우러져 겨울의 한낮 정취를 한껏 무르익
게 하였다.

박물관이나 궁정의 복도를 연상시키는 인도 바닥의 고급스러운 문양,
경사진 골목길을 올라가는 케이블카 트램의 우아한 자태, 남유럽 특유의 느
긋함과 품위를 지닌 듯 한 행인들의 여유… 리스본 신시가의 차창 밖 풍경
은 동화 속 실루엣으로 다가왔다.

드디어 도착한 구시가의 로시우 광장.

그리스신전 양식의 국립극장 면
전에 페드로 4세의 동상과 분수대
가 버티고 선 이 곳은 리스본 최대
의 번화가로, 리스본만 연안의 꼬
메르씨우 광장까지 이어진 바이샤
Baixa: 낮은 땅이란 뜻 지역의 출발점이
기도 하다. 지붕 뚫린 아케이드 상
점가로 형성된 바이샤 지역을 서서히 주유周遊하는데 갑자기 소나기가 퍼
붓는다. 부랴부랴 비를 피해 악세사리 상점에 들어섰는데 주인에게 여간
눈치가 보이는 게 아니다. 사지도 않으면서 이것저것 묻고는 비 그친 광장
으로 나오는데 뒤통수가 캥긴다.

차가 다니지 않는 바이샤의 통
행로 한복판에 들어선 비닐 노점
카페와 순찰용 직립 바이크를 타
고 근무 중인 남녀 경찰관 1쌍의
모습이 퍽 이채로웠다.

노란색 트램의 발착지인 로시우 역이 위치한 로시우 광장으로부터, 페
리 선착장은 물론 리스본만에 걸쳐진 4월 25일 다리가 바라보이는 꼬메르
씨우 광장까지 펼쳐진 만물상은 중세적 낭만이 염색된 현대도시 리스본의

고혹적 매력을 유감없이 드러내기에 부족한 점이 없었다.

운치 있는 붉은 중세 건축물, 그 사이를 비집고 골목을 달리는 노란색 트램, 뱀처럼 구불구불한 트램의 행로, 광장마다 포진한 구국영웅의 청동기마상….

마치 어디선가 본 듯한 현장의 모습들을 다시 되짚어보니, 그렇다! 얼마 전부터 방영되고 있는 'X캔버스' TV CF의 영상광고 장면들이다. 금발 미녀가 트램을 타고 가다 청동기마상 앞에서 내려 주황색 도시의 뇌쇄적 운치에 함몰되어 버리던 바로 그 광고! 지금 내가 서 있는 현장이 바로 그 CF 속 그곳임을 깨닫자 나는 형언할 수 없는 흥분에 얼어붙고 말았다. 그리곤 로시우 광장의 어느 노천카페에 앉아 콜라 한 잔을 주문하지 않을 수 없었다.

로시우 광장에서 1시간가량의 자유 시간을 즐긴 후, 우리가 찾은 곳은 벨렘지역.

리스본 남서부 떼주강변에 맞닿아 있는 이곳엔 세상을 주름잡던 대항해 시대, 포르투갈의 기상이 넘쳐흐르고 있었다. 포르투갈 대항해시대의 선구자로 대서양의 여러 도서島嶼를 발견한 엥리께 왕자의 탄생 500주년을 기념해 1960년에 세워진 '발견의 탑'Padrao dos Descobrimentos은 사진보다 더 생생한 감흥을 불러 일으켰다.

맨 선두에서 범선을 들고 있는 엥리께 왕자를 뒤이어 숱한 동승자기사, 천문학자, 선원, 지리학자, 선교사들이 도열한 조형물의 모습은 그 위로 비스듬히 걸

처진 4월 25일 다리의 절경과 더불어 리스본을 불망不忘의 도시로 인각시키기에 부족함이 없었다.

'발견의 탑' 서쪽 1km 지점에 위치한 마누엘 양식의 벨렘탑은 바스코 다가마의 인도항로 발견을 기념해 건립된 것으로, 탑의 명칭은 '베들레헴'의 어원에서 비롯되었다. 500년 역사의 풍상 속에, 원래 인도양과 대서양으로 향하는 원양 선박의 통관 관제소 역할을 하다가 한때 수중감옥의 기능을 도맡기도 했던 이 탑은 마치 드레스 자락을 늘어뜨린 귀부인의 형상을 닮았다 해서 '떼주강의 귀부인'으로 애칭되기도 한단다. 벨렘탑 어귀의 둑에서 대서양 쪽 망망대해를 바라보니 떼주강과 바다의 경계를 획정하는 해상접안시설이 눈에 들어찬다. 둑 위에 내려앉아 휴식을 취하는 갈매기의 모습이 떼주강의 일렁이는 물결과 정중동靜中動의 조화를 이루고 있다.

리스본과 리오 사이, 대서양을 최초로 종횡단한 비행기의 모형이 전시된 기념대를 한 바퀴 돌고난 뒤 우리는 제로니모스 수도원으로 발길을 돌렸다.

구시가지와는 달리 최신형 트램이 운행되는 한길을 가로지르니 북쪽 정면에 마누엘 양식의 웅장하고 아름다운 건물이 눈에 띈다.

엥리께 왕자와 바스코 다가마의 세계일주를 기념해 16세기 초, 마누엘 1세가 건립한 제로니모스 수도원은 전체 외관 못지않게 수려한 장식을 자랑하는 안뜰 회랑이 눈길을 끌었다. 수도원 내 성모 마리아 교회는 이제껏 봐온 스페인의 여느 성당처럼 화려한 성화聖畵와 부조물들이 사위를 장식하고 있었다. 그러나 가장 관심을 끈 것은 성당 한복판에 위치한 두 사람의 석관이었다. 좌측의 것은 바스코다가마의 석관이고 우측의 것은 16세기 포르투갈의 대서사시인 루이스 데 까몽의 석관이란다. 석관을 보위하듯 측면에 걸려진 대형 성화의 포근함 만큼이나 이들 두 위인의 안식처는 사뭇 평화롭고 아늑해 보였다.

수도원을 나와 미모의 로컬 가이드 엘리자벳과 팔짱을 낀 채 사진을 찍는 호강(?)을 누렸다. 자기도 같이 찍겠다며 모두가 달려드는 바람에 한 동안 엘리자벳이 즐거운 곤욕을 치러야 했다. 물론 남자들뿐이었지만…

유럽 최서단의 땅 끝 마을 로까곶으로 향하는 해안도로는 고적하면서도 운치가 넘쳐흐른다. 차창 밖에 펼쳐지는 대서양의 꿈틀거리는 남색 물결과 맞은편 산록 구릉지대의 푸르른 초원의 조화는 잊었던 유년의 기억을 일깨운다. 아들의 세발자전거에 동아줄을 매달아 끌고 언덕빼기를 올라가시던 아버지 어깨 너머로 보이던 바로 그 색깔이다!

마침내 도착한 로까곶Cabo da Roca엔 하얀 포말로 부서지는 파도의 포효咆哮가 겨울 바다의 서글픈 심사를 적나라히 대변하고 있다. 성난 파도와 푸른 녹초지 사이에 우뚝 솟은 빠알간 등대의 외로운 포즈에서 유라시아 대륙 최서단을 홀로 지켜온 자부심과 서러움이 절절히 묻어난다.

유난히 사나운 바람과 소용돌이치는 파도 세례 속에, 이곳이 유럽 최서단

임을 알리는 십자가 표지탑 아래서 어렵사리 기념촬영을 마치고 인근의 기념품샵으로 대피할 수밖에… 십자가 아래 표지석에는 '여기서 땅이 끝나고 바다가 시작된다.'는 시인 까몽이스의 싯구가 선명히 새겨져 있다.

황혼을 등지고 포르투갈에서의 첫 숙박지를 찾아가는 귀로는 가히 환상적이다. '파도의 매스게임'을 연상시키듯 겹겹이 쌓여 몰려와 버스 차창 밖에서 부서지는 물결의 잔치는 라스베이가스 벨라지오 호텔의 분수쇼와는 또 다른 야생의 전율을 불러일으킨다. 호텔이 있는 리스본 근교 에스토릴Estoril에 이르는 해안도로가 끝날 때까지 기상천외의 파도 분수쇼는 계속되었다.

까스까이스Cascais지역과 더불어 리스본 근교의 고급 해양리조트 단지로 개발된 에스토릴 지역은 멋있는 파고를 볼 수 있는 대서양의 마지막 안식처다. 해수욕을 즐길 수 있는 아담한 해변, 백사장과 평행으로 달리며 해변의 운치를 담아가는 열차, 나름대로의 품격을 한껏 뽐내 지어진 호텔들과 부호의 별장들, 이 지역의 랜드마크 역할을 하는 아름다운 카지노의 야경, 에스토릴의 밤 풍경은 잊었던 낭만을 다시 불러일으키게 한다.

저녁 식사 후, 호텔을 빠져나온 T선생과 나는 유럽 최대 규모라 선전되는 에스토릴의 카지노로 발길을 옮겼다. 휘황찬란한 카지노의 네온사인 간판이 눈에 들어찬다 싶더니, 가는 빗방울이 소나기 세례로 바뀌기 시작했다. 카지노 출입구를 향해 황급히 뛰어가는 우리 등 뒤로 어디선가 포르투갈의 파두 여왕, 아밀리아 로드리게즈가 신음하듯 내뱉는 '검은 독배'의 구슬픈 선율이 들려왔다.

7. 덤으로 얻은 낭만, 암스테르담

리스본 근교의 대표적 휴양지 에스토릴 지역에 위치한 우리의 호텔은 이번 여행에서 가장 마음에 드는 숙소였다. 어젯밤 늦게 카지노에 들렀다 플로어에서 펼쳐진 즉석 마술 스트립쇼와 2층의 특별 미술전시회까지 다 본 뒤, 숙소로 돌아오는 길에 조감해보는 달빛 젖은 에스토릴의 야간 풍속도는 그야말로 환상 그 자체였다. 열대수림 야자수 화원 속에 위치한 리조트 단지를 파도 분수쇼가 호위하듯 감싸 안으며 세로 두시의 해변열차가 백사장 위를 횡행하고 은은하게 달빛마저 차창에 드리워지노라면….

2009년 1월 21일 수요일, 환상적 숙소에서 숙면을 취하고 맞는 아침은 상쾌하기 그지없다. 에스토릴이 휴양지라지만 이곳 상주인구도 꽤 되는가 보다. 아침 출근길 차량이 러쉬아워의 정체를 이뤄 해변도로를 빠져나가는데 장난이 아니다. 오늘의 첫 목적지는 약 1시간 40분 거리에 위치한 오비도스.

포르투갈의 작은 보석이라 불리는 이곳 오비도스는 로마시대 이래 유구한 역사를 자랑하는 유서 깊은 부락으로, 스페인의 동화적 중세도시 아빌라에 필적하는 아기자기한 조형미를 갖추고 있다. 버스 주차장이 있는 국도변 마을 어귀엔 로마시대의 수도교가 이곳의 서경적 뷰라인을 형성하고 있고 오르막으로 시작되는 마을 초입의 성곽 정문을 통과하면 중세 귀족의 주거지였던 성채가 수줍게 모습을 드러낸다.

운치 있는 석조돌담길이 공중에 떠 있는 모습을 연상해 보라! 당시의 왕이 왕비를 위해 조성해 바쳤다는 마을의 기원에 걸맞게 오비도스의 골목 곳곳엔 시간이 멈춘 중세의 기품이 넘쳐흐르고 있다.

이곳에서 열리는 미술전의 슬로우건이 중세의 체취 가득한 성벽에 걸려 있는 모습은 타임머신으로 주유하는 역사기행을 연상케 한다.

오비도스는 화제의 로맨틱 코미디 영화 <내 남자의 아내도 좋아>에서 후앙 안토니오가 비키와 크리스티나를 초대한 영화 속의 호젓한 휴양지, 오비에도와 지명은 물론 분위기까지 닮아 있다. 기념품샵이 연이어진 동네를 한 바퀴 돌아 전망 좋은 곳에서 사진을 찍고 버스로 돌아왔다.

이어서 우리가 찾은 곳은 바닷가 절벽 위에서 바라다보는 해안 절경이 한 마디로 '끝내주는' 나자레. 오비도스에서 약 40km 거리에 위치한 이곳

은 17세기 초 형성된 작은 어촌 마을이었으나 그 절경이 알려지면서 숱한 방문객들의 사랑을 한 몸에 받는 처지가 되었단다. 마을 광장 중심에 하얗게 버티고 선 대성당의 기품 있는 자태는 이 어촌 마을의 고혹적 비장미를 돋보이게 하기에 부족함이 없다.

그러나 대성당 광장을 지나 바다가 내려다보이는 언덕 위 전망대에 다가서 왼편에 펼쳐진 정경을 보노라면 대성당의 자태쯤은 예고편에 불과했다는 사실을 금세 깨닫게 된다. 하얀 백사장이 천연의 곡각미를 이룬 해안선에 점점이 부서지는 파도의 파노라마가 이보다 더 환상적인 곳이 세상에 다시 있을까?

우리가 서 있는 전망대가 마치 천상 옥황상제의 사열대인 듯한 착각이
인다. 전망대를 지나 해안이 이어진 곳을 따라 계속 내려가다 보면 어제
들렀던 로까 곶에서처럼 빠알간 등대와 마주치게 된다. 로까 곶보다 오히
려 더 사나운 회오리바람이 몰아치는 우중충한 오후에, 등대는 노도怒濤와
힘겨운 사투를 벌이고 있었다.

점심 식사를 마친 후, 우리는 성모발현지로 유명한 파티마를 찾았다. 나
자레에서 파티마까지는 60km, 약 50분이 소요되었다. 멕시코의 콰달루
페, 프랑스의 루르드와 더불어 세계 3대 성모 발현지 중, 가장 대표적인 이
곳은 특히 치유의 기적을 낳은 곳으로 알려져 병원의 이름으로 빈용되고
있다. 이슬람 창시자 마호멧의 외동딸 이름이기도 한 지명 파티마는 이와
는 무관한 것으로, 12세기에 카톨릭으로 개종한 무어인 공주의 이름에서
명명되었다고 한다. 조그만 시골 마을이었던 이곳이 세계적 명소가 된 것
은 1917년 5월 13일 이후 10월 13일까지 매월 펼쳐진 기적 때문이다.

1917년 5월 13일, 세 목동 {루시아 두스 산투스10세와 사촌 프란시스쿠
마르투9세, 히야친타7세}이 자신을 '로사리오의 성모'라 밝힌 한 여인을 봤
다는 데서 시작된 이 불세출의 대사건은 이후 다섯 번이나 같은 날에 계속
되었고, 마지막 발현일인 10월 13일엔 무려 7만 군중이 운집해 성모가 가
져다준 '기적적인 태양의 현상'을 함께 목격했다고 한다.

성모는 세 목동에게 '인류의 달 탐험, 교황 저격, 공산주의의 몰락, 2차
대전의 발발' 등 숱한 예언을 하면서 로사리오rosario;묵주기도의 중요성을 역
설했다고 하는데, 당시 성모가 발현했다는 초원의 참나무가 위치한 자리
엔 성모상이 안치된 기념경당이 만들어져 세계 각국에서 온 숱한 신자들
의 촛불 참배가 이뤄지고 있었다.

지금도 최초의 성모 발현일인 5월13일과 마지막 발현일인 10월 13일엔
전세계에서 운집한 많은 순례자로 이곳 대성당 광장은 발디딜틈이 없단
다.최고 기록은 발현 50주년 예배가 행해진 1967년 5월 13일의 100만이라고 알려져 있다.파티마

광장을 들어서서 좌측으로 돌아
서면 왼편에 기념경당이 보이고
정면에 신고전주의 형식으로 세
워진 거대한 로사리오 대성당이
눈에 띈다. 65m에 달하는 웅장한
중심탑을 기준으로 중앙에는 대
예배당이, 좌우 측면 회랑에는 수

도원과 병원이 이어져 있는데, 대성당 우측단에 서 있는 세 어린 목동의
석조상이 특히 눈길을 끌었다.

　　세 어린이 중 친형제지간인 프란시스쿠와 히야친타는 당시 4000만의
희생자를 낸 스페인 독감_{멕시코의 돼지 인플루엔자와 같은 바이러스 유형}에 걸려 약 2
년 후 타계했고, 사촌누이 루시아는 갈멜 수도원의 수녀가 되었다가 2003
년 경 선종해 이들 모두 이곳 로사리오 대성당 경내에 안장되어 있다.

　　로사리오의 대예배당 내부는 여느 천주교회와 다를 바 없었으나 순백
의 내부 컬러가 성모발현지의 경건함을 더하게 했다. 성당 맞은편엔 세계
에서 네 번째로 큰 카톨릭성전이라는 '성삼위 성당'_{Igreja da Santíssima Trindade}
이 마주하고 있었는데 성당이라기 보단 다목적 종합예술관 같은 느낌이
들었다. 근래에 완공된 탓에 초현대적 설비를 갖춘 깔끔한 공간으로 자리
매김하고 있었다.

　　성당 광장을 나서니 수많은 상
점·호텔·식당이 즐비한 시가
지로 바로 연결이 되어있다. 조그
만 시골마을이 성모 발현의 종교
적 명성에 힘입어 도약한 대표적
사례라 하겠다.

　　잠시 벤치에 앉아 호젓한 상념

에 잠겼는데 갑자기 웬 잘 생긴 백인이 와서 손바닥을 벌린다. 유럽에서 처음 만난 백인거지다! 손사래를 치면서 버스에 오르는데 몇 발자국 따라오다 이내 돌아선다. 집시라면 계속 귀찮게 했을텐데… 어깨가 축 처져 돌아서는 그의 등 뒤를 좇는 파티마의 석양이 허허롭기만 하다. 이베리아 반도에서의 마지막 일정을 마치고 숙소로 돌아가는 버스 차창 밖 저녁 햇살이 유난히 따사롭다.

이튿날인 2009년 1월 22일 목요일 아침 7시, 리스본 공항을 이륙한 KL 1692편에서 내려다보이는 대서양의 새벽안개가 솜사탕처럼 탐스럽다. 약 3시간의 비행 끝에 암스텔담의 스키폴 공항에 안착했다. 여행 첫날의 첫 기착지이기도 했던 스키폴 공항은 원래 군용비행장을 민간공항화한 곳으로, 오늘날 세계 90여 항공사가 취항해 연간 3200만의 여객을 수용하는 세계 굴지의 공항으로 거듭난, KLM Koninklijke Luchtvaart Maatschappij ;네덜란드 항공의 본거지이다. 공항 면세점에 진열된 다양한 모델의 나막신 기념품이 이곳이 바다보다 낮은 땅 네덜란드임을 상기시켜 준다. 동절기 KLM항공의 환승일정 탓에 덤으로 주어지는 암스텔담 반나절 투어의 호기를 만끽하기 위해선 서둘러야 한다.

우선 암스텔담 관광의 시발점인 중앙역으로 향하는 기차표를 구입했다. 스키폴 공항의 지하에서 출발하는 2층짜리 기차 객실의 타원형 천정이 여객기를 연상시킨다. 유리칸막이가 된 호젓한 실내공간이 퍽 인상적이다. 목가적인 네덜란드의 교외 풍경을 감상하는 사이, 벌써 중앙역이다. 논스톱으로 불과 15분이 걸릴 뿐이다.

세비야의 호텔에서 급히 복사한 암스텔담 지도에 의지해, 우선 중앙역 앞에서 2번 트램2.5유로을 타고 '반 고흐 미술관'으로 향했다. Van Baerles Straat 역에서 내려 한길을 건너면 된다.

고흐의 명성에 값하듯 미술관의 입장료는 12.5유로로, 한국의 안내서에서 본 9유로보다 훨씬 올라 있었다. 비오는 평일에도 불구하고 고흐의 예술혼을 찾아온 많은 내방객들로 전시실은 붐비고 있었다. 배낭을 크럭룸cloak room에 맡기고 랜덤하게 그림들을 훑어 나가는데, 그 유명한 '자화상'과 '감자 먹는 사람들'이 눈에 들어온다. 원화를 보는 감동에 오랫동안 그 자리에 서 있었다. 고흐의 동생 테오가 소장하던 고흐 그림 700여 점을 기증받아 1973년 개관한 이곳은 암스텔담 여행객들이 가장 선호하는 미술관으로, 동시대 화가 고갱과 모네의 그림도 눈에 띄었다. 구내 기념품점에서 고흐의 복사판 그림을 기념으로 구매할까 망설이다, 시간과 돈을 아끼려 그냥 나온 것이 아직까지 못내 아쉽다.

'반 고흐 미술관'의 지척에 국립미술관Rijksmuseum이 자리하기에 내친 김에 11유로의 입장료를 내고 들어가 보았다. 그다지 미술에 조예가 없어서 그런지, 소장품보다는 네오 고딕 양식의 건물이 오히려 더 멋있다는 생각이 들게 한 곳이다. 5,000여 점의 미술품이 전시된 이 대형 미술관에는 네덜란드를 대표하는 유명 작가들의 작품이 망라되어 있었는데 2층 전시실의 어느 대형 그림 앞에 많은 내장객의 발길이 고정되어 있었다. 그것은 일명 '야경'으로 널리 알려져 있는 렘브란트의 집단초상화 '프란스 바닝 코크 대위가 이끄는 중대'1642년로서, 스페인으로부터 독립한 네덜란드 시민들이 자발적으로 자경단을 조직해 자신들의 땅과 재산을 지키는 모습을 극명한 명암 대비 속에 사실적으로 묘사한 그림이다.

국립미술관을 나오니 추적추적 내리던 겨울비는 아직도 그칠 줄 모른다. 걸어가리라 생각했던 왕궁 앞 담 광장까지 24번 트램을 타고 이동했다.

도중에 차창 밖으로 17세기의 동전 주조탑인 '문트탑'Munttoren 과 유람선 선착장이 보인다. 암스텔담 관광의 기점인 담 광장Dam Suquare엔 비가 오는 탓인지 이곳의 명물인 비둘기 떼는 간 데 없고, 관광용 마차의 호객 종소리와 비에 젖은 배낭객들의 처량한 발걸음만이 '물의 도시'의 애수어린 상념을 부채질할 뿐이다.

광장 좌우의 왕궁과 2차 대전 전몰자 위령탑을 배경으로 기념촬영을 한 후, 광장이 한 눈에 바라다 보이는 인근 팝에 들러 T선생과 함께 '필스너' 맥주 1잔씩을 들이켰다.

비내리는 담 광장의 평일 오후는 정중동靜中動의 고요가 엄습하고 있다. 팝에서 나온 우리는 담락거리 우측의 홍등가를 한 바퀴 돌고 난 뒤, 거꾸로 담락거리를 거슬러 올라가기로 했다. 암스텔담의 관광코스로 상품화된 홍등가의 어느 업소 윈도우엔 글래머 아가씨가 우람한 몸매를 과시하고 있었는데 그 엄청난 체구에 기가 질릴 지경이다.

상점가가 연이어진 담락거리를 걷다가 우연히 섹스박물관이 눈에 띄어

3유로의 입장료를 내고 들어가 보았다. 안 보면 궁금하고 보아봤자 별 볼일 없는 성性에 대한 잡학자료들이 전시되어 있다.

섹스박물관 아래쪽의 맥도날드에서 늦은 점심을 해결하는데 테이블 위에 버젓이 올라온 비둘기가 감자튀김에 눈독을 들인다. 세계 곳곳을 다녀봤지만 사람 밥상에 올라오는 비둘기는 처음 본다. 배낭객들의 무료 화장실하면 흔히 맥도날드를 떠올리는데 이곳엔 화장실이 없다. 화장실 없는 맥도날드도 처음 본다. 결국 중앙역 구내의 유료 화장실을 이용할 수밖에 없었다. 유럽을 갈 때마다 느끼는 것이지만, 배변 인심 야박한 이곳의 풍토에 또 다시 심기가 불편해진다.

비가 오는 '물의 도시' 암스텔담의 수채색 실루엣이 중앙역 앞 유람선 선착장에 짙게 드리워질 때, 스키폴 공항행 기차를 타기 위해 중앙역 개찰구를 들어서는 내 어깨 위에도 야릇한 아쉬움이 함께 내려앉는다. 그렇게 이베리아 여행이 종지부를 찍는 순간이었다.

제6부

시나이반도를 지나 오리엔트를 품다;
중동

시나이반도를 지나 오리엔트를 품다 ; 중동

1. 출애굽의 여정을 따라

2009년 7월 27일 오전 11시, 여름방학 중의 인천공항은 본분을 망각할 만큼 썰렁하다. 공항 출국장 내장객은 평소 이 맘 때의 반에도 미치지 못하고 있다. 지구촌을 술렁이게 한 신종플루의 위력을 그대로 체감할 지경이다. 어학연
수네, 각종 단체의 캠프와 봉사활동이네 하며 붐볐을 출국장이 어찌 이리 휑할 수 있을까? 덕분에 호젓이 출국 수속을 마칠 수 있어 오히려 다행이었다.

그러나 느긋한 출국장 분위기완 딴 판으로, 타쉬겐트 경유 카이로 행 대한항공 KE 953편의 실내는 입추의 여지없이 만석을 이루고 있다. 그야말로 썰렁함 속의 치열함! 모세의 출애굽 여정을 좇아 중동의 역사를 되짚어 보려는 나의 이번 여행은 이렇듯 출발부터 묘한 언밸런스로 시작되고 있었다. 최근의 탑승객 격감으로, 직항에서 타쉬겐트 경유로 스케줄이 조정된 KE 953편은 인천을 출발한 지 15시간 만인 7월 27일 밤 11시경현지 시각, 카이로 공항에 안착했다. 공항 청사 내 은행에서 입국비자를 사 수속을 마치고 대기하던 버스에 올라 기자 지역에 위치한 호텔에 도착했을 때, 시계는 그예 자정을 넘겨 28일 0시 10분을 지나고 있다.

객실 밖 수영장에 비친 휘영청 밝은 달이 애급에서의 첫 밤을 자축하고 있었다.

밤새 뒤척이다 모닝콜이 울리기 전에 눈이 떠지고 말았다. 동침한 75세 고령의 김 장로님은 꼭두새벽부터 부지런히 짐을 챙기신다. 노령에 단신 여행을 오신 품새가 심상치 않다 싶어 대화를 나눴더니 세계 방방곡곡 오지며 희귀 특수 지역을 거의 망라해 답사하신 여행전문가이시다. 거의가 선교 및 파송 교인 독려의 목적에서 행한 여행이라며 돈독한 신앙심을 감추지 않으시는 모습이 영락없이 자신에게 엄하고 남에게 자애로운 훈장님 스타일이다. 유네스코 지정 7대 불가사의不可思議 중, 아직 가지 못한 페트라에 족적을 남기려는 유치한 욕심에서 비롯된 이번 여행이 성지순례 팀과 엮여 이집트-요르단-이스라엘 여정으로 바뀌는 과정에서 파생된 뜻밖의 행운이다. 여행 내내 인생사의 값진 교훈이며 푸짐한 밑반찬이며 동침자에 대한 따뜻한 배려를 마다 않으셨던 김 장로님을 마주 뵈면서 신앙인이 아닌 게 무척 죄스러웠었다.

아침 식사를 마친 7시 50분, 버스는 목적지인 나일강 동편의 고센 지역을 향해 출발했다.

숙소인 그랜드 피라밋 호텔이 위치한 기자 지역을 벗어나 카이로 시내로 접어드는 동안, 고단하고 곤궁한 이집트 민생의 모습이 차창 밖으로 들어서기 시작한다. 고가도로 밑 나일강 인공 수로를 따라 나귀를 모는 사내의 꾀죄죄한 얼굴엔 무표정한 번뇌가 서려 있고 소형 트럭 짐칸에 실려 일터로 향하는 청년들의 옆모습엔 기약할 수 없는 내일 대신 오늘을 살아야만 하는 체념으로 가득하다.

나일강을 건너 東進하면서 동부사막의 실체가 땡볕 속에 서서히 드러난다. 카이로에서 고센까지는 약 100Km, 하지만 길이 꼬불하고 도로상태가 불량해 3시간 정도는 걸려야 도착할 수 있단다. 나일강 델타의 비옥한 땅이었던 고센은 구약에 의하면, 야곱의 아들 요셉이 그의 일가와 함께 정착한 곳으로 모세의 출애급 시발점이 된 지역이기도 하다.

차창 너머로 회교권 전통 남성의상인 갈라비아와 여성의상인 아비야에 차도르를 두른 행인들의 모습이 눈에 띈다. 땡볕 더위에 얼마나 더울까 보는 사람이 더 답답할 지경인데 의외로 통풍이 잘 되는 복식이란다.

황량한 사막을 달리다 중간 검문소에서 정차한다 싶더니 이내 관광경찰의 호송차량이 우리 버스의 앞뒤로 따라 붙는다. 1997년 회교원리자들의 룩소르 관광객 피격 사건 후, 이집트 내 모든 외국 관광객은 관광경찰의 호송과 허가가 있어야 특정지역에서 여정을 시작할 수 있다. 폭염 속의

찜통 짐칸에 앉아 근무 중인 그네들의 일그러진 표정을 보니 시위현장에
차출된 우리네 젊은 전경들의 모습이 연상돼 서글픈 마음을 가눌 길 없다.
이집트의 징병제는 학력차등이 적용돼 복무기간은 중졸이 3년, 고졸이 2
년, 대졸은 1년이라는데, 이방인
의 안전을 위해 염제에 시달리는
저네들은 얼마를 복무할까 적이
궁금하였다. 그런 한편 유구한 고
대문명의 땅 이집트에서 언제까
지 서로를 불편하게 하는 관광경
찰의 호송이 이어질지 답답한 마
음 금할 수 없었다.

낮 11시가 다 되어 드디어 고센 땅에 접어들 수 있었다. 먼저 우리의 버
스는 라암셋의 터에 정차했다. 현재 산 엘 하가르San El Hagar로 불리는 이곳
의 언덕엔 화장실이 위치하고 있었는데, 입장권을 끊어 이 언덕에 오르자
아몬 대신전과 네크로폴리스의 유적이 한 눈에 들어왔다.

독일의 이집트 학자 에드가 푸쉬Edgar Pusch에 의해 1987년부터 본격적으
로 발굴되기 시작한 라암셋은 이 곳 남동쪽 12.8km에 위치한 비돔과 더불
어 람세스 2세의 국고성으로 기능하던 곳이다. 이집트 고대 신왕국이 추
앙하던 태양신 라La는 한때 양을 신격화한 아몬Amon과 결합해 최고의 신으
로 군림하기도 했는데, 라암셋의 주신전이 아몬 대신전Amon Temple으로 불
리는 것도 이와 무관하지 않을 것이다.

언덕을 내려가 아몬 대신전Amon Temple의 초라한 팻말을 지나자 건축왕
람세스 2세가 꿈꿨던 고대 유토피아의 실체가 생생히 드러났다. 람세스
2세의 모습을 조형화한 대형 석상들 및 당대 상형문자와 그림들이 새겨진
각종 조형물들, 그리고 무려 7개나 되는 오벨리스크와 나일강의 범람을
체크했던 우물터 등은 기원전 13세기, 세계 4대문명의 핵심이었던 이집트

의 저력을 도도히 대변하고 있었다.

67년간 이집트를 통치하며 97세의 세수를 누리는 동안, 4명의 정실왕비에 6명의 측실왕비, 200명의 후궁을 두며 97명의 왕자와 123명의 공주를 생산했다는 람세스 2세는 분명 마징가 제트였다. 세계 최초의 철기문명국, 히타이트와의 전쟁에서 이집트를 지켜 냈을 뿐 아니라 강력한 통치력으로 고센은 물론 룩소르, 아부심벨 등지에 숱한 대형 유적지를 건설해 오늘날 후손들의 생계에 이바지하고 있는 그는 이집트 역사상 최고의 영웅인 셈이다. 전임 사다트의 암살 후 어부지리로 대통령직을 승계해 팔순을 넘기도록 이집트를 통치하고 있는 무바라크 현 대통령의 사진이 그를 세습할 둘째 아들의 사진과 함께 대형 포스터로 장식되어, 카이로 곳곳에 게시된 광경을 봤던 터라, 자연히 람세스 2세와 비교되어진다.

그러나 페르시아 침공으로 훼손된 석상들, 그리고 여기저기 널부러진 오벨리스크와 돌무더기의 무리를 보면서 안타까움과 아쉬움을 금할 수 없는 건 몸통만 남은 람세스 2세 입상 아래 땀을 닦는 경비병의 더위에 지친 표정 때문일까?

이제는 대낮 소쩍새의 놀이터가 되어버린 우물터를 지나 네크로폴리스의 저지대를 둘러보고 돌아서는데 일군의 유적터가 눈에 띈다.

신왕국 22왕조를 연 셰숑크 1세시샤크왕 및 그의 후계자 오솔콘1세의 가족 무덤군이란다. 기원전 945년에서 924년까지 재위했던 셰숑크 1세는

그의 딸을 솔로몬에게 시집보내면서까지 외교에 주력했던 사려 깊은 왕이었다. 그의 미이라가 들어있던 고분 벽에는 갖가지 상형문자와 그림들이 덧없는 세월을 말해주고 있었다.

한 줌의 차양막도 없는 라암셋 광야에서 45도의 한증막을 체험한 우리는 에어컨 버스 속에서 한식 도시락으로 점심을 해결한 후, 모세와 이스라엘 백성이 라암셋을 출발한 후 처음으로 숙영한 숙곳으로 향하였다. 동행한 일행 대부분이 부산의 모교회 신도들이라 가는 도중, 경건한 기도와 찬송이 이어졌다. 목사 2분을 비롯해 중장년의 전도사와 권사, 집사님으로 구성된 이들 단체 성지순례객들은 여행 내내 그들이 준비한 간식을 배급해 주는 등, 비신자인 내게 물심양면으로 따뜻한 정을 베풀어 지루한 사막 여정에 활기를 얻게 하였다.

30여분을 달려 도착한 숙곳은 모세 출애굽 당시 200만이 숙영했던 흙벽돌집의 흔적은 거의 찾아 볼 수 없을 정도로 황량했다. 사막 위에 무성한 잡초 더미를 배경으로 황망히 사진을 한 컷 찍고 폭염을 피해 버스로 줄달음쳐야 했다.

다시 2시간 반을 달려 카이로로 귀환하는 버스는 더위와 장거리 여행의 피곤에 지친 일행들이 펼치는 오수의 향연으로 고요하기만 하다. 간간히 도심에 부지를 구하지 못해 사막에 주둔하는 군대 병영이 열악한 막사, 탱크 대열과 함께 차창 밖으로 목도되었다. 귀로는 고속도로를 경유하였기에 갈 때보다 시간이 단축되었다. 카이로에 도착한 우리는 일단 한국식당에 들러 소갈비구이로 일찌감치 저녁 식사를 마치고 나일강 버스 산책에 나섰다.

호객하는 행상의 아우성, 당나귀의 분뇨, 각종 차량의 매연과 소음으로 들끓는 지옥 같은 시내를 벗어나 펠루카바람을 이용한 무동력 돛단배가 유유자적 가로지르는 강변에 접어드니 나일강의 은은하고도 도도한 정취가 느껴진다. 세계 최대의 나일강은 이집트문명의 발원이기도 하지만, 존재 그 자체로 혼란과 무질서의 카이로에 생명과 온기를 불어 넣는 상징적 의미 이상의 활력소였다. 이집트 출신의 세계적 배우 오마 샤리프의 별장이 건너다보이는 다리 너머 우측에 카이로를 상징하는 카이로 타워가 보이는가 싶더니 버스가 한 쌍의 사자상이 버티고 선 다리 앞에 정차해 잠시 포토타임을 준다.

우리가 하차한 곳은 카이로에서 나일강의 동선을 잇는 10개의 다리 중 가장 대표적인 명소인 아수르아힐 다리일명 사자다리란다. 1952년 나세르의 자유장교단 쿠테타를 기념해 타흐리르해방광장으로 명명된 이곳 주변은 카이로의 대표적인 신시가지의 중심으로, 인근에 카이로가 자랑하는 국립 고고학 박물관이 위치하고 있었다. 다리 위에서 저녁노을에 저물어 가는 나일강변의 풍광을 바라보노라니, 1700만 인구의 잠재력이 포효하는 거대도시 카이로의 위용이 폐부 깊숙이 전해져 온다.

혁명의 빨강, 평화의 하양, 정복의 검정 삼색에 국조 호루소를 의미하는 독수리가 얽혀진 이집트 국기가 펄럭이는 정부 청사를 돌아 군중들로 붐비는 시내 쇼핑가를 지나 이제 버스는 외곽으로 향하는 고가도로를 타기 시작한

다. 고가도로 위에서 내려다보이는 시장통 무수한 저녁 군중들의 광경이 2002 월드컵 장외응원을 나온 우리네 모습을 상기시킨다. 한낮의 염제를 피해 모든 사람이 이제서 거리로 나서는 모양이다.

룩소르행 밤 비행기를 타기 위해 공항으로 향하는데 차창 밖으로 아랍 지배 시절의 구 도읍지였던 포스탄트 지역의 고풍스런 풍경이 들어찬다. 이곳의 이슬람무덤 자리에 기거한다는 가난한 상경 원주민의 흐느낌 소리인 듯 어디선가 실바람소리가 달그림자에 묻혀 들려오고 있었다.

2. 산 자와 죽은 자의 동거, 룩소르

2009년 7월 29일, 룩소르의 아침이 밝았다. 호텔 창밖에 펼쳐진 나일강변의 정경은 그대로 한 폭의 풍경화다. 어제 밤, 불안한 기류 속에 여러 번 공중제비를 하며 룩소르 공항에 착륙할 때만 해도, 40여 만원의 추가경비를 들여가며 더운 계절, 밤늦게 예까지 와서 뭘 보려구 이 고생인가 하는 의구심이 들었는데 종려나무 사이로 수줍은 듯 미소 짓는 나일강 西岸의 풍광을 보니 묘한 설레임이 인다.

호텔이 있는 나일강 東岸에서 남쪽으로 강변을 따라 내려가니 이내 좌측으로 룩소르 신전이 나타났다. 버스는 곧장 우측 다리를 건너 나일강 서

안으로 들어선다.

　기원전 3,100년경부터 발원되는 고대 이집트 왕국은 시기별로 6개 왕조의 고왕국BC 2686-2181, 각각 12개 왕조씩의 중왕국BC 2055-1650과 신왕국BC 1550-1069으로 나눠지는데, 상이집트나일강 델타의 북위 30도 이북 지역와 하이집트북위 30도 이남 지역를 통합해 최초로 통일왕국을 세운 메네스나르메르;Narmer왕 이래 수도로 기능해 온 멤피스카이로 남방 25Km의 뒤를 이어 새로이 중왕국의 수도로 화려하게 등장한 곳이 바로 이 룩소르이다. 테베로 불리던 중왕국 시절 룩소르의 광역권은 나일강을 중심으로 산 자의 공간인 東岸과 죽은 자의 공간인 西岸으로 나눠져 화려한 문명을 꽃피웠는데, 기원전 1500년을 전후한 최전성기엔 1,000만 인구가 상주하는 거대도시였다고 호머의 [일리아드]에도 기술되어 있다.

　멤피스 쪽보다 더 비옥한 나일강 남부로 인구가 집중되면서 자연히 수도의 기능을 떠맡게 되었을 룩소르는 어쨌든 도시 전체가 노천 박물관으로, 고대 유적의 70% 정도가 모여져 외디프스의 신화를 이어가고 있다.

　死者의 공간인 西岸에서 우리가 가장 먼저 들른 곳은 멤논의 거상.

　멀리 石山을 등지고 평지에 우뚝 선 두 개의 거대한 석상은 신왕국 18왕조의 아멘호텝 3세BC1390-1352를 묘사한 것으로, 원래 왕의 葬祭殿왕을 제사 지내던 곳정문을 지키던 조형물이었으나 후대 이민족 침공으로 장제전이 파괴된 지금, 공터에 덩그라니 17m 높이의 멀쑥함으로 남아 한여름의 땡볕에 시달리고 있었다. 그 근엄한 모습이 트로이전쟁의 영웅 아가멤논을 연상시킨대서 로마인들이 멤논의 거상으로 명명한 것이 오늘날의 명칭으로 굳어졌단다. 아가멤논은 아버지를 위해 어머니에게 복수한 일렉트라의 아버지다. 그러고 보니

룩소르의 옛 지명 테베는 근대 정신분석의 양대 심벌로 꼽히는 외디프스 및 일렉트라와 묘한 상관성을 가진다는 생각이 들었다.

멤논의 거상을 자세히 보니, 하나는 거대한 바위를 조각한 것이고 다른 하나는 바위를 쌓아가며 조각한 것이다. 그야말로 조각과 소조의 陰陽을 혼합한 셈이다. 황급히 사진을 찍고 합세슈트 장제전으로 발길을 돌려야 했다.

버스가 이동하는 동안, 차창밖에 펼쳐진 사위는 서부영화에서나 봄 직한 황색의 파노라마다. 온통 누런 황토빛 암산이 병풍처럼 둘러쳐진 대지 곳곳에 2차대전시 노르망디의 토치카를 연상시키는 석굴이 외계인의 선글라스처럼 여기저기 출몰해 있고 구름 한 점 없는 맹하의 열기섭씨 45도는 지상의 만물을 질식시킬 듯 압박하고 있다.

입구에서 입장권을 끊고 관리사무소를 통과하니 놀이공원에서 보던 미니 노상열차가 우리를 기다리고 있다. 빤히 보이는 합세슈트 대장전까지 가는데 제법 시간이 걸린다. 땡볕에 걸어가려면 초죽음이 됐을 게다.

합세슈트는 신왕국 18왕조BC 1479-1464에 재위했던 최초의 여왕으로 투트모세 2세의 왕비이자 이복동생이었다. 투트모세 2세가 죽고 후궁의 어린 아들인 투트모세 3세가 즉위하자 섭정을 핑계로 왕을 유폐시키고 스스로 왕위에 올라 이집트를 통치한 야망의 여인이다. 가히 이집트판 측천무후라고나 할까? 아니 연대가 앞서니 오히려 측천무후를 중국판 합세슈트라 불러야겠다. 일부 고사학자들에 의해 나일강에서 모세를 건져 양육한 양어머니가 바로 합세슈트라는 주장이 제기되기도 했을 만큼 합세슈트는 신비의 여장부이다.

비록 최초의 여성 파라오였지만, 3500년 전에 이미 푼트Punt; 지금의 소말리아 지역에 세계 최초의 무역단을 파견해 국제교역을 하는 등, 뛰어난 통치력으로 이집트 왕국의 중흥기를 다진 슈퍼우먼인 것이다. 그녀의 사후 복권된, 그녀의 사위이기도 했던 투트모세 3세에 의해 대장전의 곳곳이 훼손

되어 있었다.

주변의 암석을 통째로 깍아 불모의 대지 위에 3층으로 세운 불후의 대장전은 멀리서 봐도 멋있었고 가까이 가도 기품이 넘쳤다. 대제사장을 시켜 아버지 투트모세 1세와 자신의 영생 부활을 위해 그녀 생전에 공사를 시작했던 이 건물은 멀리서 보면 3층이 다 보이나 가까이 갈수록 두 층이 포개져 2층으로 보여 진다. 당시에 이처럼 완벽히 원근법 건축구도를 적용할 수 있었다는 사실에 혀가 내둘러진다.

오벨리스크 건축에 관한 벽화가 그려진 1층 관람은 생략하고 이 장제전의 하이라이트인 2층부터 둘러보았다. 주로 무역단 파견과 관련한 그녀의 업적이 벽화로 구성된 2층은 문제의 1997년 외국인 관광객 살해 테러의 현장이기도 하다. 20년간 유폐되어 가슴에 멍울이 졌던 투트모세 3세가 의도적으로 지워버린 2층 벽화의 흔적을 보면서 인간의 애증은 제왕들도 어찌할 수 없다는 평범한 진리를 되새기게 된다.

신전 및 가묘의 기능과 당대 페스티벌 센터의 역할을 담당했던 3층은 내부 시설보다 死者를 의미하는 곡각수염과 오시리스 자세_{팔짱을 하고 누운 미이라의 자세}로 도열한 석상들의 모습에 더 눈길이 갔다. 파라오의 기품을 지키기 위해 항상 남장을 하고 다녔다는 합세슈트의 모습이 연상되었다.

인근의 노점행상에게 고대 파라오의 옆모습을 채색한 석판을 10불에 구입하고 버스로 황급히 돌아왔다. 이후 이스라엘 국경에서 보안검색 때마다 체크당하는 등, 보관과 이동에 애를 먹었지만 귀국 후 진열장에 놓고 보니 정말 잘 사왔다는 자긍심이 든다.

이어서 우리는 서안에서의 마지막 목적지, 왕가의 골짜기로 향하였다. 중왕국, 신왕국의 파라오 및 그 일가 무덤이 밀집되어 고대 이집트 왕실의 장례문화와 그 위용을 보여주는 이곳에선 모두 64기의 분묘가 발굴되었으나 매년 윤번제로 3기씩 공개되고 있단다. 김일성이 땅굴의 힌트를 얻었다는 이곳의 조성과정은 관리사무실 내에 설치된 모형 및 당대를 유추한 가상 조감도를 통해 어림짐작할 수 있었다.

우리는 람세스 4세의 무덤을 필두로, 람세스 1세와 람세스 9세의 무덤까지 둘러보았다. 허리를 숙여 어두캄캄한 지하 갱도를 힘들게 내려갔다 미이라가 놓여 졌던 구덩이를 허망하게 힐끗 한번 쳐다보곤 다시 아무 생각 없이 왔던 길을 되돌아 올라와야 했던 '왕가의 골짜기'투어는 울진 성류굴 탐험에도 미치지 못할 만큼 실망스러웠다. 로마지배 시절 박해받던 콥트교도_{이집트 정교}들의 비밀예배당으로 사용되었다는 이 공간은 이제 역사의 유훈으로 남아 그 가냘픈 숨결을 유지하고 있을 뿐이었다.

람세스 6세의 무덤 아래 지하에 위치한 탓에, 왕가의 골짜기에 있는 분묘 중 유일하게 도굴을 면했던 소년왕 투탕카문의 분묘 입구에서 급하게 사진을 찍고 버스로 돌아왔다. 거의 50도에 육박하는 땡볕 더위는 死者의 땅인 이곳에서 죽음의 사신을 만나는 기분이 들게 한다.

나일강에 연한 강변 식당에서 이집트 전통 뷔페로 점심을 마친 우리는 이제 산 자의 공간인 東岸 투어에 나섰다. 죽은 자가 강 서쪽, 산 자가 강 동쪽에 위치하게 된 것은 강 서쪽이 비교적 나일강에서 멀어 묘지에 지하수가 스며들지 않기 때문이란다.

나일강 동안에서 우리가 먼저 들른 곳은 18만평으로 세계 최대의 규모를 자랑하는 카르낙 신전.

나일강이 범람치 말기를 기원하는 왕조적 차원의 목적에서 지어진 이 신전은 기원전 2000년경부터 건립되기 시작했지만, 역대왕에 의해 증개축이 되풀이되어, 초기의 유구로는 중왕국 12왕조 세누세르트 1세의 성당만이 남아 있다. 현재의 신전은 신왕국시대부터 1500년 뒤인 프톨레마이오스 왕조에 걸쳐 건립된 10개의 탑문, 신왕국 19왕조의 창시자 람세스 1세로부터 3대에 걸쳐 건설된 대열주실, 18왕조의 투트모세 1세와 합세슈트여왕이 세운 오벨리스크 및 투트모세 3세의 신전, 람세스 3세의 신전 등으로 구성되어 있다.

양의 머리를 한 스핑크스가 도열한 참배의 길을 지나 제2탑문에 들어서니 람세스 2세의 거상이 버티고 서 우리를 반긴다. 룩소르 어디를 가나 맞게 되는 람세스 2세의 출현에 이젠 당연하다는 생각이 들 정도다. 20왕조의 모든 제왕이 추앙하던 오리엔트적 전제군주의 모델, 람세스 2세의 영령은 신왕국의 터전이었던 룩소르 전체를 지배하고 있었다.

그러나 카르낙 신전의 압권은 누가 뭐라 해도 역시 대열주실이다. 너비 100m, 안쪽 깊이 53m의 공간에 높이 23m, 15m 두 종류의 큰 기둥지름 3m이 134개나 늘어선 이곳은 그 규모도 엄청났지만 파피루스꽃 문양과 당시의 신화적 세계관 및 풍속을 기둥과 벽면에 조각한 그림에서 읽혀지는 견인력은 가히 상상을 초월할 지경이다.

남성의 정력을 상징하는 정열의 신을 표현한 모습이 무척 도발적이어서 인상적이었고 고깔콘 모자의 상이집트, 니은자 모자의 하이집트 등 당대의 복식을 유추할 수 있어 흥미로웠다.

대열주실 너머 하늘을 향해 올곧게 솟아 있는 2개의 오벨리스크는 각각 투트모세 1세와 합세슈트 여왕의 것으로, 이 자리에 있었던 다른 왕들의 것들은 당시 정복자들의 약탈 혹은 외교적 타협에 의해 워싱턴, 런던 등의 해외로 방출되어 있다. 방출이유야 어찌 되었든 세계 명소 곳곳에서 이집트문명의 전령사 역할을 톡톡히 하고 있으니 반드시 서글퍼 할 일만은 아닌 듯싶었다. 피라밋을 상징하는 끝부분이 뾰족해 방첨탑方尖塔으로도 불리는 오벨리스크는 태양신앙의 상징으로, 뜨는 해와 지는 해를 상징하는 2개가 한 쌍으로 건축되어졌단다. 무려 230톤에 달하는 원석 하나를 깎고 조각해 곧게 세워올린 이네들의 고대 기술에 감탄할 뿐이다.

카르낙 신전 남방 3km에 부속건물로 세워진 룩소르신전에 도착했을 때, 일행 대부분은 50도를 육박하는 염제에 녹초가 되어 있었다. 19명 중, 7명만이 버스에서 내려 거의 빈사 상태에서 아멘호텝 3세가 시작하고 람세스 2세가 마무리한 이 신전을 주유周遊하였다. 아담한 스핑크스상과 거대한 1쌍의 람세스2세 좌상으로부터 시작되는 룩소르신전 투어는 카르낙 신전 투어보다 오히려 아기자기한 감칠맛이 있었다.

광대한 카르낙 신전의 땡볕 공습에 녹다운 당해 이곳 구경을 포기한 일행들에게 이곳이 훨씬 멋있다며 약올리자고 누군가가 제안할 정도였다. 이곳에도 예외 없이 오벨리스크가 하나 세워져 있었는데 1쌍 중 다른 하나는 나폴레옹 전쟁 후 루이필립에게 바쳐져 파리의 콩코드 광장에 가 있다니, 그곳에서 이를 본 내 감회가 새롭기만 하다.

룩소르신전에서 가장 주목을 끈 것은 소년왕 투탕카문 내외의 좌상이었다.

지겹도록 등장하는 람세스2세의 조형물에 질린 탓인지비록 훼손된 외양이나마 어린 나이에 고혼이 된 이들 내외의 다정한 좌정 모습에 왠지 짠한 정감이 인다. 이슬람 지배 시절 이 신전 위에 지어진 회교사원을 지나, 그리스정교와 이슬람의 벽화로 덧칠 도배되어 훼손된 신전 내부를 둘러보고 버스로 돌아왔다.

아직도 작렬하는 태양의 위세에도 불구하고 우리의 체험은 펠루카 탑승으로 이어진다.

바로 지척에 룩소르신전이 고혹적 자세를 뽐내고 크고 작은 다른 펠루카들이 이국적 풍경을 연출하는 나일강을 부유하는 기분은 남다른 감흥을 동반한다. 일심동체가 되어 찬송을 하는 일행의 눈부신 코러스가 나일강의 염제를 구축驅逐하듯 잔잔한 강물 위에 아름답게 번지고 있다.

저녁 식사 후 카이로행 야간 침대 열차를 타기 위해 룩소르 역으로 향하는데 혹서를 피해 실내에 있던 주민들이 모두 룩소르 신전 인근의 광장에 나와 좌정해 있다. 언뜻 보니 나일강을 등지고 임시 무대가 가설되어 있고 예쁜 여가수의 대형 걸개사진이 걸려 있다. 콘서트를 위해 설치된 조명기구에서 내뿜는 오색찬연한 빛이 룩소르의 밤을 또 다른 분위기로 채색하고 있다. 태양신의 광장에서 대중 콘서트가 열리는 룩소르의 오늘 밤을 과연 람세스 2세는 어떤 심경으로 지켜보고 있을까? 진정으로 그것이 알고 싶은 밤이었다.

3. 수에즈 터널을 지나 모세의 광야로

카이로행 야간 침대열차는 그다지 나쁜 편은 아니었으나 영화에서나 본 럭셔리한 침대열차를 상상했더라면 실망할 만한 수준이었다. 물론 인도에서 경험했던 '델리~바라나시' 구간의 3단 침대열차에 비해 독립된 캐빈의 문이 있을 뿐 아니라 침대도 2단이어서 하드웨어 측면에서 훨씬 나은 감이 있었고 담당 웨이터의 서빙으로 저녁과 아침 식사도 정기적으로 제공되는 등, 기본적인 서비스는 확보할 수 있었다. 특히 우리 담당 웨이터는 먹통이 되어버린 우리 캐빈 충전시스템을 대체해 자신의 사무실에서 장로님과 나의 카메라 충전을 해결해 주는 친절로 우리를 감동시켰다. 그러나 곡각진 코스를 주행하며 쉴 새 없이 덜컹거리는 야간열차의 소음은 그날따라 부쩍 심해진 나그네의 불면증을 더욱 부채질하였다.

어둠 속에, 고난도 묘기에 버금 가는 사다리타기를 하며 2층 침대에서 내려왔다. 그리곤 덜컹거리는 복도를 지나 겨우 문을 열고 화장실에 들어갈 수 있었다. 오줌 줄기가 흔들리는지 화장실이 흔들리는지 분간이 되지 않았다. 어느덧 차창 밖으로 먼동이 트고 있었다.

기자Giza역의 아침은 숱한 여행객들의 부산스러운 움직임으로부터 시작되고 있다. 역전에 대기한 버스에 올라 피라밋으로 향하는 동안 차창 밖 풍경은 다시 거대도시 카이로의 서부 쪽 분위기를 그대로 대변하고 있다. 약 20분 쯤 달리니 드디어 창밖으로 피라밋이 모습을 드러낸다.

카이로 남남서쪽 약 23Km, 나일강 서안의 이 곳 기자에는 모두 3개의 피라밋이 있어 관광객의 발길이 끊이지 않는다. 2차 대전 후 한국의 운명을 결정한 역사적인 카이로 회담의 접견장을 지나 언덕을 휘돌아 오르니 거대한 돌덩이의 위용이 눈앞을 가로막는다. 3 피라밋 중 가장 큰 쿠푸 왕의 大피라밋이다. 고왕국 4왕조BC 2613경~2494경의 2번째 왕으로 알려진 쿠푸 왕그리스어로 케오프스의 피라밋은 각 밑변 길이 238m, 원래 높이 146m의 웅장함으로 북쪽에 자리하고 있다. 번개로 꼭대기 윗벽이 약 7m 가량 떨어져 나간 모습이

육안으로 확인된다. 인류 최대의 단일 건축물인 이 피라밋에는 1개당 평균 2.5t 무게의 돌 230만 개가 사용되었단다.

    가운데 위치한 中피라밋은 4왕조 4번째의 카우프라 왕그리스어로 케프렌의 것으로, 각 밑변 길이는 216m, 원래 높이는 143m에 이른다. 현존하는 86기의 이집트 피라밋 중, 가장 아름다운 기하학적 구도를 자랑하는 고깔콘 모양의 이 피라밋은 바로 동쪽의 저지대에 위치한 이집트 최초 최대의 스핑크스길이 약 70m, 높이 약 20m, 폭 약 4m와 앙상블을 이루며 가히 기자 피라밋 단지의 하이라이트 역할을 하고 있다. 비록 코가 떨어져 나갔지만망실된 코는 대영박물관에 보관되어 있다. 근엄한 표정의 카리스마가 카우프라 왕의 생전 모습과 닮았대서 화제가 되고 있는 스핑크스의 바로 뒤편에는 계곡 신전이 위치하고 있었다.

    왕의 사후, 고왕국 당시의 수도였던 멤피스로부터 나일강을 타고 이곳으로 후송된 왕의 시신이 미이라로 만들어지던 계곡 신전에는 死者를 목욕시키고 장기를 적출하던 해부대와 제단 등이 부속되어 있었다.

    남쪽 끝에 위치한 小피라밋은 4왕조 6번째 왕 멘카우레그리스어로 미케리노스의 것으로, 밑변 길이 109m, 원래 높이 66m인데 그 옆으로 다시 형체가 불분명한 3개의 작은 피라밋을 거느리고 있었다.

    입장권을 판매하는 관리사무소 옆 화장실에서 볼 일을 본 뒤, 우리는 먼

저 주차장 앞에 버티고 선 대피라밋의 왼쪽을 돌아 내부가 견본공개되는 왕비의 분묘 속까지 둘러보았다. 찌는 듯한 폭염을 뚫고 다시 대피라밋의 정면으로 돌아 나와 내부 입구가 있는 13번째 계단까지 올라가 맞은편을 바라보니 일대에 주차된 버스의 장사진과 드문드문 낙타를 타고 大피라밋 주변 경사진 모래둔덕을 오르는 관광객의 실루엣이 묘한 조화를 이루고 있다. 원래 피라밋만이 위치한 황량한 사막지역이었으나 점차 주거지역화 되어 가는 주변 경관에서 유네스코의 시름이 깊어가는 이유를 알 것 같다.

다시 버스에 오른 우리는 차창 밖으로 3개의 피라밋이 차례로 출몰하는 사막길을 따라 이들 피라밋의 원경을 한눈에 조망할 수 있는 전망대에 이르렀다. 룩소르에서 접했던 사하라사막, 고센에서 접했던 동부사막과는 또 다른 서부사막의 묘한 분위기가 일렬로 도열한 피라밋의 群舞 속에 느껴진다.

세계 각국에서 온 관광객들의 소음 속에 3개의 피라밋을 등 뒤로 품고 단체사진을 찍은 뒤, 대피라밋 뒤쪽 쿠푸 왕의 선박박물관을 돌아 스핑크스와 계곡신전까지 둘러보고 출구로 나오니 스핑크스와 中피라밋이 마주 보이는 정면에 야간 조명쇼 관람 의자들이 줄지어 놓여져있다.

순간, 1977년 개봉된 [007 나를 사랑한 스파이]에서 이곳의 야간 피라밋 조명쇼 현장을 배경으로 007로저 무어과 거인 '죠스'리처드 킬가 격투를 벌이던 장면이 상기되어진다. 그러나 피라밋을 꼭 가봐야겠다는 환상을 심어준 영화 속 그 장면처럼 피라밋 관광이 그렇게 환상적이었던 건 아니었다. 고혹적 조명이 명멸하는 야간이 아닌 혹서에 시달린 대낮에 이곳을 찾아서일까? 조명이 비치는 피라밋 속으로 사라지던 여자 스파이를 쫓던 007의 흔적을 따라 자꾸만 대피라밋 쪽으로 눈길이 갔다.

기자를 벗어난 우리는 카이로로 東進해 국립 고고학 박물관을 찾았다. 세계 5대 박물관에 드는 이곳엔 25만 점의 유물이 107개 전시실에 전시되어 있다. 파피루스꽃이 소담스레 핀 건물 중앙 연못을 지나 1층 현관에 들어서 오른 편으로 발길을 돌리니 그 유명한 '로제타 스톤'이 우리를 맞는다. 이건 분명히 대영박물관에서 본 기억이 있다 싶어 고개를 갸웃거리니 진품은 대영박물관에 있고 여기 것은 모조품이란다. 고대 이집트 상형문자 해독의 시금석이 된 로제타 스톤은 나폴레옹 침략 시 프랑스군이 발굴했던 것을 영국이 프랑스와의 海戰에서 이긴 후 재탈취해 본국으로 가져갔다고 한다. 주로 석상류가 전시된 1층을 둘러본 후, 2층에 오르니 유일하게 도굴되지 않은 투탕카문 왕의 분묘에서 출토된 각종 부장물이 펼쳐져 있다. 세계 최초의 순금부장물을 포함해 모두 3,000여점에 이르는 투탕카문의 유물은 전 세계를 순회하며 연중 전시 중이라 현재 이곳엔 약 1,700여점만이 일반에 공개 중이란다. 저 유명한 투탕카문의 황금마스크를 비롯해 6중으로 이뤄진 각개의 관곽, 왕비의 생리대, 부채, 베개 등 상상을 초월한 유물들은 3,000여년 전 시대를 앞서 간 이들의 고품격 생활과 철학을 미루어 짐작하게 했다. 1897년 프랑스 고고학자 오기스트에 의해 세워졌던 이 박물관은 그간 몇 차례 중건되며 확장되어 왔으나, 포화상태에 이른 전시물의 압박을 견디지 못해 오는 2012년, 기자의 피라밋 근처에 건축 중인 새 건물로 이사할 예정이란다.

카메라를 입구 수위실에 맡겨야 했기에 주옥같은 전시물을 촬영할 수 없어 못내 아쉬웠다. 한식 도시락으로 버스 안에서 점심을 해결하는 사이, 버스는 올드 카이로의 아기예수 피난교회와 모세 기념교회로 향한다. 아기예수가 헤롯 왕을 피해 애급에서 숨어 지낸 곳에 세워진 아기예수 피난교회에선 예수의 웅혼한 숨결과 콥트교도들의 은인자중隱忍自重하는 인내가 느껴졌다. 아기예수 가족이 숨어있었던 곳은 교회의 지하에 위치했는데 출입을 못하게 봉쇄되어 있었다. 이어서 지근至近의 도보거리에 위치한 모세기념교회로 걸음을 옮겼다. 이 교회는 모세가 물에서 건져진 곳이기도 하고, 모세가 광야로 나갈 때 기도한 곳이기도 한 위치에 지어진 '시나고그'유대교 회당이다.

이제 버스는 카이로를 벗어나 동부사막에 접어들기 시작한다. 수에즈 터널을 통과해 척박한 시나이반도의 광야를 내달릴 기세다. 차창 밖으로 땡볕에 불타는 대지의 포효咆哮가 전해오는 듯하다. 사막에 핀 관목 무리를 보며 午睡와 다투는 동안, 버스가 휴게소에 멈춰 선다. 수에즈 터널 통과 전의 마지막 휴게소인 이름하여 '시나이 휴게소'다. 방파트너인 장로님께서 수박을 쏘신다. 熱沙의 땅에서 먹는 중동 수박의 맛은 분명 별다른 감흥을 동반한다.

드디어 수에즈 해저 터널을 통과해 시나이반도로 접어들었다.

모세가 홍해 바다를 갈라 건너던 역사의 현장을 버스를 타고 건너는 감회를 뭐라고 설명해야 할까? 아무 짓도 하지 않고 버스에 몸을 맡겼을 뿐인데 바다 밑을 건  너 아프리카에서 아시아로 옮겨온 '문명의 조화'에 감사드려야 할지, 홍해 구경을 하지 못한 서운함을 애써 달래야 할지 도대체 어안이 벙벙하다. 터널을 빠져나오자 도로 양측에 수직으로 솟아오른 토벽 위에 삼엄한 자세로 경비 중인 이집트 군인들의 모습이 보인다. 이집트의 황금 젖줄 수에즈

운하에 대한 당국의 집념어린 포즈를 읽을 수 있을 듯하다. 유럽에서 아시아, 태평양을 연결하는 최단거리 코스인 수에즈 운하는 1967년 6일 전쟁에서 이집트가 패한 이래 운항이 중지되었다 8년 만에 복귀된 쓰라린 전력이 있다. 6일 전쟁에서 시나이반도의 민가가 입은 피해는 且置차치하고라도 수에즈 운하 불통에 따른 이집트의 경제적 손실은 길이길이 역사의 교훈으로 남아 있을 터이다.

저 멀리 어렴풋이 보이던 수에즈운하의 선박들이 홍해로 접어들 무렵, 사막 속 대추야자나무의 무리가 보인다 싶더니 버스가 정차한다. '마라의 우물'이란다. 출애급 후 갈증에 지친 이스라엘 백성들이 발견한 우물이 써서 마시지 못하자 모세가 꺽은 나뭇가지를 넣어 달게 한, 바로 그 우물이다. 수에즈운하를 빠져나와 홍해로 들어서는 선박과 우물 주변 사막의 야자수를 배경으로 사진을 찍곤 다시 버스에 올랐다.

차창에 머리를 박고 침을 흘리며 헛제사를 지내다, 흠칫 놀라 창밖을 보니 온통 돌, 모래, 자갈의 황갈색 토양을 을씨년스럽게 암산이 감싸고 있다. 이스라엘이 1979년 캠프 데이비드 협정으로 시나이반도를 반환한 이유를 깨달을 수 있을 만큼 척박한 땅이었다. 출애급 후 땡볕과 기근에 시달리던 백성들에게 하느님이 만나와 메추라기 세례를 내렸다는 '신광야'Zin Wilderness의 여름 직사광선은 더할 나위 없이 매서웠다. 이스라엘 백성들의 원망과 불평을 이해할 수 있을 듯하였다. 황무지 사막이나 다름 없는 이곳을 광야라 칭하는 이유는 그나마 강수량이 50mm 이상이기 때문이란다. 광야와 사막의 분류기준연중 강수량 50mm을 비로소 알게 되었다.

잠시 후, 어느 나무 아래 버스
가 선다. 세계 최대의 싯딤나무아
프리카 가시나무아래서 모두들 기념
촬영을 하였다. 사방을 둘러보니
베두인아랍계 유목민 족의 가옥이 듬
성듬성 보인다.

다시 버스에 올라 광야의 여정
을 계속하는데, 차창 밖으로 베두인의 집단주거지로 보이는 개량가옥들과
학교 등 일련의 공용시설들이 지나간다. 르비딤 지역이다. 신광야에서 방
황하던 이스라엘 백성이 장막을 친 후, 모세, 여호수아, 아론의 지휘 하에
아멜렉족속과의 전투에서 승리한 이곳 르비딤 골짜기엔 시나이반도 최대
의 오아시스가 4Km 남짓 흐르고 있다. 우리는 버스에서 내려, 모세가 하
느님의 영력을 빌어 아멜렉과의 싸움에서 이기게 한 역사의 현장인 타운
산 꼭대기까지 올라가 보았다. 타운산 정상에서 내려다보니, 병풍처럼 돌
산이 양쪽에서 둘러쳐진 가운데 오아시스를 따라 조성된 종려나무 숲의
푸른 색 물결이 끝없이 뻗어 있는 아스팔트 포장도로와 묘한 조화를 이루
고 있다.

사람이 그리운 베두인 청년이
맨발에 슬리퍼 차림으로 산 정상
까지 따라와 우리에게 계속 눈빛
으로 말을 건다. 모세가 앉았을
자리에서 모세가 취했을, 손을 번
쩍 든 포즈로 베두인 청년과 어깨
동무를 하고 사진을 찍자니 서편

하늘에 반달이 수줍게 얼굴을 드러낸다.

그로부터 2시간 30분여를 더 달려 오늘의 숙박지, 누에바의 '소네스타sonesta

리조트'에 도착했다. 밤이라 홍해의 쪽빛 아름다움은 볼 수 없었지만 수영
장에 비친 달그림자에서 시나이반도의 고단하고 서정적인 역사를 읽을 수
있을 것 같았다. 이번 여행 중 가장 훌륭하고 착한 숙소에서 맞이하는 안
락하고 포근한 밤이었다.

4. 아! 페트라

홍해를 끼고 자리 잡은 누에바의 숙소Sonesta Resort는 정말 환상적이었다.
지정학적 위치도 그랬지만 규모와 시설에 있어서도 부족함이 없을 정도였
다. 패키지가 아닌 개별 부킹이었다면 성수기 시즌엔 상당한 비용을 치러
야 할 숙소였다. 오늘2009.7.31은 요르단으로의 월경越境외엔 뚜렷한 스케줄
이 없는 지라 숙소가 위치한 홍해의 해변에서 느긋하게 휴식을 취할 수 있
어 좋았다.

열사熱沙의 땅에서 계속 강행군
을 하다, 모처럼 맑은 바다에 누
워 돌산에 이웃한 수평선 너머 하
늘을 보니 구름 위에서 솜사탕 먹
는 기분이다. 모세가 갈랐다던 홍
해는 티끌 한 점 없이 맑아 바다
에서 유영하는 물고기의 무리를

명료히 관찰할 수 있었다. 호텔 구역 내 해변 사장에 놓여진 비치파라솔과
일광욕 침상이 야자수와 멋진 하모니를 이루고 있다.

느즈막히 체크아웃을 한 뒤 국경 반대편에 위치한 한식당에서 중식을
마친 우리는 우선 타바 국경으로 향했다. 6일 전쟁 후 줄곧 이스라엘이 관
할하던 지역이어선지 이집트의 여느 곳과는 다르게 국경으로 이어지는 해
변엔 크고 작은 휴양시설들이 연이어 들어서 있었는데 곡각진 해변 연도

와 어울려 아름다운 풍경화를 연출하고 있다.

이윽고 이스라엘과 국경을 접하는 타바 출국장에 도착했다. 그간 우리를 안내했던 이집트 현지가이드, 김 여사와 아쉬운 작별을 해야 했다. 이스라엘 국경의 에일럿 입국 심사장은 절차가 까다로웠다. 회교권 적성국가로 둘러싸여 항상 살얼음판을 걸어온 유태인들의 심정을 모르는 바는 아니나, 새파란 젊은 요원들의 고압적이고 무표정한 심사태도는 우리를 피곤하고 짜증나게 했다. 지루한 입국심사를 마친 우리는 버스에 올라 다시 요르단 국경으로 향했다. 아카바만의 대표적 휴양도시_{다이빙과 일광욕으로} _{유명하단다.} 이면서 국제무역항인 인구 5만의 에일럿은 솔로몬시대 이래 중계무역항으로 성장해 온 곳이다. 불과 지척의 이집트와 확연히 구분되는 쾌적한 도시환경은 같은 홍해인데도 훨씬 투명한 바닷물 빛깔과 더불어 퍽 인상적으로 다가온다. 해변에 운집한 고급 리조트단지와 대규모 LNG 터미널, 선박에서 내려져 육로 수송대기 중인 수입 차량들, 도시규모에 가당찮게 도심 복판에 위치한 공항 등, 차창 밖에 펼쳐진 에일럿의 풍광은 무척 매력적이다. 에일럿 국경 입국심사장 앞 바다에서 주인과 함께 동반수영하는 하얀 개의 여유에서 인간보다 더 행복한 표정을 읽을 수 있다.

약 15분여를 달려 요르단의 아라바 국경 입국장에 도착했다. 10여년 전 이스라엘의 키브츠에 연수 왔다 여권을 잃어버린 탓에 현지 유태인과 결혼해 이곳에 정착했다는 이스라엘 국경수속 가이드, 최 여사와 작별하고 걸어서 요르단 국경을 넘어왔다.

암만에서 다년간 선교활동을 해온 요르단 가이드 박 선생이 우리를 맞

아주었다. 국경 휴게소 벽에 걸린 요르단 왕실의 가족사진 옆에 과거 중동의 키신저로 불렸던 故 후세인왕의 낯익은 미소가 걸려 있다. 후세인의 아들이며 마호멧의 43세손인 현 압둘라2세 국왕과 미모의 왕비를 비롯해 어린 4 자녀가 함께 한 가족사진은 여느 匹夫 가정의 단란한 한때 모습과 다름이 없다. 제트기 조종이 취미였던 아버지를 닮아 만능 스포츠맨인 압둘라 2세가 헬리콥터를 몰고 와디럼 사막에 내려 수비대의 사열을 받던 다큐멘타리 프로를 본 기억이 나는데 여기서 그의 사진을 보니 감회가 새롭다.

이제 요르단에서 갈아탄 버스로 새로운 여정이 시작된다. 출애굽 후 이스라엘 백성들이 이스라엘 계곡과 요르단 계곡을 방황하며 거의 40년 세월을 보냈던 아라바 평원을 지나 와디럼 사막을 거쳐 오늘의 숙박지 페트라에 도착하기까지 3시간 반이 넘게 소요되었다.

와디럼 사막은 영화 [아라비아의 로렌스]의 배경이 되었던 곳으로, 영화 속에서 아카바 병영을 기습하기 위해 로렌스가 거슬러 갔던 이곳을 버스를 타고 거꾸로 횡행한다고 생각하니 감개가 무량했다.

아랍어로 '달의 계곡'을 의미하는 와디럼은 기암괴석이 즐비해 그 명칭만큼이나 훌륭한 경관을 자랑했다. 10,000년 전 바다가 융기한 사암지대인 이 사막 지하에 엄청난 량의 생수가 보존되어 있다니 석유 한 방울 나지 않는 비산유국, 요르단의 효자 노릇을 톡톡히 하는 땅임에 틀림없다.

알렉산드리아에서 안디옥까지 이어진 해안길인 '정복자의 길'이 침략의 도로였다면 구약 창세기에도 나오는 5,000년 역사의 '왕의 길'은 무역로인 셈이다. '실크로드'가 동서를 연결하는 장거리 무역로였다면 '왕의 길'은 암만 일원에서 다마스커스와 레바논까지 남북으로 이어진 이 지역의 실질적인 교역로이다. 고속도로를 벗어난 우리 버스는 달빛 어린 '왕의 길'을 내달려 오후 8시가 지나서야 에돔 왕국의 고도 페트라에 도착할 수 있었다.

이튿날 2009.8.1, 오랜 만에 숙면을 취했더니 기상하는 몸이 한결 가볍다. 식사를 하고 나오며 호텔 베란더에 위치한 수영장에 들렀더니 멀리 모세의 형 아론이 묻힌 호르산이 정면으로 보인다.

해발 1,400m 고원에 위치해 중동에서 가장 시원한 곳이기도 한 페트라Petra는 원래 바위盤石를 의미하는 남성 명사 '베드로'의 여성 명사로서, 동생 야곱에게 장자권을 판 이삭의 맏아들 '에서'와 그 후손들이 세운 에돔Edom왕국기원전 1400~1200년경의 수도였다. 출애굽 후, 약속의 땅으로 가던 모세와 그의 무리가 거쳐 갔던 곳이니 여러 모로 의미 깊은 땅이다.

영국 시인 존 윌리엄 버건이 "영원의 절반만큼 오래된, 장미빛 같은 붉은 도시"라고 이 도시를 노래했듯이, 병풍처럼 호텔을 둘러싼 붉은 사암의 황홀한 자태가 아침햇살에 반사되어 전율이 일 지경이다. 호텔이 자리 잡은 '와디무사'모세의 계곡지역에서 페트라 유적지까지는 길지 않은 시간이 소요되었다. 고대 에돔과 모압의 접경에 위치한 페트라 유적지는 BC 6세기에서 AD 1세기에 나바테아인시리아와 아라비아반도 등지에서 활약한 아랍계 유목민에 의

해 조성된 것으로, 이집트, 아라비아, 페니키아 등의 교차지점에 위치하여 선사시대부터 중계무역을 하며 로마문명을 위시한 세계 도처의 선진문명을 흡수해 오던 나바테아인의 왕성한 프론티어정신의 산물이다.

입장권을 끊은 후 암산에 둘러싸인 비포장 황토길을 걸으며 좌우를 둘러보니, 마치 옛 나바테아인의 석공에 작품전에 초대된 기분이다. 자연석을 깎고 뚫어 이룩한 그네들의 석조문명에 혀가 내둘러진다.

약 500m 쯤 가니 'SIQ'시크는 아랍어로 협곡을 의미한다. 란 팻말이 보이고, 하늘 높이 수직으로 솟은 바위 사이의 협곡이 나타난다.

여기서부터 이번 여행의 이유가 시작되는 셈이다. 세계 신7대 불가사의 중, 내가 유일하게 가보지 못한 곳, 페트라의 전모가 백일하에 드러나기 시작한다.

붉은 사암 틈새의 좁고 깊은 골짜기를 따라 2Km를 가는 동안, 눈길을 끈 것은 암벽을 파서 만든 수로水路와 홍수조절과 급수 기능을 하던 암벽댐, 그리고 암벽 속에 뿌리 내리며 생명의 끈질김을 과시하는 나무들이었다.

그러나 이 모두도 '시크'가 거의 끝날 무렵, 코끼리의 형상으로 우리에게 다가온 코끼리 바위의 강렬한 인상에 비할 바는 아니었다.

드디어 시크가 끝나는가 싶더니 석벽 틈으로 사진과 동영상으로 숱하게 봐왔던 웅장한 석조물이 수줍은 듯 속살을 드러낸다. 페트라의 대명사, 알카즈네 신전이다!

알카즈네는 보물창고의 용도로 지어진 곳으로 이오니아와 코린트 양식이 혼합 응용되어 있다. 당대 나바테아인의, 세계를 향해 열려진 치열한 개방정신을 미뤄 짐작할 수 있게 하는 대목이다. 밖에서 보면 훨씬 멋있는 석조 조각으로 이뤄진 2층은 사실상 내부 실체가 없고, 1층만이 내부가 뚫려 있었다.

1989년의 영화 [인디아나 존스 - 마지막 성배]Indiana Jones and the Last Crusade를 통해 화면 속에서 봤을 때와는 달리, 텅 빈 실내는 화려한 외부 양각 석조에 비해 다소 실망스러웠다.

알카즈네의 우측을 따라 길이 나있는 곳을 계속 걸어 나가니 이 도시의 놀라운 저력이 속속 드러난다. 원형극장, 온수 목욕탕, 납골당, 신전, 수도원 등의 기반시설이 석벽을 타고 가설된 상수도와 함께 완벽하게 갖춰져 있어 마치 현대도시를 옮겨온 듯한 착각마저 들게 한다.

그 중, 7왕의 무덤과 암굴형 주택이 특히 인상적이었다. 요즘 같으면 분양금액이 꽤 비쌀 것 같은 멋있는 암굴 주택 앞에서 단체사진을 찍었다. 모두들 자기 집을 분양받은 듯 행복한 표정들이시다.

모세가 바위를 쳐서 물을 솟게 했다는 '모세의 샘'을 들른 후, 우리는 모압 평원을 가로질러 가다가 도로변에 위치한 식당에서 아랍식 뷔페로 점심을 해결했다. 깻잎, 김, 김치, 고추장 등 한국에서 가져온 밑반찬이 식탁

위에 총동원되어 타향 음식에 지쳐가는 나그네의 시름을 달래고 있다.

예로부터 땅이 비옥하고 낮은 구릉이 이어져 양치기에 적당했던 모압은 소돔에서 탈출한 롯의 자손이 정착했던 곳이다. 시나이반도의 황량한 벌판과는 달리 군데군데 나무숲이 보이는가 하면 地質도 훨씬 윤택하고 기름져 보인다. 식곤증에 눈이 감기며 차창에 머리를 박아대기 시작할 무렵, 그랜드캐년을 방불케 하는 파노라마가 창밖으로 펼쳐진다. 기암괴석의 암반이

끝없는 지평선을 이루는 가운데, 구비구비 산악을 돌아나가는 저 먼 발치로 댐 수문에 가로막힌 강물의 허무와 체념이 눈앞에 들어찬다. 아르논강 계곡이다!

아르논강은 30Km를 더 흘러 사해로 들어가게 된다. 아르논강이 사해에 거의 다다를 무렵, 요르단이 자랑하는 세계적 비경, ‘와디무집’의 속살이 드러난다. 바위 계곡 물살을 온몸으로 감싸 안으며 도도한 자연의 위세에 등용문의 기개로 맞서던 ‘와디무집’ 투어르포를 EBS에서 본 적이 있는지라, 아르논강의 물줄기가 낯설지 않다. 후일 자유여행으로 다시 찾을 때, ‘와디무집’ 계곡 물살 투어를 꼭 해보리라 다짐해 본다.

세례 요한이 참수당한 마케루스의 헤롯왕 여름별장터가 바라다 보이는 도로 꼭대기에서 잠시 정차, 휴식을 취한 뒤 버스가 도착한 곳은 모세의 무덤이 있다는 느보산.

교황 요한 바오로 2세의 방문기념 석탑을 지나 오르막길을 오르면 사해와 모압평원이 한눈에 내려다보이는 전망대에 이르게 된다. 모세가 여호와께 약속의 땅에 한 발짝만 딛게 해 달라고 갈구하던 바로 그곳이다. 현 위치를 중심으로 요단강, 예루살렘, 베들레헴, 헤브론, 여리고 등으로의 방위각이 표시된 난간에 서니 모세의 절망이 온몸으로 느껴진다.

바로 뒤편에 피렌체의 조각 예술가 지오바니 판토니가 설치했다는 구리놋뱀 장대 조형물모세가 불뱀으로부터 이스라엘 백성을 지킨 가데스 바네아 사건을 기념함.이 모세의 심경을 대변하듯 꼿꼿이 하늘을 올려다보고 있다. 내려오는 길에 Abu Badd 수도원에서 사용했다는 '구르는 돌' 앞에서 사진을 찍곤, AD 4세기경에 지어진 바실리카 양식의 모세기념교회는 안내판만 보고 지나쳐 왔다. 들어가 봤자 별 수 없었겠지만 지금 생각하니 많이 아쉽다.

마케루스와 느보산은 성모 마리아의 성소가 있는 안자라 교회, 예수가 세례를 받은 요단강의 베다니, 엘리야의 고향인 엘리야스와 더불어 교황청이 선정한 요르단의 5대성지인데, 불과 1시간여 만에 두 곳을 섭렵한 셈이다.

오늘의 숙박지요 요르단의 수도인 암만을 향해 버스가 힘차게 페달을 밟는다. 창밖에 故후세인왕이 운명했던 요르단 최대의 왕립병원과 그가 사재를 기증해 국민의 휴식공간으로 조성한 후세인 파크가 보인다 싶더니 암만의 중심가가 들어선다.

호텔을 지나 한참을 더 가던 버스는 외곽에서 유턴을 한 뒤에야 가던 길을 되돌아 와 우리를 내려주었다. 이집트에서부터 늘 느껴오던 것이지만, 중동지역의 비능률적인 유턴 방식에 회의가 든다. 도로체계를 합리적으로 조정할 필요가 있겠다.

오랜 만에 자택으로 귀가하는 가이드 박 선생의 차에 빈대 붙어 밤 마실을 나갔다. 요르단 최고의 지성이 모인다는 요르단대학 인근의 맥도날드에서 콜라를 마시며 암만의 밤 풍경을 완상玩賞해 보았다. 숱한 차가 뒤따르는 요르단대학 앞 도로에 정차시켜 놓고 요르단대학 정문을 배경으로 사진을 찍었다. 1장의 사진을 위해, 멈춰선 차의 크락션 소리에도 아랑곳하지 않고 침착하게 셔터를 누르는 박 선생의 진지함과 느긋함에 감탄할 지경이다.

호텔로 돌아오는 길에 길가 카페에서 물담배를 피우는 요르단 젊은이들과 잠시 수인사를 나눴다. 영어가 유창한 대학생 압둘 카미르는 독한 담배가 많은 중동에서 이를 물로 순화시키기 위해 물담배가 등장했고 쉬샤, 후까, 카리안, 허블리버블리 등 나라와 지역마다 다양한 명칭이 있으나 요르단에서는 '나르길레'Nargileh라 한다며 친절한 설명을 아끼지 않았다. 영리한 눈망울의 그가 앙증맞은 미소를 지으며 깊이 '나르길레'를 빨아 당긴다. 연한 포말처럼 스러지는 물담배 연기 속으로 암만의 여름밤이 비틀거리며 빨려 들고 있었다.

5. 사해에 누워

암만에서 맞는 아침은 암만 생각해도 뿌듯하다. 이번 여행의 이유라고 할 페트라 관광을 마친 성취감과 그에 기인한 느긋함 때문일까? 2009년 8월 2일 일요일 아침이 밝았다. 식사 후, 동행한 일행분들은 호텔 회의실에서 간단한 주일 아침예배를 올렸다. 비록 신자는 아니지만 종교를 알고 배운다는 자세로 그 자리에 참예했다. 남을 배려하는 위트 있는 성품의 김 목사님이 박력 있는 톤과 절묘한 비유로 명쾌한 설교를 하는데 큰 감명을 받았다. 어제 밤늦도록 동호회 모임인 듯한 심야음악회를 열던 호텔 1층 로비에서 바라다보는 이 도시의 아침엔 중동 유수 도시로서의 프라이드가 잔뜩 서려 있다. 기도가 끝난 직후, 우리는 이스라엘로 넘어가는 새로운 여정을 위해 버스에 몸을 실었다.

어제 밤 어둠 속에 잠겨 있었던 암만의 본색이 버스 차창 밖으로 드러나는 순간, 우리는 하시미트 요르단 왕국의 수도인 이 도시와 결별할 수순을 서서히 밟아가고 있었다.

암몬사람들의 성읍이었던 아벨 그라밈Abel-Keramim을 지났다. 구약에 의하면 사사 입다가 암몬 족속과의 싸움에서 대승한 곳이다. 이어서 갓 支派와 르우벤 支派의 경계 성읍이었던 엘르알레를 거쳐 출애급 당시 아모리족 시혼왕의 도읍이었던 헤스본을 지나쳤다. 멀리 차창 너머로 헤스본성

의 윤곽이 보인다. 오늘날 히스반Hisban으로 불리는 헤스본을 지나치니 사
해 위쪽의 요르단 골짜기인 싯딤골짜기가 펼쳐진다. 금세 요르단-이스라
엘 국경을 이루는 구릉이 보이기 시작한다. 알렌비Allenby국경의 요르단 출
국장에서 가이드 박 선생과 작별하고 여권 수속을 마친 우리는 요단강을
가로지르는 다리를 건너 이스라엘 땅을 다시 밟을 수 있었다. 킹 후세인
다리요르단가 알렌비 다리이스라엘로 바뀌는 중앙지점에서 요단강을 훔쳐보
니 강이라기보단 실개천이란 표현이 어울릴 규모의 수량이다. 사막 속 천
금 같은 물의 위상을 실감할 만하다.

알렌비의 이스라엘 입국장엔 관
광객과 국경을 일상적으로 오가는
아랍주민들이 뒤섞여 장사진을 이
루고 있다. 통관을 도와주는 보조원
들도 대부분이 이스라엘계가 아니
고 요르단계 아랍인이다. 며칠 전 에
일럿 국경 통과시와 마찬가지로 복
잡한 절차를 거쳐서야 입국장을 벗
어날 수 있었다. 짐 수색, 입국심사,
보안 검색 등의 수속이 이중 삼중으
로 행해져 통관객의 진을 다 빼는 이
시스템은 세계 어느 나라에서도 유
래를 찾기 힘들 것이다. 자기보호의
알레르기를 앓고 있는 유태인의 호
들갑에 의연해질 수 없는 나 자신
이 답답하기만 하다.

입국장 밖에서, 수능시험을 치르
고 나오는 수험생을 맞듯 이스라엘

가이드 김 목사님이 환한 미소로 손짓하고 있다.

이스라엘 버스로 갈아탄 우리는 먼저 요단강 서안West Bank, 팔레스타인 자치구역의 여리고 Jericho 지역으로 향하였다. 단구短軀의 地方稅吏 삭개오가 예수를 보기 위해 올라갔다는 문제의 돌무화과 나무 앞에서 사진을 찍고 있는데 경찰 패트롤카가 지나간다.

가만히 살펴보니 이스라엘 경찰이 아니라 Palestinian National Aut- hority 팔레스타인 자치정부경찰의 표식을 달고 있다. 이곳이 국내 안보 및 공공질서를 팔레스타인 측이 책임지고 담당하는 요단강 서안의 자치구역임을 실감할 수 있었다. 이스라엘 속의 아랍답게, 연도엔 헤잡hijab차림의 여성이 삼삼오오 짝을 지어 다닌다.

이어서 우리는 예수가 40일간 금식기도하며 마귀의 유혹을 물리친 시험산유혹의 산으로 향했다. 버스가 케이블카 정류장에 서자 창밖으로 시험산 기도원을 광고하는 한글 현수막이 눈에 들어찬다.

케이블카를 타고 시험산 위로 올라간 우리는 싯딤 평원이 눈 아래 펼쳐진 전망 좋은 식당에서 현지식 뷔페로 점심을 들었다. 시험산 산정에서 내려다보이는 녹색의 평원은 10,000년 전 이곳에 도시가 들어서게 된 분명한 이유를 말해 주고 있다. 암만에서 예루살렘을 잇는 도정의 여러 곳 중, 이곳만

큼 물과 나무가 풍부한 데가 없었던 지라 여리고성이 여기에 축조되게 된
것은 어쩌면 너무나 당연한 일인 듯싶었다. 여리고성은 황량한 광야 속 한
줌의 빛이고 소금이었다.

산정의 식당 베란더에서 세월의 흔적을 더듬으며 예수의 고뇌를 되새
기다 다시 케이블카를 타고 하강했다. 여호수아의 지휘 아래 이스라엘 백
성이 가나안 입성 후 처음 차지한 여리고성의 유적이 케이블카 바로 아래,
처연한 모습으로 다가온다. 생각보다 상당히 좁은 바운더리boundary이다.

다시 광야의 땅을 디딘 우리는 '사해사본'으로 유명한 쿰란Qumran으로
향하였다. 입장권을 끊고 쿰란국립공원의 경내로 들어서자 암산 속에 빼
꼼이 들어선 동굴의 입구들이 보이기 시작한다. 약 2천년 전, 예루살렘 대
제사장의 권위를 인정치 않고 이곳 유다 광야의 쿰란 계곡에서 칩거생활
을 하던 종말론적 공동체 집단엣세네파;essene의 주거지였던 곳이다.

BC 33년경, 지진으로 이들이 이
곳을 떠나며 남긴 성경 필사본이
발견됨으로써 세계의 주목을 받
게 된 이곳 쿰란은 바로 앞에 사해
를 마주하고 있었으나, 한여름 의
폭염을 피해갈 순 없었다. 그늘 한
점 없는 계곡 광야에서 항아리 속
성경이 갈무리되어 있던 11개의
동굴을 세어보는 일행의 찡그린
얼굴은 땀범벅이 되어있다.

우리는 서둘러 쿰란 국립공원
을 벗어났다. 앳된 모습의 여군
이 미소짓는 이스라엘 검문소를
지나 사해변을 끼고 남하하기를

1시간여, 엔게디Ein Gedi 의 사해 온천장에 도착할 수 있었다.

　탈의 후 수영복 차림으로 머드 팩 체험을 하게 되었는데 매트릭스 선글라스를 착용한 김 목사님의 포복절도할 포즈에 모두가 즐거운 시간을 보낼 수 있었다. 야외 샤워장에서 진흙을 모두 걷어낸 후 우리는 내장객 수송용 무궤도 간이열차를 타고 해변으로 나아갔다. 열차를 견인하는 조종칸이 실제 중기기관차를 방불케 하여 퍽이나 인상적이었다.

　해변 슬리퍼를 미처 준비 못한 탓에, 대신 양말을 신었는데 태양에 달궈진 해변의 지열이 얼마나 대단하던지 도저히 뜨거워서 한 발자국도 내딛지 못할 지경이다. 결국 바다 바로 앞까지 신발을 신고 가야 했다. 양말 차림으로 물속에 발을 담가 보니 설상가상으로 바다 밑바닥은 소금 퇴적층이 두껍게 쌓여 완전히 칼날이다. 맨발이었더라면 그대로 발바닥이 절단날 지경이다. 차츰 깊이 걸어 들어가니 장딴지가 저절로 들리는 기분이다. 허리춤에 물이 차는 지점에서 뒤로 드러누워 하늘을 올려다보았다. 중학생 시절, 과학책에서 사해에 떠 있는 사람을 보고 신기해하던 내가 그 사진 속의 인물이 됐다고 생각하니 부풀어 오르는 똥집을 주체할 수 없다. 박 해수 시인은 '저 바다에 누워 외로운 물새가 될까'라고 되뇌었지만, 난 그저 물베개를 하고 구름

속에 두둥실 떠가는 이 기분 그대로를 언제까지나 즐기고 싶을 뿐이다.

　해수면이 해발-400m에 위치한 세계 최저의 바다인 사해는 염분이 많아 생물이 살 수 없대서 死海 Dead Sea라 불려지게 됐으나, 고농도 마그네슘, 탄산염, 황산염 등을 배출하는 덕에 사해산 머드와 비누, 로션, 선크림 등이 관광객의 인기를 얻고 있다. 현재 사해는 요단강과 함께 동서로 나눠져 요르단과 이스라엘의 국경을 이루고 있다.

뒤집기를 시도하다 그대로 사해 속으로 잠수하고 만 나는 보통 바다보다 몇 배의 소금을 뒤덮어 쓴 채 온몸이 따끔거리는 형벌을 받아야 했다.

숙소로 찾아가는 차창 밖으로 노을에 저무는 좁다란 요단강과 요르단 계곡의 구릉, 그리고 종려나무 숲이 차례로 출몰하는가 싶더니 땅거미가 질 때쯤, 갈릴리호반의 마간 빌리지에 도착할 수 있었다. 갈릴리의 사위를 뚜렷히 볼 수 없어 아쉬웠으나, 키브츠를 개량한 호반의 숙소는 퍽이나 아늑하였다.

저녁 식사 후, 갈릴리호수에 발을 담그려 호반으로 내려가는데 이곳 롯지에 휴가를 즐기러 온 현지인 가족들이 불판을 피워놓고 고기굽기에 여념이 없다. 불판 앞에서 땀을 닦는 이들의 눈망울에서 사막 속의 옥토를 가꾼 이스라엘인들의 집념을 읽을 수 있을 것 같았다. 달빛 어린 호수에 발을 담그는 낭만은 가슴을 설레게 하기에 충분했으나 그 대가로 신발은 진흙투성이가 되어야 했다. 진흙을 털고 비비며 객실로 돌아오는 내 뒤통수 위로 갈릴리의 여름 달그림자가 유장悠長히 비켜가고 있었다.

6. 갈릴리에 부는 바람

2009년 8월 3일 월요일, 갈릴리 호반의 아침 햇살이 창 밖에서 서성이며, 선잠에서 깬 나를 유혹하고 있다. 아침 식사를 하러 객실 계단을 내려

오는데 공작 한 마리가 화단가 쪽으로 사라진다. 이곳에서 서식하는지 사육하는지 알 수 없지만 청초하고 호젓한 이곳의 분위기와 매우 잘 어울린다.

헝가리, 루마니아 등 동구권에서 온 시온주의자들에 의해 토지와 주택을 공유하는 직접 민주제 방식의 키브츠 공동체로 1949년에 문을 연 이곳은 그 후 1969년에 관광 수익사업의 일원으로 캠핑촌, '마간 빌리지'를 부설하여 오늘에 이르고 있단다. 갈릴리 호반의 아름다운 경관에 덧붙인 쾌적한 휴양시설로 손색이 없다.

오늘은 갈릴리호 주변의 성지를 순례하고 西進해, 지중해 쪽으로 간 다음, 다시 남하해 텔아비브를 거쳐 예루살렘으로 들어가는 일정으로 짜여져 있다.

아침 식사를 마친 우리를 태운 버스는 숙소에서 머지않은 갈릴리호 선착장에 정차했다. 갈릴리 호반 최대의 도시인 이곳 티베리아스는 로마 황제 티베리우스의 이름에서 命名되었는데, 우리는 티베리아스 선착장에서 예수 시절의 배를 모방한 유람선을 타고 베세다 들녘을 바라다보면서 긴네렛까지 舟遊하기로 하였다.

갈릴리호는 둘레가 약 56km에 달하는 방대한 호수로 동쪽으로 6일 전쟁 때 시리아로부터 정복한 골란고원에 접하고 있는, 예수 선교의 주 무대였던 곳이다. 히브리인들은 수평선이 보이는 이 호수를 예부터 'Sea of Galilee'

^{갈릴리} 바다로 불렸는데 이곳 역시 사
해만큼이나 바닥이 낮아 해발-
200m에 이른다고 한다.

예수가 폭풍을 잠재우고 물 위
를 걷는 기적을 보여준 갈릴리호
를 유람선으로 주유하며 바라다
본 호수 건너 언덕엔 평화의 정적
이 흐르고 있다.

일행의 아름다운 목소리가 한데 모아지는가 싶더니, 전 세계 기독교인
들이 갈구하는 갈리리호의 수면에 꿈결 같은 찬송의 파도가 번지고 있다.
약 50분여의 항해를 마치고 다시 뭍에 오른 우리는 우선 갈리리호 북쪽의
성지들을 두루 둘러보았다.

예수의 산상수훈을 기리는 팔복 교회는 8가지 복을 상징하는 8각지붕
이 인상적이었고, 보리떡 다섯 개와 물고기 두 마리로 오천명을 먹인 기적
을 되새기게 하는 오병이어 교회의 모자이크 바닥은 그날의 감동을 전해
주기에 족했다.

예수가 베드로에게 수제자의 자리를 위임한 것을 기념해 세운 베드로
수위권 교회의 마당에 서 있는 예수와 그 앞에 꿇어앉은 베드로의 조각상
에선 성인^{聖人}을 향한 범인^{凡人}의 애틋한 갈구가 느껴진다.

예수 당시, 갈릴리 선교활동의 중심센터인 가버나움에 도착한 것은 오전 10시가 좀 지나서였다. 예수가 이곳을 활동 본부로 삼은 건 여기가 암만, 다마스커스, 므깃도 등으로 향하는 사통팔달 교통과 교역의 요충지로, 선교에 유리했기 때문이기도 하거니와 어족이 풍부한 갈릴리호 북쪽에 형성된 어촌의 인구들을 포용할 수 있었기 때문이란다. 실제로 예수의 수제자 베드로도 갈릴리 호수의 어부 시몬이 아니었던가!

가버나움의 유적지는 갈릴리 호수를 배경으로 당시 회당의 잔해, 주거구역, 베드로의 집터와 그 위에 축성된 베드로 기념교회 등으로 이뤄져 있었다.

당시에 융성했던 가버나움에는 세관이 있었고, 로마군대가 주둔하였다 하니, 회당에도 많은 이들이 드나들었을 것이다. 나사렛에서 배척받은 예수가 이곳에서 열병에 걸린 베드로의 장모를 낳게 하는 등 많은 이적을 행하고 12제자를 정하는 등 정성을 쏟았으나, 사람들이 회개하고 믿지 않았기 때문에 예수에게 가장 책망을 많이 받았던 곳이기도 한 가버나움은 예언대로 6세기에 성읍이 몰락하여 사람이 살지 않게 되었다. 유적지 정원에 탐스럽게 만개한 꽃과 야자수를 완상하며 돌아 나오는데 지팡이를 짚고 우뚝 선 베드로의 동상이 엄숙한 자태로 우리를 전송한다.

잠시 선잠이 들었다 싶은데 가이드 김 목사님이 이곳이 막달레나의 고향 '막달라'라며 창밖을 가리킨다. 차창 밖으로 여느 마을이나 진배없는 갈릴리의 평화로운 풍경이 지나가고 있다. 무식한 비신자는 비로소 막달라 마리아의 막달라가 지명이었음을 깨닫는다. 한참을 가다 푸른 구릉지대에 펼쳐진 멋있는 아파트 단지가 보이길래 모두가 궁금해 하자, 김 목사님 왈

'교도소'란다. 모두가 박장대소하는 통에 자던 일행들이 전부 단잠을 깨었다.

예수가 혼인잔치에서 물로 포도주를 빚은 첫 번째 기적의 '가나 마을' 현장에 들어선 혼인잔치 기념교회를 돌아보고 나오니 인근에 기념품 가게가 보인다. 일행과 함께 그곳에 들러 간단한 선물을 구입하였다. 나는 열쇠고리와 올리브 비누를 몇 개 샀다. 자기 아이들이 매일 이 비누로 씻어 피부가 뽀송뽀송하다고 익살을 떨던 주인의 구레나룻 미소가 정겨웠다.

점심식사 후, 4Km 떨어진 나자렛으로 가는 버스 안에서, 이곳에서의 가이드 생활 중 신혼부부를 제외하고 비신자가 성지순례온 것은 처음이라며 김 목사님이 가나마을의 전통 포도주 세트를 내게 선물로 주신다. 일행의 축하 박수 속에 얼떨결에 받기는 했지만 고마움과 겸연쩍음, 非信者로서의 미안함이 마음속에서 교차하였다.

예수가 유년을 보냈던 나자렛은 생각보다 훨씬 크고 번화한 곳이었다. 상점 간판에 유난히 아랍어가 많기에 물어보니 오스만 지배 시절 이래, 이곳은 갈릴리 지역 아랍인들의 지역시장이자 교역중심지로 기능해 온 이스라엘 내 최대의 아랍도시란다. 유대교 국가인 이스라엘_{팔레스타인 자치지역도 아}

닌에서 인구의 반이 기독교도, 반이 회교도라는 것도 이색적이지만, 이런 곳에 수많은 기독교 교회가 있다는 사실, 또한 이채로웠다. 우리는 아랍의 재래시장을 지나 마리아 수태고지 교회로 향했다.

이스라엘의 아랍동네 중 가장

부촌이라는 이곳의 아랍상인에게선, 왠지 모를 초라함과 측은함이 배어있는 여느 아랍인들관 달리 넘치는 여유를 읽을 수 있었다. 성모 마리아가 가브리엘 천사에게서 수태고지를 받은 자리에 세워진 수태고지 기념교회는 중동지역 최대를 자랑하는 규모답게 외관에서부터 장엄하고 거대한 포스가 느껴졌다.

콘스탄티누스 황제 이래 수차례 파괴와 재건축을 되풀이해 오늘에 이른 교회의 예배당으로 들어가니 정면에 예수의 승천을 묘사한 대형성화가 위치하고 있어 눈길을 끈다. 밖으로 나와 회랑을 지나는데 세계 각국의 토착화된 신앙방식으로 묘사된 성화가 온통 벽면을 도배하고 있다. 한복 차림의 마리아가 색동옷을 입은 아기 예수를 안고 있는 우리나라 성화도 볼 수 있어 감개가 무량했다.

버스를 타러 가는 도중, 나자렛 시가 한복판에서 김중경 목사님 일행 몇 분이 실종되는 초유의 사태가 발생했다. 올 때 지나쳐 왔던 아랍시장 근처에서 방향착오가 있었던 모양이다. 곧 일행과 다시 합류하게 되어 다행이었다. 離散의 시간의 길어졌더라면 폭염에 모두가 큰 곤욕을 치렀을 것이다.

다시 남서부로 발길을 돌린 우리는 아마겟돈 전투의 현장, 므깃도Megiddo 로 향하였다. 이즈르엘 계곡에서 샤론평야에 이르는 좁고 긴 협곡에 위치한 전략 요충지였던 이곳의 언덕엔 소떼들이 평화롭게 풀을 뜯고 있었다.

당대에 이미 철기문명을 수용했던 주거 유적지와 지하의 식수 저장 및 공급시설을 둘러보았다.

지중해의 하이파彎이 내려다보이는 갈멜Carmel산에 도착했을 때, 찌는 듯한 태양의 몸부림은 극에 달해 있었다. '하느님의 포도밭'을 의미하는 갈멜산은 여호아의 예언자 엘리야가 아수라의 예언자인 이방신 바알과 대결해 하느님의 불기둥 지원에 힘입어 승리한 역사적 처소이다. 해발 546m의 산정에서 바라다보는, 뙤약볕 아래의 샤론 평원은 극히 평화로웠다.

지중해변을 따라 남하를 계속한 우리는 마침내 오늘의 마지막 목적지 가이사리아Caesarea에 당도했다. 국립공원 매표소에서 입장권을 끊으니 구내 안내도가 그려진 팜플렛이 주어진다. 예로부터 팔레스타인과 로마를 연결하는 지중해의 관문이었던 가이사리아는 헤롯왕에 의해 인공해양도시로 급성장한 곳이다. 에돔족 출신으로 로마의 봉분왕이 되어 통치기반이 취약했던 헤롯이 유대의 실질적 통치자였던 제사장들을 회유하기 위해 건설한 성전을 비롯해, 자신의 신인도를 높이기 위해 고액의 상금을 걸고 2년마다 개최한 검투사 대회의 장소였던 원형경기장, 그리고 그의 별궁, 목욕탕 등 각종 기간시설이 해변을 끼고 총망라된 그야말로 하나의 거대한 종합위락단지를 보는 듯하였다. 그러나 이곳에서 베드로와 사도 바울이 로마선교를 위해 떠났고 바울이 오래 동안 이곳의 감옥에 갇히기도 했

으니 종교적으로도 의미가 깊은 聖地인 셈이다. 유적지 공원 초입의 원형극장에서 어느 가수의 대형사진을 걸어놓고 라이브공연 리허설에 여념이 없는 재즈밴드의 어깨 너머 해안선으로 화력발전소의 굴뚝이 들어찬다.

그 옛날 로마로 올리브, 밀, 보리 등을 수출하던 이 항구의 여름 자화상이 상전벽해桑田碧海의 그림자에 묻혀가고 있었다.

다시 지중해 해안선을 따라 남하하다 보니 어느덧, 이스라엘 제2의 도시이자 수도인 텔아비브의 시계에 접어들었다. 크고 작은 빌딩이 차창 밖

으로 앞서거니 뒤서거니 출몰하더니 언제부턴가 철로와 평행으로 달리고 있다. 통근열차에서 내리는 퇴근 행렬의 바쁜 발걸음이 이 도시의 힘겨운 하루를 마무리하고 있었다.

드디어 오늘 숙소인 예루살렘의 '예루살렘 게이트 호텔'에 도착하였다. 호텔 로비엔 마침 이곳 1층 레스토랑에서 열리는 결혼식 참석을 위해 모여든 하객들로 북새통이다. 유대식 전통복장으로 성장한 하객들로 식장은 온통 검은 물결의 파노라마를 이루고 있다.

저녁식사를 마친 후, 객실로 올라와 TV를 켰더니 히브리어의 여자 아나운서가 내일도 엄청 덥겠다고 엄포를 놓는다. 밤 마실을 나간다는 일행과 합류하지 않고 일찍 잠자리에 들었다. 미처 끄지 못한 TV 속에서 속사포 같은 히브리 여인네의 날선 넋두리가 꿈결인 듯 들려왔다.

7. 굿바이, 예루살렘!

2009년 8월 4일, 이번 여정의 마지막 아침이다. 시온산으로 향하는 차창 밖으로 유모차를 끌고 가는 젊은 父情이 아침 햇살에 평화롭다.

팔레스타인 지역에 유대국가를 건설하는 민족주의 이념을 시오니즘Zionism이라 命名할 정도로, 유태인에게 있어 시온산은 정신적 본향이다. 우주인의 UFO처럼 시온산 북쪽에 내려앉은 예루살렘 성채와 성 막달라마리아 교회의 황금지붕이 눈부신 맞은편의 감람산을 번갈아 바라보노라니 내가 비로소 성서의 고향에 발 딛고 서있음을 실감하게 된다.

십자군 세력과 아랍 영웅 살라딘의 대결을 그린 영화 [킹덤 옵 헤븐]의 무대였던 예루살렘성울드시티으로 들어가는 첫 번째 통로로 우리는 성 스테판문사자문을 선택하였다.

예수 부활 이후, 사울의 무리에게 돌로 맞아 순교한 스테판을 기념하기 위한 이 문은 예루살렘성의 8대문 가운데 하나로, 기드론 골짜기를 지나 감람산으로 연결되는 통로이다. 위쪽에 2마리의 사자가 부조되어 사자문으로도 불리는 이 문을 들어선 우리는 먼저 예수의 외가요 성모 마리아의 친정 자리에 세워진 성 안나 교회에 들렀다. 찬송과 기도는 허용하나 사진 촬영과 高聲은 삼가라는 당부를 하던 벽안의 신부님이 일행의 아름다운 찬송 하모니에 "원더풀"을 연발한다. 성 안나 교회 至近에 위치한 베데스타 연못은 원래 바로 좌측의 성전에 물을 공급하는 식수원이었으나 예수가 여기서 38년 된 병자를 낫게 했다 하여 치유의 상징으로 널리 회자되는 곳이다.

미국 대통령 전용 요양병원의 이름이 '베데스타 해군병원'인 것도 이와 무관하지 않을 것이다. 매몰되었다 복구된 탓에 물 한 방울 없는 연못의 유허를 지나 빌라도 법정이 있던 자리에 지어진 선고 교회에 들어가 보았다. 예배당 정면에 걸려진, 십자가를 지고 법정을 나서는 예수의 그림이 가슴을 저리게 한다.

선고 교회를 나선 일행이 예수가 苦行한 '십자가의 길'Via Dolorosa체험에 나선다.

일행이 돌아가면서 십자가를 지고 찬송가를 부르며 예수 고난의 14처를 더듬어 가는 동안, 행렬의 제일 후미에 선 나는 아랍계 시장통인 이 골목의 사람 사는 풍경을 고스란히 눈에 담아 봤다. 동양에서 온 순례객을 호기심 어린 눈빛으로 살피는 상인들, 길거리에 퍼질고 앉아 구걸에 여념이 없는 무슬림 여인, 무장경찰의 보안 검색에 실랑이를 벌이는 배달 트럭기사 등, 여기도 살아있는 인간의 냄새로 가득하다.

골고다갈보리언덕의 예수 무덤성묘교회에 도착했다. 예수가 십자가에 못 박혔다 운명한 후, 묻힌 자리에 세워진 이 교회는 '십자가의 길'Via Dolorosa 이 끝나는 종착지로, 교회 안은 세계 각국에서 온 순례자와 관광객으로 붐볐다. 노란 모자의 동양인 단체 관광객 무리50명은 족히 되어 보이는가 눈에 띄기에 "중국인중궈렌"이냐고 물어 봤더니 매몰차게 "베트남"이라고 대답한다. 예수가 못 박힌 자리의 십자가 형상2층과 예수의 시신을 거두는 과정을 묘사한 대형 성화1층를 살펴보고, 인파가 몰리는 곳으로 따라 갔더니 구석진 자리에 웬 동굴이 버티고 있다. 십자가에서 내려진 예수의 시신이 안치되었던 곳이다.

인파를 헤치고 교회를 나와 왔
던 길을 되돌아 나오다 오른 쪽 통
로로 접어들었다. 통로가 끝나는
자리에 화장실이 있다. 잠시 벤치
에 앉아 휴식을 취하다 바깥으로
나와 좌측 정면을 바라보니 낯익은
풍경이 펼쳐진다. 예루살렘성의 상

징적 건물인 황금빛 돔의 바위사원Dome of the Rock이 眼眶안광에 들어찬다.

원래 솔로몬의 유대 성전이 있었던 성전산모레아산에 세워진 이 이슬람
사원은 689~691년에 걸쳐서 압둘 말리크 [Abd al Malik]에 의해 건축되었
는데 수학적으로 비례대칭의 구조가 빼어난 건물이다. 우리 동네, 노인요
양 병원모레아 요양원의 이름이 이곳 지명에서 유래되었음을 오늘에서야 알
게 됐으니 이래저래 이번 여행은 많은 깨달음을 준다.

아브라함이 이삭을 제물로 올린 장소이슬람에선 아브라함이 이스마엘을 바친 곳으로
규정한다. 이자 예언자 마호멧의 승천지이기도 한 이곳의 남쪽에 또 하나의 이
슬람 건축물, 알 악사 사원El Aqsa Mosque이 있다. 칼리프 알 왈리프 [al Walif]
가 709~715년에 걸쳐 세운 이 사원은 바위사원이 개인적인 기도에만 이용
되는데 반해, 무슬림들의 집단적 예배 중심지로 기능하고 있다. 라마단 기
간에 이곳에서 예배하기 위해 이스라엘 당국의 허가를 얻은 팔레스타인들
이 서안지역에서 사다리를 타고 장벽을 넘던 외신 보도 장면이 기억난다.

바위사원을 감싼 성벽 앞엔,
많은 유대 순례자들이 벽에 머리
를 맞대거나 손을 짚고 기도를 올
리는 모습이 보인다. 숱하게 TV
에서 봐왔던 이 '통곡의 벽Wailing
Wall'은 예루살렘 성전 서쪽 벽 일
부를 일컫는데, 로마가 이곳의 유

대성전을 파괴하고 유대인을 학살한 비극을 지켜 본 이 성벽이 밤마다 스스로 통곡했대서 命名되었다.

유대 민족 신앙의 비극적 상징인 이곳에 참배하기 위해선 남자는 좌측, 여자는 우측으로 출입해야 한다. 통곡의 벽에서 유대인의 비극을 되새긴 후, 버스가 주차한 분문Dung Gate쪽으로 이동하는데 단체 참배 온 유치원생들이 눈에 띈

다. 자기들끼리 마주 보고 쉴 새 없이 재잘거리는 모습이 귀엽기 짝이 없다. 세계 어디를 가나 티 없이 맑은 동심은 진 배 없이 아름답다는 걸 다시 한번 절감케 한다.

'다윗의 도시'City of David 팻말도 선명한 예루살렘 성벽의 노변에 주차된 버스에 올라 짧은 거리를 이동한 우리는 시온산 주변의 성지 몇 군데를 둘러보았다. 레오나르도 다빈치의 결작, <최후의 만찬>의 배경이었던 '마가의 다락방'과 '다윗의 가묘'에 들렀다 밖으로 나오니 예루살렘성의 또 다른 문 하나가 우리 앞에 버티고 서있다. 가만히 살펴보니 쑹쑹 구멍난 총탄자국이 선명하다.

1967년 6일 전쟁 당시, 격전의 흔적을 그대로 떠안고 있는 '시온문'이다. 시온문을 지나 버스에 오르니 슬슬 시장기가 밀려온다. 인근의 벨공원에서 도시락으로 점심을 해결했다. 시온산에 비치는 따스한 햇살 아래 녹색의 잔디밭에 앉아 즐기는 한식의 묘미는 '안 먹어봤으면 말을 마세요.'다.

감람산올리브산의 대표적 성지, 예수승천 교회의 입장시각에 맞추려 베들레헴부터 먼저 다녀오기로 했다. 60번 도로를 타고 30분쯤을 달렸을까? 거대한 베들레헴 장벽이 눈앞에 나타난다. 이스라엘 시민권자의 출입을 금한다는 팔레스타인 자치정부의 황색 표지판이 이 지역의 무늬만 평화로운 긴장을 상기시킨다. 베들레헴 시내 중심가는 온통 팔레스타인 자치 정부의 보안군들로 가득하다. 몇 미터 간격으로 무장병력이 도열해 사주를 경계하고 있다.

우리의 목적지 예수탄생 교회 앞엔 파라블라 안테나를 부착한 각 매스컴의 보도차량이 진을 치고 있고, 각국 국기를 게양한 외교관 차량들도 무수히 주차해 있다.

가만히 기억을 되살리니 오늘이 8월4일, 팔레스타인 자치정부의 여당, 파타Fatah당이 20년 만에 총회를 여는 날이다. 가자지구를 실질적으로 장악한 하마스가 과격 무장 집단인데 비해 팔레스타인의 대표적 온건 정파인 파타당은 아라파트를 계승한 마무드 아바스 현 자치정부 수반의 정치적 기반이다. 공식적으론 이스라엘 내 모든 팔레스타인人에 대한 통치권을 행사하고 있으나, 현재 가자지구를 제외한 요단강 서안 지역West Bank에만 실질적 통치력이 미치는 셈이다. 이번 총회의 주안건인 '유대인정착촌 문제 해결 합의안'에 관해 강력히 반대해온 하마스 측이 가자지구에 거주하는 파타당원의 베들레헴 입성을 봉쇄했다는 외신을 들은 적이 있는 지

라, 폭염에 경비를 서는 보안군의 땀방울을 보며 이스라엘과의 관계 뿐 아
니라 동족간 노선 갈등에도 시달려야 하는 이네들의 예측 불가한 앞날이
적이 염려스러웠다.

　예수가　태어났던　베들레헴의
마굿간　자리에　지어진　예수탄생
교회는 그리스정교 예배당을 중심
으로 좌측에 아르메니아정교 예배
당,　우측에　러시아정교　예배당이
부설된 특이한 형태로 이뤄져 있었
다. 예배당 우측의 예수 탄생 처소
^{동굴}입구엔 숱한 인파가 모여 있어 들어갈 엄두가 나지 않았다.

　교회를 나와, 버스로 천사가 목자들에게 예수탄생을 알렸다는 '목자들
의 동굴'과 그 자리에 세워진 교회를 둘러본 우리는 아까 통과했던 베들레
헴 장벽을 다시 마주하게 되었다.

　그러나 가이드 김 목사님이 이번엔 체험삼아 장벽 내부 구경도 할 겸 걸
어서 통과해 보잔다. 모두들 여권을 들고 내려서 여느 국경이나 다름없는
실내 통관대를 도보로 건너왔다. 맞은편으로 이스라엘 직장에서 퇴근하는
무수한 팔레스타인 근로자의 무리가 건너가는 것이 보였다. 언젠가 직장
관계로 이스라엘을 매일 오가는 팔레스타인人이 융통성 없는 이스라엘 국
경 초병의 고압적 검문에 시달리는 모습을 다큐멘타리로 본 적이 있었다.
이곳에서는 그런 일이 되풀이되지 않기를 조용히 빌어 보았다.

　이제 예루살렘성 맞은편 감람산으로 건너온 우리가 가장 먼저 찾은 곳
은 예수가 부활한 예수 승천교회. 그러나 아쉽게도 문이 닫혀 있었다. 김
목사님이 까다로운 입장 시각을 맞추기 위해 그렇게 노력했으나 수포로
돌아가 아쉬웠다. 대신에 세계 80개국 이상의 언어로 주기도문이 새겨진
석판이 부착된 주기도문 교회_{예수가 제자들에게 주기도문을 가르친 동굴 위에 지어진 교회}와

조경이 빼어났던 겟세마네 동산의 만국교회를 둘러보는 것으로 아쉬움을 달래야 했다.

　마지막으로 버스는 우리를 예루살렘의 사위를 완벽히 포착할 수 있는 감람산 전망대에 내려놓았다. 예로부터 감람올리브나무가 많아 감람올리브산으로 불리게 된 이곳의 전망대에 우뚝 서니 정면에 성전산의 바위사원을 위시한 예루살렘성이 마주 보이고 기드론 골짜기 너머 우측으로 감람산의 전모가 한눈에 들어온다.

　사해까지 이어지는 기드론 골짜기가 감람산 쪽으로 들어붙은 구릉지에 공동묘지가 펼쳐지고 그 우측으로 예수가 가장 기도를 많이 했다는 겟세마네 동산과, 그 너머 감람산을 휘돌아 나가면 예수가 시험당한 유대광야가 이어진다.

　이곳이 이번 여정의 마지막이라고 생각하니 물밀 듯 아쉬움이 밀려왔다. 나는 하나라도 빠뜨리지 않고 眼眶에 담기 위해 심호흡을 하고 천천히 시선을 움직였다.

　저녁 식사를 마치고 귀국 비행기를 타기 위해 이스라엘 초대 수상의 이름에서 명명된 텔아비브의 벤구리온 국제공항으로 가는 버스 속에서 그간 잊고 있었던 걱정이 불쑥 뇌리를 짓누른다. 출국하던 날, 인천공항에서 중동 갔다 오마며 문자만 보내고 온 터라 아내의 심기가 말이 아닐 것이다. 날 위해 기도해 준다던 김전도사님, 강전도사님, 윤전도사님, 구전도사님, 그리고 김중경 목사님을 애타게 쳐다봤으나 아무도 내게 시선을 보내지 않았다. 여행 완수의 뿌듯한 성취감과 무사 귀가의 애타는 갈구를 담고 공항가도를 가로지르는 우리 버스 위로 헤브라이의 이지러진 달빛이 서럽게 흐느끼고 있었다.

제1부

다시 쓰는 '모터사이클 다이어리'; 중남미

제7 부

다시 쓰는 '모터사이클 다이어리'; 중남미

1. 프롤로그

지난 2004년 개봉되었던 체 게베라의 청년 시절, 남미 여행을 다룬 영화 <모터사이클 다이어리>는 비록 빅히트를 기록하진 못했지만 잔잔한 감동을 전해 주었다.

쿠바혁명의 영웅 체 게베라는 칠레의 추키카마타 구리 광산에서 만난 노동자들의 비참한 모습에서 자신의 정체성을 재정립하게 된다. 장밋빛 낭만에서 시작된 그의 순례가 거창한 삶의 무게로 다시 다가 오게 된 것이다. 체 게베라의 그 원대한 '생의 철학'을 닮고 싶은 건 아니지만 적어도 청년 영웅의 순례코스를 물리적으로나마 답습하고픈 모방심리가 언젠가는 꼭 가고픈 숙원의 여행지 라틴아메리카에 대한 동경을 더욱 부채질하였다.

'돈도 시간도 없는' 내가 아직까진 일반인이 가기엔 가장 난코스인 중남미 여행에 도전하게 된 건, 연말 들어 부쩍 공격적 마케팅을 강화한 시중 여행사들의 저가 공세 덕분이었다.

노팁에 나스까 라인 경비행기 옵션을 제공한다는 여행사의 일정은 17박18일 동안 17번 비행기를 타야하고, 어느 날은 하루 종일 환승을 위해 공항에서 대기해야 하며, 새벽 1시에 호텔에 체크인했다 3~4시간 만에 체크아웃해야 하기도 하는 등, 거의 초죽음의 로드윌이었지만 인천공항을

이륙하는 대한 항공 KE 017편 구석자리에 앉은 내 입가엔 숙원을 이뤘다
는 성취감에서인지 덜 떨어진 미소가 하염없이 흘러나오고 있었다.

2005년 12월 28일 오후 6시 30분현지 시각, LA에서 멕시카나 항공으로 환
승 후 멕시코시티에 도착한 우리 35인의 대부대는 유학생 출신의 현지 가
이드 미스 조를 만나는 것으로 그 장대한 18일간의 여정을 시작하였다.
　환승대기시간을 합쳐 무려 18시간의 여정에 시달렸건만 라틴아메리카
땅을 밟은 역사적 처지(?)를 의식해서인지 버스 차창을 기웃거리는 일행의
눈동자는 호기심으로 가득하다.
　서울 면적의 3배에 2600만의 수도권 인구가 밀집해 있다는 해발 2,240m
의, 이 공룡처럼 거대한 도시엔 막 어둠이 깃들고 있었다. 인근의 도시 푸
에블라에 폭스바겐의 조립공장이 있는 탓에 녹색의 딱정벌레 택시가 시가
를 횡행하고 있는 모습이 퍽 인상적이었다.
　명목상의 GNP는 6,000불이라 하나 부정부패의 만연과 일부계층의 부
독점으로 국민의 대다수가 절대빈곤에 시달린다는 이곳에서, 2만에 달하
는 우리 교민들은 주로 원단을 비롯한 의류업에 종사하고 있단다. 우리는
멕시코의 이태원이라는 소나로사에 위치한 한식당 [우래옥]에 들러 이국
에서의 첫 저녁식사를 들었다.
　이때 한국에서의 급보가 날아들었는데, 일행 중 어느 부부의 부친께서
중풍으로 10년 와병 중에 돌아가셨다는 것이다. 거금을 들여 온 여행의 첫
날, 채 여정이 시작되기도 전에 비보를 접하고 귀국해야 하는 50대 부부의
서글픈 뒷모습을 우리는 애잔한 심정으로 마냥 쳐다볼 수밖에 없었다. 그
것은 35인의 일행이 33인으로 줄어드는 순간이기도 했다.

　식사를 마친 우리 일행이 숙소인 Best Western 계열의 Estoril 호텔에 도
착한 때는 밤 9시 경, 아즈텍 문명에 빛나는 이 고원도시가 완전히 어둠에
묻힌 뒤였다. 서울에서 여고 교사로 근무한다는 나의 룸메이트 J는 퍽 소탈

한 성품의 여행광이었다. 세상에 대한 물욕 없이 하고 싶은 여행이나 실컷 하고 죽을 때는 흔적 없이 火葬하고 싶다는 그의 눈매엔 순수한 열정과 강인한 신념이 묻어나 있었다. LA로 오는 기내에서 우연히 만난 그의 스튜어디스 제자에게 선사받았다는 레드와인을 나눠 마시며 J의 아프리카 여행담을 듣는 사이, 라틴아메리카에서의 첫날밤이 속절없이 깊어가고 있었다.

2. 아즈텍에서 테오티와칸까지

호텔방의 우풍이 심해 밤새 한기에 몸을 떨어야 했던 멕시코에서의 첫 아침이 밝았다. 한국보다는 훨씬 따뜻하다는 계절 정보에 긴장을 늦춘 탓인지 혹은 호텔방의 난방 조절법에 무지했던 탓이지는 알 수 없으나, 밤새 반 동태구이를 당한 우리 두 사람은 맛없는 식빵 몇 조각과 주스 한 잔만이 전부인 아침 식당에서 마주 본 채 서글픈 미소를 교환하였다.

이날 우리가 먼저 찾은 곳은 '배꼽'을 의미하는 소칼로Zocalo광장. 문자 그대로 멕시코의 중심을 이루는 중앙광장이다. 사방 각 240m의 정방형 구조를 갖춘 이곳엔 北으로 대성당, 東으로 국립궁전대통령궁, 南으론 연방정부 청사가 위치하고 있다. 중국의 천안문 광장과 모스크바의 붉은 광장에 이어 세계에서 3번째로 넓은광장이라고 가이드가 일러주지만 이 정도 넓이는 어디에서건 볼 수 있을 정도이다. 넓이와 규모에 대한 경외감보다는 이렇게 지저분하고 어수선한 광장도 있구나 하는 경악감이 뇌리에 들어찬다.

광장 벤치에 꾀죄죄한 차림으로 앉아 있는 인디오 노인들, 아이를 들쳐메고 길바닥에 퍼질러 앉아 동냥중인 여인, 고객을 높다란 계단의자에 올

려놓고 아래에서 열심히 구두를 닦는 구두닦이, 멕시코의 궁색한 진풍경
이 안광에 들어차면서 1968년 중진국 최초로 올림픽을 개최하고 지하철
을 건설하는가 하면 1970년에 이미 월드컵을 개최하면서 세계 5대 산유국
의 위용을 뽐내던, 한때 우리의 모델케이스였던 이 나라의 퇴락상에 알 수
없는 서글픔이 교차되어졌다.

　아즈텍 문명을 파괴하고 그 석재를 재활용해 스페인 정복자들에 의해
조성된 이곳 소칼로 광장엔 서구문명에 압살된 아즈텍 원주민의 신음소리
가 지척에서 들리는 듯하였다. 대성당 북동쪽에서 발굴 중인 아즈텍의 유
허를 지나 대성당에 들어서니 정복자의 복음이 숱한 내방객의 어지러운 교
감 속에 찬란히 빛난다. 아즈텍의 중앙신전 ‘케찰코아즐’을 허물고 대신 들
어 앉은 대성당은 찬연한 스테인드글라스로 도배된 우아한 그림과 거대한
파이프오르간이 내방객을 압도하고도 남을만 했다. 그러나 불안정한 지반
탓에 매년 조금씩 건물이 기울어져 왔으며 지금 현재도 경사가 진행 중임을
보여주는 경사추의 가녀린 숨길에서 의미심장한 메시지를 보는 듯하였다.

　멕시코시티에서 북동쪽 50km에 위치한 테오티와칸Teotihucan유적지로 향
하는 버스 차창 밖으로, 나란히 달리는 멕시코의 명물 전철이 눈에 띈다.

68년 올림픽에 즈음해 건설된 이
전철은 특이하게도 바퀴에 자동차
용 고무타이어를 장착하고 있어 눈
길을 끌었다. 따라서 쇳바퀴의 마
찰소음이 전혀 없어 조용하긴 하지
만 달리는 사람보다 늦다는 비아냥
을 들을 만큼 느리단다.

　약 1시간 후 도착한 테오티와칸 유적지엔 세계 각국에서 몰려든 숱한
관광객들을 영접이라도 하듯, 한겨울의 태양이 작렬하고 있었다.

　군왕의 무덤인 이집트 피라밋과는 달리, 사람을 콘돌신과 사람의 중개자의

먹이로 바치는 제단의 용도로 쓰였던 테오티와칸의 피라밋은 사람이 올라갈 수 있는 계단이 제설되어 있다. 4층으로 이뤄진 높이 63m, 한 변 길이 225m의 웅장한 '태양의 신전' 피라밋 정상에서 내려다보는 테오티와칸의 사위는 이루 말할 수 없이 장대무비하다. 높이 42m, 한 변 길이 145m의 '달의 신전'으로부터 남쪽으로 3.2km에 걸쳐 이어진 死者의 길_{제단에 올려진 인간제물들이 대기했던 길} 양측으론 당시 제사장의 사택, 각종 사원과 신전 등의 건축물이 질서 정연히 도열해 있었는데 지금은 거의 무너져 뼈대만 남은 '깃털 달린 뱀의 신전'이 가장 신성한 최고 권위의 구조물이었단다.

　'달의 신전' 앞에서 만난 한 노인이 선인장 즙을 짤아낸 붉은 색소로 엽서에 색칠 시연을 하는 모습을 흥미롭게 감상한 나는 거금 5불을 주고 노인에게서 기념엽서 10매를 구입했다. 테오티와칸의 신비를 단돈 5불에 구입했다는 횡재감이 시종 나를 들뜨게 했다.

　올메카문명의 전통을 이어받아 후대 아즈텍문명에 전해주는 징검다리 역할을 했던 고대 테오티와칸인들의 장엄한 건축물들은 그 동안 야산수림의 폐허 속에 묻혀 있다가 1900년대 초 철도 공사 때 발견되어 세상에 알려졌다는데 아직도 유적의 10%만이 발굴된 상태란다.

　로마의 '카타콤베'를 연상시키는 미로 같은 당시 귀족들의 집터를 지나 달의 신전이 바라다 보이는 식당에서 멕시코 전통 부폐로 점심을 들었다.

‘또루디아’라는 밀로 만든 전병과 ‘따꾸’라는 쌈이 퍽 인상적이었다. 식사 중에 멕시코 전통복장의 악사 2명이 ‘베사베 무초’ 등 흥겨운 라틴음악으로 우리를 맞아 주었다.

멕시코 지역의 토속 선인장 ‘애니껭’에서 바늘과 실을 뽑아 옷감을 짜며 데낄라와 향료를 만드는 장면을 시연해 주었던 농장에 잠시 들러 휴식을 취한 우리는 다시 멕시코시티로 귀환하였다. 태양의 고도가 정점에 달한 오후 2시를 넘겼을 즈음, 우리는 폴투칼의 파티마, 프랑스의 루르드와 더불어 성모가 발현한 세계 3대 기적지의 하나라는 과달루페 대성당으로 향하고 있었다.

1531년 가난한 아즈텍 인디언 ‘후앙 디에고’에게 발현한 성모 마리아를 기려 건설되었다는 과달루페 대성당은 디에고가 최초로 성모를 알현한 산 꼭대기에 지어진 초기 교회와 아즈텍 인디오 거처에 지어진 예배당, 4번째로 성모를 알현한 후 디에고의 망토에 성모상이 나타난 곳에 지어진 건물, 단체 예배자들을 위한 그룹전용 교회당, 교황청에서 지은 대중예배당, 대중예배당의 지반이 기울어지자 1973년에 새로 건축한 지금의 대예배당 등 모두 6개의 건물로 나눠져 있었는데, 마침 신년 연휴 미사가 진행 중인 거대한 대예배당엔 입추의 여지없이 운집한 신도들이 서로 손을 맞잡고 신년 인사와 더불어 은혜의 기쁨을 나누고 있었다.

우리는 과달루페의 하이라이트라 할 수 있는 '성모상이 나타난 디에고의 망토'를 표구한 액자 밑을 이동보도를 타고 지나가며 지척에서 감상하였다. 이 순간의 흔적을 영원히 간직하고픈 안타까운 카메라 후래쉬 소리가 여기저기서 새어나왔다.

과달루페 대성당 순례를 끝으로 멕시코시티에서의 일정을 마친 우리는 칸쿤으로 향하는 국내선 비행기를 타기 위해 공항으로 내달렸다. 석양에 물들어 가는 공항 청사가 우리를 샐쭉한 눈빛으로 맞이하고 있었다.

3. '미션 임파서블'의 여정

멕시카나 항공 MX 361편으로 2시간을 날아 칸쿤에 도착한 우리는 대기하던 버스에 몸을 실었다. 카리브해의 휴양지 칸쿤의 낭만이 차창 밖으로 흐느끼듯 다가왔다. 그러나 우리 모두의 애뜻한 상념을 일시에 날려 버리는 볼멘 소리가 TC 미스 박의 입에서 흘러나온 것도 바로 그때였다.

"저, 쿠바로 가는 비행기 시각이 촉박해서 아무래도 내일 체첸이사 일정은 취소하고 칸쿤 해변에서 즐기다 바로 공항으로——"

애초에 칸쿤에서 쿠바로 가는 저녁 비행기 스케줄이 오후 2시로 갑자기 변경되었을 때부터 뭔가 냄새가 나긴 했었다. 칸쿤에서 왕복 5시간여가 걸리는 체첸이사까지의 거리를 고려했을 때, 오후 2시 국제선 탑승을 위해 12시까지 공항에 도착해야 하는 물리적 가능성은 거의가 '미션 임파시블'mission impossible의 수준이었다.

30명이 넘는 대인원의 성수기 항공권을 적시에 일괄 확보치 못한 여행사가 부득불 인원을 두 팀으로 나눠, 한 팀은 파나마 경유 쿠바행 탑승권으로 대치하다 보니 오후 2시발 일정으로 조정되었고원래는 논스톱 편 오후8시발 일정 이 사실을 은폐했다가 인천공항에서 대장정에 돌입하기 직전, 비로소 조정된 일정표를 통해 서면 통지했던 것이다.

성수기 쿠바행 좌석의 오버부킹으로 공항에 일찍 도착해야 하며 며칠 전 팀도 공항에 늦게 도착해 일부 일행이 비행기를 놓쳤다는, 어쩔 수 없는 상황논리로 여행객을 내몰아 구렁이 담 넘듯 체첸이사 유적지를 건너뛰려는 여행사의 치졸한 속셈을 일행이 모를 리 없었다. 내가 이 상황을 어떻게 타개할 지를 고민하고 있을 때 버스 맨 앞자리에 앉아 있던 중년의 남성이 송사리처럼 일어나 마이크를 나꿔 채더니 쿠바행 비행일정을 빌미로 여행객의 일정을 짤라 먹는 여행사의 행태를 조목조목 비판하면서 원래의 일정대로 하지 않을 경우, 자신은 내일 한국으로 귀국하겠다며 초강수를 두는 것이었다.

내심, 내 대신 십자가를 져준 그 거룩한 여행객을 훑어보며 안도하는 사이, 차중의 일행이 술렁거리기 시작하고 여기저기서 여행사를 성토하는 소리가 거세지자 우리의 갸냘픈 TC 미스 박은 거의 울상이 되어가고 있다.

결국 우리 일행은 칸쿤 시가의 야경이 내려다보이는 호텔 로비에서 심야의 비상총회를 갖게 되었는데——

경남지역의 교육장을 역임하신 원로 교직자께서 임시의장이 되어 난상토론을 벌이는 동안, 미스 박과 현지가이드는 거의 사색이 되어 한국 본사 및 현지랜드사와 긴급 통화를 해대고 있다.

마산 지역의 퇴직 교장단을 비롯한 12인의 어르신들, 수능을 치른 딸과 함께 '세상에서 가장 아름다운 동행'을 한 서반어가 능통한 교양미 넘치는 엄마, 31살 아들과 함께 아프리카에 이어 중남미를 단기간 섭렵하려 이번 여행에 동참한 용인의 모여고 여자 교장 선생님, 120개국을 여행했다는 울산 출신의 멋쟁이 사업가 J사장님, '쌀 70가마'를 팔아 이번 여행경비를 마련했다고 능청을 떠는 건설사 간부 출신의 L선생, 20년 전부터 아프리카, 인도, 알래스카 등지를 1~2달씩 자유여행해 오고 있는 베테랑 여교수 A여사, 간호사 출신으로 세계 70여 개국을 여행한 S선생, 부인과 함께 일년에 10여 차례 여행을 다니다 거의 마지막 코스로 중남미를 택한 R씨, 패키지로 지구를 한 바퀴 돈 후, 더 갈 데가 없음을 확인하러 온 60대 언니와 40대 동생의 L여사 자매, 왕십리에서 의류업을 하며 매년 해외여행을 다니는 K사장 부부, 지난 번 동유럽 여행을 같이 했던 넉넉한 인품의 S사장님 부부, 그리고 주로 중동, 아프리카, 라오스 등 오지탐험에 관심이 많은 P교수_{버스 안에서 마이크를 잡고 사자후를 토한 문제의 그 사나이}와 방학 때마다 새로운 대지에 대한 탐구심으로 가정을 버리는 나의 룸메이트 J선생 등 우리 일행 33인은 새벽 1시까지 한국의 여행사 및 현지랜드사를 몰아 부친 끝에 그네들의 항복을 받아내는데 성공할 수 있었다.

그러나 안 그래도 여행 초반의 시차부적응으로 잠이 모자라던 우리는 황금 같은 저녁 단잠시간을 박탈당해야 했고, 체첸이사 대신 칸쿤 해변에서 위락을 즐기며 그 부근의 마야 유적지 툴룸Tulum관람으로 대체하려다 갑자기 원래의 일정대로 환원해 다급해진 여행사는 새벽 5시 모닝콜에 6시 호텔 출발의 스파르타식 새 일정표를 제시했다.

우리는 승리의 기쁨을 채 만끽하기도 전에, 4시간 남짓 수면 끝에 치뤄야 하는 초유의 유격훈련에 다시 한 번 곡소리 나는 장탄식을 해대야 했다.

이튿날, 아직 먼동도 트지 않은 꼭두새벽, 칸쿤의 호텔을 출발한 버스 속엔 샌드위치 1조각과 생수 1병으로 채워진 아침 도시락을 품에 안고 좌석에 널부러진 33인의 안타까운 실루엣이 가득하다.

어제의 신출내기 가이드 대신 부랴부랴 급파된 팀장 미스 신은 쿠바행 비행편에 늦지 않기 위해 불가피하게 칸쿤 해변에서 시간을 보내도록 일정을 조정했던 것임을 이해해 달라며 구구한 변명을 늘어놓았다. 그러나 지금이라도 사태를 원만히 해결하기 위해 자기가 급히 투입되었으니 아무 문제 없이 체첸이사 일정을 마치고 쿠바행 비행기를 탈 수 있을 것이라며 우리를 달랬다. 우리가 체첸이사 관광을 하는 동안, 우리의 TC 미스 박은 우리의 여권과 항공권을 거둬 우리 대신 칸쿤 공항으로 달려가고 있었다. 쿠바행 좌석을 확보키 위해 미리 보딩패스를 받아두려는 양동작전인 셈이다.

여행사의 엄살과는 달리, 밀림 속을 가로지르는 칸쿤~체첸이사 간 2차
선 고속도로는 거의 우리 버스가 독채로 전세를 낸 듯 차량이 전무했고 최
고속도도 알려준 것보다 20km/h나 높았다.

한참을 가다 차창 밖 표지판을 보니 메리다와 체첸이사의 갈림길이다.
그제사 LA에서 멕시코로 오는 비행기 옆 좌석에 앉았던 멕시칸 일가족이
생각난다. 자신을 멕시카나 항공의 파일럿으로 소개한 라울 신타Raul Cinta
의 가족은 메리다에 살고 있었는데, 칸쿤과 메리다의 한가운데에 체첸이
사가 위치하고 있으니 체첸이사 오는 길에 자기집메리다에도 놀러오라며
연락처를 적어주는 친절을 아끼지 않았었다.

카리브해 연안을 끼고 있는 유카탄반도의 유카탄주는 고대 마야문명의
발원지로 콰테말라와 더불어 가장 많은 마야 유적지와 인디오들이 있는
곳인데 그 중 최대의 유적지가 바로 마야어로 '우물가의 집'을 뜻하는 체
첸이사Chichen Itza이다. 일찍이 체게베라도 마야문명에 심취되어 이곳 유카
탄지역과 콰테말라를 주유周遊하기도 했었다.

사실, 유카탄반도의 메리다항은 1905년 1033명의 우리 선조들이 신대
류에의 원대한 꿈을 안고 오랜 항해 끝에 발을 디딘 곳으로 슬픈 역사가
어려 있는 곳이기도 하다. 원래 하와이 사탕수수농장으로 향하던 한인들
은 일본인의 농간에 의해 이곳 유카탄반도의 애니깽 농장에 노예로 팔려
졌고 이때부터 피눈물로 얼룩진 고난의 이민사가 시작된 것이다. 그야말
로 눈물과 고통의 정착과정 속에 한인들은 애니깽보다 더 질긴 생명력으
로 살아남았고 그 결과 유카탄주의 대법원장과 이곳 체첸이사 유적관리사
무소의 소장도 한인3세가 맡고 있다는 것이다.

이민 100주년을 맞은 올해, 온갖 고난 속에 정착한 이들의 후손들이 모
여 성대한 기념식이 열렸는데, 당시의 1033인 중, 유일한 여성의 배 속에
들어있던 아이가 100세의 노인이 되어 그 식전에 참석했단다.

기원전 베링해협을 거쳐 이곳에 정착한 북방계 몽골인의 후손이었던

마야인들은 그들만의 독특한 문명과 언어를 가지고 번창했다. 특히 영생과 풍년을 위해 神에게 사람을 산 채로 제물로 바치는 그들만의 제의를 엄격히 거행했는데 이는 후대의 테오티와칸, 아즈텍 등의 문명에도 그대로 답습되는 이 지역의 절대적 문화코드로 자리 잡게 된다.

한적한 새벽길을 마음껏 밟은⑦탓에 우리는 채 아침 8시가 되기 전에 체첸이사 유적지 에 도착할 수 있었다. 그 시각에도 벌써 몇 대의 관광버스가 주차되어 있는 광경이 눈에 띄었다. 정문 매표소에서 표를 끊은 후, 5분여를 걸어 들어가니 그간 책이나 TV 등을 통해 익히 봐 왔던 91계단 피라밋이 시야에 들어찬다.

이 피라밋 역시 제물을 바치는 제단의 용도로 사용되었는데, 4면이 45도 각도의 91계단으로 되어 있는데다 중앙 꼭대기에 하나의 계단이 첨가돼 있어 1년을 나타내는 365일을 형상화하고 있음을 알 수 있다. 하지와 동지 때 피라밋에 비춰지는 태양의 그림자로 농사의 시작 시즌과 끝 시즌을 가늠했다는 마야인들의 지혜에 탄복하지 않을 수 없었다.

테오티와칸보다 높이는 낮지만 경사가 급해 오르내릴 때, 특히 내려갈 땐 각별한 주의가 요구되었다. 91계단의 정상에서 내려다보니 전사의 신전, 펠로타경기장구기장 등 체첸이사의 유적지 타운을 감싸고 있는 주변경관이 멀리 수림의 풍경과 함께 한눈에 들어온다. 정상에서 일행과 카메라를 바꿔 서로 사진을 찍어주며 잠시 망중한忙中閑의 정취를 느껴보았다. 귀족자제로 편성된 구기팀이 경기 후, 이긴 팀의 주장을 제물로 바쳤다는 펠로타 경기장을 아래로 굽어보며 마야인들의 사후세계에 대한 신념에 잠시 숙연해짐을 느낀다.

　룸메이트 J선생은 겨우 요거 볼려고 투쟁, 투쟁 끝에 새벽잠 설쳐가며 여기까지 왔냐며 허탈한 표정이다. 안 보려니 섭섭하고 봤댔자 별 수 없는(?) '체첸이사' 유적지에 가까스로 흔적을 남긴 우리는 쿠바행 비행시각에 맞추기 위해 부리나케 칸쿤 공항으로 내달리지 않을 수 없었다. 점심식사는 긴급공수된 일식 도시락으로 때우면서———.

　허겁지겁 체첸이사의 여정을 마무리하는 사이, 카리브해의 진주라는 칸쿤에서 자면서도 칸쿤 해변을 구경도 못한 아쉬움이 공항 야자수 그늘 아래로 물밀 듯 밀려오고 있었다.

4. 까멜로에 실린 체 게바라의 그림자

　33인의 우리 일행은 쿠바나 항공편으로 아바나로 직행하는 팀18인 과 코파 항공편으로 파나마를 경유하는 팀15인으로 찢어졌다. 칸쿤에서 직항으로 1시간 30분 남짓이면 충분한 거리를 파나마 공항에서 2시간이나 할 일 없이 쭈빗거리며 도합 6시간 여를 소비한다고 생각하니 파나마 경유 팀에 속한 나로선 울화가 치밀어 견딜 수 없었다.

　근 밤 11시가 되어 도착한 아바나 공항에서의 입국 수속은 이곳이 사회주의 국가라는 것을 어김없이 증명하듯 이러한 울화통을 더욱 부채질하였다. 한 사람당 평균 20분 이상을 소비하는 입국심사대 통과 후 특이하게도 미닫이 출입문을 거쳐 휴대품 검사대를 통과해 수화물을 찾기까진 무한한 인내가 필요하였다.

　체코대사관에서 8년 근무하다가 공산권 붕괴 후 김일성대학에서 3년간 한국어를 공부했다는 쿠바인 가이드 알도의 안내로 우리가 숙소인 콸리Kohly 호텔에 도착한 것은 밤늦은 새벽 12시 30분, 직항 편으로 먼저 도착한 룸메이트 J선생이 베란다에서 두 손을 번쩍 들며 맞아준다.

　불편한 내 안색을 살피더니 "사실은 우리도 쿠바나 항공이 3시간이나 연발하는 바람에 좀 전에 호텔에 도착했어요!” 하며 위로 버전의 멘트를 날린다. 그것도 처음부터 3시간이 아니라, 30분 씩, 1시간 씩 지연되며 사람 애간장을 녹이더니 결국 3시간이나 늘어지더란다. 기약 없이 공항에서 죽치고 앉아 뜨지 않는 비행기를 기다리는 것도 영 죽을 맛이었으리라! 그렇게 생각하니 분한 마음이 좀 가라앉는다.

‘심야의 샤워’를 위해 수도꼭지를 틀었는데 어째 온수공급이 ‘영 아니올시다’이다. 주기적으로 온수가 냉수로 바뀌었다 다시 온수가 되었다 하며 사람을 기겁하게 한다. 그날 밤, 나는 거의 2분 간격으로 날렵하게 몸을 피했다 들이댔다 하며 체 게베라가 이룩한 쿠바혁명의 서글픈 현주소를 만끽하여야 했다.

호텔에서의 조식은 예상 밖으로 멕시코에서의 그것보다 훨씬 훌륭하여 우리 모두를 감격케 했다. 제임스딘을 닮은 미남조리사가 즉석에서 만들어주는 특제 계란말이는 이날 아침의 최고 인기 메뉴였다.

아침에 다시 보는 아바나 시가는 우중충하기 이를 데 없다. 도저히 사람이 살지 않는 듯 싶은 폐가에서 남루하기 그지없는 사람들이 우울한 표정으로 아침햇살을 받으며 거리로 몰려나오고 있었다. 짓다 만 듯한 낡은 건물들, 버스를 기다리는 놀랍도록 긴 행렬들, 어수선하고 초라한 골목들, 그들의 피부 색깔만큼이나 어두운 표정의 초라한 군상群像들이 거리거리마다 연이어져 있다.

친미 바티스타 정권을 굴복시키고 인민을 위한 정권을 창출했다는 카스트로와 체 게바라의 합작품이 겨우 이런 식의 ‘하향 평등화’를 의미하는 것인지 일순 심한 회의가 엄습해 온다. 그러나 만사는 겉으로 드러난 껍데기 외양만으로 판단할 수 없는 것, 거리에서 마주치는 남루한 행색의 행인들이 눈을 마주친 내게 보내는 지극히 인간적인 미소엔 형언할 수 없는 포만감이 배어 있는 듯하다.

어젯밤 공항에서 호텔로 오는 밤길이 유난히 어둡다 싶었는데, 이 나라의 유일한 동력원이었던 동구권에서 건설한 화력발전소를 이들과의 유대가 와해된 90년대 이후 전혀 확충하지 못한 관계로 늘어나는 전력수요를 감당할 수 없어 심한 전력난에 시달리고 있기 때문이란다. 다행히 금년 말 우리의 '현대'와 전력 수주 계약을 마치고 국가동력 재건에 착수했단다.

비록 로버트 레드포드 주연의 [하바나]나 헤밍웨이의 [노인과 바다]에서 느껴졌던 낭만적 경외감은 아닐지라도 묘한 이끌림이 아바나의 아침풍경

을 대변하고 있다. 특히 이색적인 것은 이 나라의 아킬레스건인 부족한 대중교통수단을 해결하기 위한 초특급처방, '까멜로'Camello의 존재, 대형트레일러를 개조한 이 기상천외의 '괴물버스'를 타기 위해 정류장마다 숱한 시민들이 장사진을 치고 기다리는 모습은 가히 장관이었다.

이번 여행 직전, 쿠바 국립교향악단 객원지휘자로 매년 쿠바를 국빈 방문하는 대구 출신의 천재음악가 이재준 선생으로부터 차편을 놓쳐 바이올린주자 몇 명이 끝내 정기연주회에 불참했다는 얘기를 들은 바 있던 나는 이들의 심각한 대중교통 실태를 눈으로 직접 확인하고 한없는 애수에 잠겨야 했다.

16세기 스페인 정복자들이 이곳에 상륙할 때 원주민 인디오를 거의 몰살시켰으므로, 사탕수수밭을 감당할 노동력을 대체키 위해 아프리카 흑인들을 대거 유입시킨 탓에 쿠바는 카리브해의 여느 국가처럼 흑인 비율이 상당히 높다. 유럽에서 이민 온 하층 백인계와 흑인계, 그리고 이들의 혼혈인 뮤라토가 뒤섞여 적절한 인종적 황금률을 구성하고 있다. 국가의 중추부는 백인이 장악하되 인종적 평등을 실천하고 있고, 스포츠를 비롯한 대외활동 부문에선 일찍이 '갈색의 고무공'으로 명성을 드높인 흑인 및 뮤

라토 군단의 괴력을 십분 활용해 올림픽, 세계야구선수권대회 등 각종 제전에서 괄목할만한 성적을 거두고 있다.

우리의 가이드 '알도'도 뮤라토였는데 북한 억양의 어설픈 한국어를 구사하는 그는 오늘 원래 북한 대사관 행사에 나가기로 돼 있었으나 수입이 더 나은 한국 관광객을 맞기 위해 배탈이 났다고 둘러대고 줄행랑을 쳤다며 너스레를 떨어 우리를 웃겼다. 뿐만 아니라, 우리를 공항에 데려다 줄 때도 "오늘 같은 날은 한국 손님 송영 핑계로 마누라 몰래 애인 집에서 실컷 외도를 즐기다 늦게 귀가할 수 있어 좋다"며 우리에게 빨리 가서 느긋하게 비행기를 기다리기를 채근했다.

알도의 안내로 우리가 가장 먼저 찾은 곳은 체 게바라의 얼굴 전광판이 이채로운 내무부청사와 쿠바민중의 정신적 지주 마르티의 동상, 국방부 청사들에 둘러싸인 혁명광장.

이번 여행의 잠재동인으로 작용했던 체 게바라의 그 유명한 전광판 건물 앞에서 사진을 한판 찍지 않을 수 없다. 이어서 우리는 미국의 케피톨 건물을 그대로 모방한 쿠바 국회의사당 앞에서 잠시 카메라의 조리개를 매만진 후, 스페인풍의 때가 자욱한 건물들이 들어선 아바나 중심가를 버스로 주유周遊하였다. 미국을 지구상의 최적대국으로 간주해 달러화와 미국신용카드의 유통을 일절 금하며, 달러화와 쿠바 페소의 환율을 1:0.89로 격상시키는가 하면 심지어 공항에서마저 달러화를 받지 않고 환전수수료를 챙기는 이네들의 국회의사당이 철천지원수 미국의 그것을 모방했다는 건 대단한 아이러니가 아닐 수 없었다. 물론 공산화 이전에 건축되었으니 어쩔 수 없겠지만————.

헤밍웨이가 자주 찾았다는 플로리다 거리의 카페를 거쳐 우리의 버스는 카리브해를 가로지르는 해저터널터널의 안전관리를 위해 도보보행은 단속함을 지나 바다를 끼고 약 30분을 달려 헤밍웨이 기념관에 도착했다. 도중에 차창 밖으로 비친 고즈넉한 아바나 교외의 풍광은 그 어느 곳보다도 평화로웠다. 그러나 헤밍웨이가 극찬했던 아바나 해변의 정취는 그 어디에서도 느낄 수 없을 정도로 실망스러웠다. 초라한 시골 포구의 궁색한 정경만이 안광에 와 닿는다.

헤밍웨이가 [노인과 바다]를 집필했다는 2층 서재에선 사실 바다가 조망되진 않았다. 대신 묘한 매력을 발산시키는 아바나 시가의 전경이 한눈에 들어찼다. 이곳에서 헤밍웨이는 그의 심연의 자락에 자리한 마음속의 바다를 보았을 것이다. 헤밍웨이가 낚시 때 사용했다는 요트와 그의 후손들이 한 번씩 자고 간다는 내실 앞에서 관리인의 눈을 피해 사진을 찍고 우리는 아바나 시내로 귀환하는 버스에 올랐다.

다시 해저터널을 통해 시내로 돌아온 우리는 우선 터널 근처의 구시가 광장에 내렸다. 미국의 샌프란시스코 부두를 그대로 옮겨 놓은 듯한 '샌프란시스코 거리'에 둘러싸인 이곳 광장엔 스페인의 식민지였던 여느 중남미 국가처럼 대성당이 위치하고 있었고 그 주변엔 무쇠대포로 무장한 요새fortress들이 포진하고 있었다. 이 요새들은 일찍이 해상중계무역의 요충지로 발전한 아바나 항을 공략하던 카리브해의 해적을 막기 위해 스페인이 건설했으나, 훗날 미·서 전쟁의 방어선 역할을 했다고 한다.

구시가 광장으로부터 비롯된 구시가 산책은 이날 아바나 관광의 하이라이트였다. 고풍스런 카페와 식당, 고서적이 즐비하게 깔린 서적가판대, 사탕수수와 함께 이곳의 특산물이 시가임을 증명이라도 하듯 큼직한 시가

를 입에 물고 마녀 복장으로 카드점을 보는 점장이 노파, 이제 몇 시간 뒤 다가올 신년 축하연을 공연할 무대 준비로 분주한 대성당 앞 광장, 엽기적 인 화장으로 행인의 이목을 끌어 촬영팁을 챙기려는 무희들, 신년맞이 퍼 레이드로 거리의 흥을 돋구는 목각 키다리 춤패들, 헤밍웨이가 처음으로 묵었다는 '암보 문도'Ambo Mundo호텔에서 흘러나오는 바이올린에 매치된

고혹적인 피아노 선율, 검은 피부 속 하얀 이를 드러내고 주문을 받 는 웨이츄레스의 뇌쇄적인 살인 미소에 이르기까지 2005년의 마 지막 날, 아바나의 구시가엔 형언 할 수 없는 낭만이 새록새록 돋고 있었다.

이 환타스틱한 낭만의 한가운데서 우리는 쿠바전통식 생선요리로 점심 을 들었다. 달삭한 쿠바맥주와 빼어난 음악성을 자랑하는 캄보밴드의 재 즈 연주를 곁들인 이날의 점심식사는 두고두고 잊지 못할 추억이 될 것이 다. 나는 가능하다면 이날의 이 순간을 타임캡술 속에 영원히 붙잡아 두고 싶어졌다.

오버부킹으로 칠레 행 비행기를 놓칠 수도 있다는 알도와 미스 박의 채 근에 못 이겨 아바나의 오후를 다 즐기지도 못하고 공항으로 향해야 하는 우리의 머리 위로 시가를 문 '체 게바라의 씁쓸한 환영'이 아쉬운 듯 요동 치고 있었다.

5. 하늘에서 맞이한 해피 뉴이어!

아바나에서 멕시코를 경유, 칠레의 산티아고로 향하는 란칠레LAN은 Line

Area Nations의 약호항공 LA 621 편에 우리 일행이 탑승한 것은 2005년 12월 31일 밤 9시경이었다. 멕시코공항에서 2시간여 환승 대기하는 동안 아내의 심기를 확인하기 위해 좀처럼 하지 않던 국제전화를 시도했으나, 외출 중이었던 아내의 목소리를 끝내 듣진 못했다. 대신 이미 병술년 새해 아침을 맞이한 한국의 부모님 목소리로 저간의 상황을 짐작할 수 있을 뿐이다. 아내는 아이들 학원 픽업하러 갔을 거라는―.

20일 가까운 장기외유를 아내가 알면 집안 분위기가 얼어붙을 것은 자명한 사실이라, 출국 바로 전날, 이제 고3되는 딸아이를 통해 간접통지를 하곤 보따리를 사는 등 마는 등, 꽁지 빠지게 내뺐던 것인데 여행 마치고 다시 귀가할 일을 생각하면 앞이 캄캄하다.

묵묵히 고생하는 아내의 얼굴이 떠올라 갑자기 가슴이 갑갑해져 오는데, "텐, 나인, 에잇, 세븐, 식스―" 꿈결인 듯 어디선가 카운트다운 소리가 들려온다. 불현듯 정신을 차려보니 하늘을 나는 란칠레 항공기 위에서 칠레 시각에 맞춰 신년 축하 깜짝 이벤트가 한창이다. 승객과 승무원이 하나된 카운트다운이 끝남과 동시에 하늘에서 시작되는 2006년의 감흥을 나누기 위해 기내엔 일제히 샴페인 서비스가 시작된다.

요즈음 명성을 드높이고 있는 칠레산 화이트 와인의 은은한 향취와 더불어 난생 처음 공중에서 맞아보는 신년의 기상천외한 설레임이 승객 모두를 하나 되게 한다. 룸메이트 J선생은 앞자리의 두 '쭉쭉빵빵' 알젠틴 아가씨들과 기념촬영에 바쁘고 그때마다 사진사 역할은 내게 맡겨졌다. 담요를 말고 취침 중이던 우리 일행들은 마치 춘계 대공세에 나선 베트콩의 무리처럼 불꺼진 기내 여기저기서 출몰하여 건배의 잔을 드높인다. 그 모습들이 그대로 몽유병 환자들의 밤나들이 같다.

8시간의 비행 끝에 우리가 산티아고 국제공항에 도착한 시각은 아침 8시 경. 우리는 대기중인 버스에 올라 산티아고 북서쪽 120km에 위치한 해안 휴양도시 '빈야 델 마르'로 향했다. 수도 산티아고메트로폴리탄특별구역권역을 포함해 위도별로 모두 13개 권역으로 나눠진 칠레는 東으로 안데스산맥, 西로 태평양에 면한 길이 4280km, 폭 80~400km의 '길쭉이'국가이다. 칠레란 말은 이곳 인디오 마포체족의 언어로 '땅 끝'을 의미한단다. 워낙 나라가 길다 보니 최북단 제1권역의 아따까마 사막처럼 비 한 방울 없는 건조지역에서부터 제13권역의 남극권 설빙지대에 이르기까지 다양한 풍광을 자랑한다.

뿐만 아니라, 근자엔 남미의 ABC로 경쟁관계에 있던 알젠틴과 브라질의 부진 속에 GDP 7,000불로 이 지역 경제를 주도하는 최우등생으로 부상한 가운데 우리에겐 FTA 타결 후 각종 과일의 주 수입대상국으로 인각되어 있다. 그러나 이 외에도 세계 매장량의 40%를 차지하는 구리, 광대한 해역에서 포획되는 다양한 해물과 어족류, 남미권 최고의 교육수준과 남미권 최강을 자랑하는 IT 네트웍, 피노체트 퇴진 후 가장 안정된 정치구도 등 무한한 경쟁자원을 확보하고 있는 나라이기도 하다.

남미권의 나라들이 대부분 이태리, 스페인 등 즉물적이고 감성적인 라틴계 유럽이민들에 의해 건설된 탓에 국민성이 떠들썩한 파토스pathos지향적인데 비해 독일, 영국 등 비교적 앵글로 및 게르만계 유럽이민들이 상대적으로 많았던 이곳 칠레는 남미권 국가로는 이례적으로 차분하고 튼실한 국가행태를 유지하고 있는 듯하다.

제5권역에 속한 '빈 야 델 마르'로 가는 도중엔 3.8Km짜리 터널을 지나야만 했다. 약 1시간 20분 후, '바닷가의 포도밭'이란 의미의 '빈야 델 마르' 시가가 우리 눈앞에 펼쳐졌다. 높은 언덕 위에서 버스 차창을 통해 내려다보이는 이 해변도시의 경치는 예상치 못한 보너스를 지급받은 샐러리맨의 환희를 동반케 한다. 마치 유럽의 어느 도시를 그대로 옮겨놓은 듯한, 세련된 도시계획으로 이뤄진 가로 환경과 아름다운 빌딩군, 아기자기한 주택을 그림처럼 둘러싼 이면도로, 남반부의 아름다운 가로수 자카란다의 보라색 물결 등이 한 편의 파노라마처럼 버스 차창에 부딪쳐 왔다. 시가를 거쳐 우리는 언덕 위의 집들이 한 폭의 수채화처럼 해변에 버티고 선 '빈야 델 마르' 비치를 버스로 주유周遊하였다.

백사장엔 신년 연휴를 맞은 숱한 청춘들이 남반부의 여름을 즐기고 있었고 이색적인 구조물의 해변카페들이 그 미친 홍에 같이 취해 빛깔마저 바래어가고 있었다. 우리는 물개가 출몰해 바위에 걸터앉아 있는 해변가 포인트에  서 잠시 사진을 찍은 후, 바다를 끼고 이 아름다운 도시와 마주하고 있는 쌍둥이 해변도시 '발파라이소'로 향했다. '빈야 델 마르'의 상징인 갈매기해변와 꽃정원의 화원을 지나니 연이어 지금부터는 행정구역상, 발파라이소의 시계市界이다.

'빈야 델 마르'보다는 좀 더 고풍스럽고 빛바랜 도시의 낡은 낭만이 숨어 있는 듯 하다 싶었더니, 아니나 다를까 이 도시는 '빈 야 델 마르'보다 훨씬 이전인 1640년 영국인에 의해 건설된, 남미대륙에서도 유서 깊은 유네스코 지정 문화유산도시란다.

산동네 주민과 관광객을 위한 일종의 산악 경사기차인 '푸닌클라'와 무궤도 차량 '뜨롤레보스'가 이 고혹적인 도시의 언덕과 평지를 가로지르는 사이로 산티아고 인구를 분산키 위해 이곳에 건설되었다는 웅장한 국회의사당, 이웃 페루·볼리비아와의 태평양전쟁의 비원이 깃든 중앙광장에 우뚝 버티고 선 구청과 대성당, 빈야 델 마르와 함께 캠퍼스가 분산 배치되어있는 우아한 해군사관학교 건물, 지하철이 연계된 아름다운 해변철도, 칠레해군의 정예 순양함을 배경으로 수출 과일을 선적하는 평화로운 부두, 그리고 영화 [일 포스티노]의 주인공이었던 노벨상 수상 시인 네루다가 살았다는 고요한 언덕배기 집에 이르기까지 '천국의 계곡'을 의미하는 발파라이소의 만물상이 눈물 나도록 정겹게 시야를 파고든다.

우리는 과일 콘테이너를 선적하는 부두가 테라스 아래로 마주보이는

운치 있는 식당에서 칠레 전통식
돼지요리로 점심을 든 후, 1893
년 해군 무기 운반용으로 가설되
었다는 이 나라 최고$_{最古}$의 푸닌
클라를 타고 이 낭만의 도시를 하
강했다. 그야말로 천국의 계곡을
활강하는 기분이었다. 학창시절

뭔지도 모르고 불러댔던 '푸닌클리 푸닌클라'의 실체를 이제야 확인했다
고 생각하니 일시에 속이 개운해졌다. 푸닌클라에서 내리니 웬 여성의 선
거 현수막이 2번이란 기호와 함께 우리 시야 정면에 노출되어 있다. 대통
령 선거 결선에 진출한 2 후보 중, 가장 유력한 여성 후보의 것이란다. 여
행을 마치고 귀국 후에야, 이 여성이 칠레의 첫 여성 대통령으로 최종당선
된 '미첼레 바첼레트'여사란 사실을 확인할 수 있었다.

딸아이의 연습장으로 선물하러 가죽표지에 푸닌클라가 멋있게 그려진
메모장 몇 점을 기념품 가게에서 구입한 후, 다시 산티아고로 향하는 버스
에 올랐다. 이 아름다운 쌍둥이 도시 , 빈야 델 마르와 발파라이소의 환영
이 버스 차창 밖으로 신음 섞인 작별인사를 고하고 있다.

산티아고로 향하는 버스 안에서 현지 가이드가 이곳의 명품으로 여성
의 기미 방지 등 피부미용에 탁월한 효과를 보인다는 '장미기름'을 선전해
댄다. 불현 듯 아내가 떠올라 2병 1세트를 36불에 구입했다. 신세계백화점
에선 8~9만원한다는 가이드의 말을 그대로 믿은 건 아니지만 이렇게라도
해야 아내에게 죄지은 마음이 조금은 편해질 것 같았다.

안데스산맥 중에서도 가장 해발이 높은 남미의 최고봉 산과 이름이 같
은 '아공카공' 호텔이 오늘의 우리 숙박지였다. 조용한 주거타운 속에 위
치해 있어 고적한 분위기를 느낄 수 있어 좋았다.

약 1시간 휴식을 취한 후, 우리는 다시 외출복장을 갖춰 산티아고 시내

관광에 나섰다. 스페인 식민지 어디서나 볼 수 있는 정형화된 도시구조를 보이는 산티아고는 안데스산록의 빙하가 녹은 회색 물결이 가파른 급류 협곡을 형성한 마포체강이 도시를 관통하고 있는 전형적 분지였다.

우리는 구청, 박물관, 우체국, 대성당 등이 운집해 있는 중앙광장무기의 광장, 1973년 아옌테 대통령의 핏자국으로 얼룩졌던 비극의 대통령관저 모네다궁, 이곳에 한 번도 와 보지 않았던 에펠탑 설계자 에펠이 설계한 센트럴마켓현재 박물관 용도로 사용, 이벤트센터현재 기차역 용도로 사용, 기차역 등 안데스산

록 아래 펼쳐진 이 아름다운 분지의 볼거리를 마음껏 눈에 담았다. 신정연휴를 맞아 가족과 함께 도시 곳곳에 산재한 녹지공원을 찾은 시민들의 밝은 모습들이 '현재 남미에서 가장 잘 나가는' 이 나라의 파워를 보여주는 것 같았다.

오랜만에 한식당에서 맛있게 저녁식사를 한 우리는 오늘의 피날레로 마련된 산티아고의 야경을 즐기기 위해 산크리스토발 언덕에 올랐다. 마리아상은 손을 모으고 있는 '룰라상'과 손을 벌리고 뱀의 머리를 밟는 '파티마상'이 있는데 이 언덕엔 세계최대의 파티마 마리아상이 있단다. 버스에서 내려 207계단을 걸어 정상에 오르니 거대한 마리상이 팔을 벌린 채 우리를 맞고 있다.

언덕 정상에서 내려다보는 산티아고의 고혹적인 밤 모습이 묘한 그리움을 일깨운다. 불현듯 6년 전 1년간 연구년으로 시간을 보냈던 호주 애들레이드의 윈디 포인트 정상에서 바라보던 밤 분위기가 연상된다. 낯익은 건물들의 포인트, 가로수의 풍경, 회색빛 스카이라인이 거의 흡사하다. 눈 덮힌 안데스 산맥이 병풍처럼 둘러 처진 것만 빼면——.

남반부의 야릇한 홍취에 취해 가는 사이, 산티아고의 달이 소리 없이 흐

느끼고 있었다.

6. 흑인 오르페의 눈물과 삼바의 유혹

"어머머! 웬 일이야? 우리보다 100만원이나 싼데, 나스까라인 경비행기까지 포함이라고요?"

산티아고에서 상파울루를 경유해 리오로 향하는 LA 750 편에서 만난 중년의 한국인 아줌마는 점차 안색이 창백해진다. 우리보다 쿠바에서 하루 밤 더 잤다며 기세등등하던 표정이 금세 똥색(?)으로 변해간다. 기내 화장실을 나오다 우연히 마주친 타사의 한국인 여행객들과 수인사를 나누다 자연스레 서로의 일정과 가격을 확인하는 과정에서 나는 어느덧 꼬치꼬치 캐묻는 3명의 아줌마들에게 포위되고 말았다. 그것도 하필 화장실 앞에서——.

슬슬 장난기가 발동한 난 다시 한 번 이들의 '복창'을 터지게 할 요량으로 "팁들은 주셨나요?"란 질문을 불쑥 던졌다.

"그럼요! 1박에 10불씩 180불을 줬죠!" "네에! 그러셨어요? 우린 노팁인데——"

"뭐, 뭐라구요? 끄응!"

세 아줌마 중 안경 낀 가운데 분은 털썩 그 자리에 주저앉고 만다. 얼굴을 보니 아까보다 더 창백한 게 거의 졸도 직전이다. 우선 사람 하나 살려야겠다는 생각에 "칸쿤 해변은 구경도 못하고, 두 팀으로 찢어져 비행기 갈아타느라 시간 다 보내고, 인원수도 너무 많아 피곤하다"며 단점을 있는 대로 주절댔더니, 그제서야 "그럼, 그렇지! 싼게 뭐가 틀려도 틀리지!" 하며 두 아줌마의 부축을 받아 자리로 돌아간다.

그러나 오른쪽 아줌마는 자리로 돌아가면서도 석연찮은 표정으로 "일정도 거의 우리와 똑 같고 우리 일행도 28명이니 그쪽과 별 차이가 없는데——" 하며 고개를 갸웃거린다. 기내에서의 이 기이한 만남 이후, 우리는 리오의 호텔을 비롯해 브라질에서의 4박 동안 숱하게 이들과 조우해야 했고 그

때마다 같은 일정에 같은 호텔이란 사실이 못내 불편한 이 세 아줌마의 왠지 화난 얼굴과 마주치려 않으려 눈길을 돌려야 했다.

2006년 1월2일 오후 2시 경, 우리는 산티아고를 출발한 지 5시간여_{상파울루 경유, 40분 기내 대기}만에 세계 3대 미항의 하나인 '리오 데 자네이로'에 도착했다.

천재 축구스타 박주영의 브라질 축구유학시절 그를 기식시키며 뒷바라지했다는 넉살좋은 전영호씨가 우리의 현지가이드였다. 집에서 직접 담아온 김치로 우리를 감동시켰던 그는 현지랜드사를 직접 운영하는 경영자이기도 했다.

폴투칼 선원이 1502년 1월1일에 이 매력적인 항구도시를 발견하고 진입할 때 대서양에 면한 '과나바라만'을 강으로 착각해 '1월의 강'_{Rio de Janeiro}으로 명명한 데서 유래되었다는 리오 데 자네이로의 전경이 변두리부터 서서히 그 모습을 드러낸다.

세계 3대 미항의 명성이 무색하리만치 우울한 주황색 톤의 달동네가 한동안 버스차창 밖으로 연이어 펼쳐지고 있다. 이곳 리오의 빈민가 달동네를 배경으로 희랍신화 <오르페우스>를 각색해 '질투에 무너진 사랑의 파국'을 비극적으로 그려냈던 프랑스 감독 마르셀 까뮈의 영화 <흑인 오르페; Orfeu Negro>에서의 비장하면서도 붉그스레한 영상이 차창 밖 풍경에 오버랩 되어 온다.

약혼녀 미라의 질투 때문에 모두가 들뜬 '카니발의 밤'에 유리더스의 시신을 안은 채 리오의 바닷가 벼랑에서 죽어가야 했던 흑인 전차 운전수 '오르페'의 외로운 영혼이 주황빛 눈물이 되어 산동네의 언덕마다 덕지덕지 붙어있다.

우리는 공항에서 바로 리오_{사실은 폴투칼어의 R이 두음에 올 땐 'ㅎ'으로 발음 되므로 '히오'가 맞다. 축구선수 '호나우도'가 '로나우도'가 아닌 것처럼}—의 상징인 예수상이 위치한 '꼬르꼬바똘'_{곱추등} 언덕으로 향했다. 폴투칼 식민지 시절의 마지막 황제 폰 페드로 2세의 위락단지였던 이곳엔 이미 125년 전부터 융프라우를 연상시키는 톱니바퀴식 기차가 운행되고 있다. 이 710m 언덕이 리오의 상징으로 부상하게 된 것은 뭐니뭐니해도 8m 받침대를 합쳐 38m 높이에 양팔 길이 28m의 세계최대 예수 콘크리트상이 1931년에 건설되고 나서부터이다. 뉴욕 자유의 여신상은 44m의 높이.

리오해변의 절경이 한 눈에 들어차는 속칭 '으악고개'를 돌아 톱니바퀴 기차에서 내린 우리는 엘리베이터를 타고 222계단 입구까지 간 후 다시 에스컬레이터를 타고 나서야 그 거대한 예수상과 만날 수 있었다. 예수상의 받침대는 마침 한창 보수공사가 진행 중이었다.

신년초 이곳을 방문한 숱한 관광객 사이에서 치열한 경쟁을 뚫고 예수상을 배경으로 방문증명사진을 찍은 후, 기념 열쇠고리를 하나 사고는 하산행 기차에 몸을 실었다.

숙소가 위치한 코파카바나 해안에 버스가 이르렀을 때 구슬픈 가랑비가 추적거리기 시작한다. 비에 젖은 코파카바나 비치가 기묘한 낭만을 선사하고 있다. 잠시 호텔에서 휴식을 취한 후 '삼바쇼' 옵션을 택한 일행이 공연장으로 간 사이, 오랜만에 호텔에서 '목욕재계'를 마친 나는 '리오의 밤 문화'를 즐기려 이 아름다운 비치로 밤 마실을 나섰다.

이태전, 앙코르왓 관광을 같이 한 어느 재미교포가 코파카바나 해변이 세상에서 가장 위험한 곳이라며 자신이 당한 경험담을 들려준 적이 있는지라, 되도록 가로등 없이 어두운 백사장 쪽은 피하고 맞은편의 어느 노상 카페에 들러 캔 맥주 하나를 시키고 자리를 잡았다. 대각선 맞은편의 어느 여성이 윙크를 해 오기에 무심코 손을 흔들어 주었더니 즉각 애완견을 끌고 내 자리로 건너온다. 가까이서 보니 거의 50대 중후반의 누님뻘이다.

누가 먼저 작업(?)을 걸었는진 모르지만, 근 1시간 가까이 폴투칼어는 "따봉" 외엔 하나도 모르는 동양 사내와 영어가 도무지 안 통하는 브라질의 '큰 누님' 사이엔 화장지를 이용한 필담과 바디랭기지가 지루하게 계속되었다. 내가 2002 월드컵 4강의 나라 한국에서 온 관광객이고, 그녀의 이름이 '까르멘'이며 의류 디자이너라는 사실을 가까스로 알게 된 우리 두 사람은 양국의 평화를 위해 멋쩍은 건배를 하였다. 그러는 사이 그녀가 데리고 온 '푸들' 강아지가 목욕재계를 마치고 나온 내 두 발에 차례로 오줌을 싸갈기고 있었다.

이튿날, 아침식사 후 호텔을 출발한 우리는 본격적인 리오 관광에 나섰다. 버스 안에서 마이크를 잡은 미스 박이 갑자기 "어제 우리와 같이 묵고 있는 N사 인솔자가 새벽1시까지 손님들에게 시달렸대요. 제발 여행가격 묻고 알려주고 그러지들 마세요! 저 쪽 T.C, 밤새 잠도 못 자고 불쌍해 죽겠어요."하면서 내 쪽을 쳐다보는 게 아닌가? 난 미스 박과 눈이 마주치지 않으려 버스가 해변을 벗어날 때까지 계속 딴 청을 부려야 했다.

코파카바나 해변도로는 오전 10시를 기준으로 양방통행이 일방통행으로 바뀌는 기묘한 신호체계를 갖추고 있었다. 운행 중 10시가 되자 우리의 버스는 갑자기 일방통행의 도로체계에 맞추느라 육중한 차체를 유턴하더니 리오 최대의 재래시장 '후아즈 알폰데'를 지나 말라카낭 축구장에 이르렀다. 입석을 합쳐 최대 수용인원이 22만 명인 이 초대형 경기장을 이미 50여년 전에 기둥 없는 원형 지붕으로 덮은 브라질의 건축공법에 새삼 경악하면서 우리는 유명 축구선수의 발바닥 동판에 발을 갖다 대고 카메라 셔터를 눌러댔다. 나도 펠레의 발바닥 동판에 발을 대고 기념촬영을 했는데 펠레의 발, 역시나 무지하게 크다.

이어서 우리는 '리오 카니발'의 경연장인 '삼바드로모'를 둘러보았다. 브라질은 대서양에 면하고 있는 관계로 아프리카 흑인노예의 수입이 용이

했는지라 남미지역에서 가장 흑인이 많은 나라이다. 이들 흑인들이 잠시의 휴식시간에 노동의 고달픔을 잊고 주인에게 무언의 시위를 하기 위해 아프리카 고향의 춤사위를 선보인 것이 삼바의 시초란다. 이것이 폴투칼어로 '새로운 경향'을 의미하는 보사노바 음악의 리듬과 결합해 오늘의 삼바로 발전했는데 그 과정엔 70년 역사를 자랑하는 '리오 카니발'의 영향이 절대적으로 작용했다.

해마다 4순절 1주일 전2월 중하순의 '리오카니발' 행사날엔 이곳이 수십만의 인파로 메워진다는데, 정작 우리가 찾은 '삼바드로모'의 텅빈 스탠드8만명 수용규모엔 무심한 정적만이 가득하다. 오늘날의 상업적 축제로 전환한 지 15년째라는 '리오 카니발'엔 16개의 최정예 삼바스쿨이 참가해 매년 정해진 주제에 맞춰 경연을 벌이는데 한 팀당 5,000명의 인원이 후미까지 스탠드를 통과하는데 평균 2시간씩이 걸린단다.

일반적으로 퍼레이드의 처음과 마지막을 관람하는 1,9번 스탠드가 150불선으로 가장 싸고, 한창 흥이 고조되어 삼바걸들이 옷을 벗어던지기 시작하는 5번 스탠드 부근이 350~400불선으로 가장 비싸단다. 스탠드 맞은편에 부호들이 사용하는 전속가마롯지박스는 4천만원 선인데 벌써 3-4달 전에 매진되었단다.

다음으로 우리가 찾은 곳은 캐나다의 오타와, 호주의 캔버라와 함께 세계 3대 인공수도에 빛나는 브라질리아를 설계한 이곳 출신의 천재건축가 99세로 생존 '오스카 니엘마이어'가 설계한 세계 최고 지붕의 피라밋 성당. 피라밋을 형상화한 아득한 높이의 성당 천정에 벌어진 입을 다물 수 없었다. 예수와 마리아, 요셉 3사람이 함께 매달린 십자가와 사방에 걸려진 14개의 벽화가 눈길을 끌었다. 피라밋 성당에서 나와, 유럽풍의 고전적 분위기가 물씬 풍기는 시청사 부근의 구시가 중심가로 향하는 도중, 눈에 띄는 리오 시가의 건물들은 대건축가의 도시답게 그 기하학적 구도가 예사롭지 않다. 특히 폭 좁은 3개 층이 폭넓은 27개 층을 아래에서 받치고 있는 30층짜리 빌딩은 '신의 장난감 주사위' 마냥 우리를 놀라게 했다.

브라질의 전통식 '추아스카리아'를 마음껏 즐긴 점심식사는 푸짐하기 그지 없었다. 꼬챙이에 끼워진 각종 육류소고기, 돼지고기, 양고기를 칼을 든 종업원들이 직접 썰어주는 서비스가 인상적이었는데 우리는 즉석에서 배운 폴투칼어 '뽀꾸'조금와 '마스'많이를 사용해 그 양을 조절해야만 했다. '마스'를 외친 경상도에서 온 일행에게 손 큰 종업원이 계속 무더기로 고기를 썰어주자 당황한 이분 왈 "고마그만마스"라고 외쳐 식당을 웃음 도가니로 만들었다.

'과나바라만' 해상 유람선을 타기 위해 선착장으로 향하는 도중, 곳곳에 산재한 잔디구장을 보며 이곳이 '축구의 나라'란 사실을 새삼 깨달을 수 있었는데 특히 플라밍고 해안 주변에 축구 연습장이 많았다. 신호대기 중, 운전자들의 팁을 바라면서 외발자전거를 타며 공을 돌려받거나, 칼을 돌려받는 묘기를 연출하는 청소년들을 심심찮게 볼 수 있었는데, BRIC브라질, 러시아, 인도, 중국의 신흥경제 4대국의 일원으로 부상 중인 브라질의 아킬레스건인 도시빈민 문제의 심각성이 가슴에 와 닿았다.

'과나바라만'의 선착장에서 시발한 유람선 투어는 약 2시간에 걸쳐 리오의 해안을 구석구석 주유하면서 리오는 물론 13Km짜리 '닛데로이'다리로 리오와 연결되어 있는 위성도시 닛데로이까지의 해안 전경을 조망하게 해 주었다. 4인조 삼바 밴드의 연주에 맞춰 발장단을 치면서, 우리는 열대과일을 들다가 뱃마루에 누워 바다 건너 펼쳐진 리오의 전경을 게슴츠레한 눈으로 훑어보았다. 이 천혜의 미항에 와서도 오수午睡는 어쩔 수 없었던지 일행의 태반은 닭병에 걸린 중환자 몰골이다. 뱃전에서 바라보는 리오의 해안 풍경은 돌산과 바다와 해안의 굴곡과 해변의 멋진 건물들이 절묘한 조화를 이뤄 문자 그대로 고혹적蠱惑的이다.

1964년부터 10년에 걸쳐 완공된 '닛데로이'‘닫혀진 물’을 의미하는 인디오 말다리는 도시의 남북을 연결하는 교량으로, 교각의 한쪽은 철근으로 다른 쪽은 콘크리트로 시공해 물살로부터의 출렁거림을 방지한 특수공법을 사용했단다. 다리 아래를 통과하니 오스카 니엘마이어가 설계한 또 다른 명물

'아트센터'가 비행접시의 기괴한 모습으로 다가온다. 비행접시의 외관도 이색적이지만 S자 진입로는 더욱 이채로웠다. 다리 건너 이곳 닛데로이市에는 이외에도 이 천재건축가를 기리는 버스터미널, 박물관 등 12건축물의 공사가 한창 진행 중이었다.

4개의 독감방으로 유명한 육군 포병부대가 위치한 섬기지, 케이블카의 동선이 점점이 얼룩진 슈가로프산빵데아수카, 예수상이 버티고 선 꼬르꼬바돌 언덕, 행글라이딩의 출발점인 테이블 마운틴 등 리오의 엑기스가 그대로 연출되는 해변을 한눈에 조망하며, 우리는 브라질 해군의 위용을 보여주는 브라질형 항공모함이 정박한 중세풍의 멋있는 성당현재는 세관 건물옆 해역과 1000:1의 경쟁률을 자랑하는 해군사관학교 해역을 지나 이륙 전 비행기의 후폭풍이 모세의 기적처럼 바닷물을 가르는 장관을 연출하는, 활주로가 바다에 닿아 있는 국내선 공항을 반환점으로 돌아 다시 원래의 발착점으로 회귀했다.

다음으로 우리가 찾은 곳은 리
오의 전망을 가장 높은 곳에서 파
노라마틱하게 압축해 준다는 슈
가로프산빵데아수까의 전망대.

396m의 이곳 전망대에 오르기
위해선 중간 기착지 전망대를 포
함해 왕복 모두 4번의 케이블카
를 타야 한다. 순전한 돌로만 이뤄진 이 기묘한 모양남근을 그대로 닮았다.의 산
정상 전망대에서 바라보는 리오의 사위 전경은 그야말로 리오 바라보기의
'핵심정리' 내지 '완전정복' 버전으로 손색이 없다. 플라밍고 해변과 보타
포고 해변이 양쪽으로 펼쳐진 전방전망대와 멀리 예수상이 있는 고르꼬바
똘 언덕을 끼고 코파카바나 해변이 그림처럼 뻗어있는 후방전망대에서 바
라보는 풍광은 지저분한 나폴리와 스카이라인이 단조로운 시드니를 제치
고 리오를 주저 없이 세계최고의 미항으로 손꼽게 한다.

로저무어가 [007 문레이커]에서 거인 리처드킬과 케이블카 위 격투신을
벌여 화제가 되었던 곳이 바로 이곳 슈가로프산인데, 이 영화 상영 후 이
곳의 관광객이 폭증했다고 한다. 그러나 이 때 이미 손자가 있었던 고령의
로저무어는 케이블카에 매달려 액션을 해야 하는 할아버지의 '경망스러
움'에서 벗어나기 위해 007역으로부터의 퇴진을 결심했다고 한다.

슈가로프산 전망대에서 바라다 보이는 비경의 해안가에는 브라질의 육
군, 해군부대가 우아한 콘도식 건물 속에 주둔해 있었는데, 우리 상식과는
달리 군의 관할이지만 민간인들에게 24시간 개방되어 마음껏 관광을 즐
기도록 배려하고 있었다.

호텔로의 귀로에 H.Stern 보석박물관을 들렀다. 여행사의 쇼핑옵션에
의한 일정이리라. 무료로 제공되는 브라질 커피의 맛을 음미하다가 '리오
카니발'의 실황을 담은 DVD타이틀이 보이길래 하나 구입했다. 시간이 지
체되는 바람에 '쭉쭉빵빵' 아가씨들이 반나체 차림으로 활보한다는 '이빠

네마' 해변엔 들르지 못하고 식당으로 직행했다. 기대했던 J선생 등, 젊은 일행들의 아쉬운 탄성이 버스에 가득하다.

화려한 정찬을 마친 후, 숙소로 돌아오는 버스 차창 밖으로 비친 리오의 한여름 달이 우리보다 더 고단한 표정으로 졸고 있다.

7. 神들의 워터슬라이드, 이과수

2006년 1월4일, 리오의 아침이 밝았다. 오늘은 이번 여행의 이유요 목적이라 할 이과수로 향하는 날, 왠지 설레는 마음에 조식당으로 가는 발걸음이 가볍다. 유창한 영어와 남다른 담력으로 아프리카, 인도, 알래스카 등지를 홀로 누비고 다닌 베테랑 여행광 A여사가 눈인사를 건네며 다가온다.

"저! 말씀 들으셨어요? 글쎄, P교수가 아침에 해변에서 캠코드를 강탈당했대요!"

이 무슨, 청천벽력靑天霹靂인가? 불가능할 것 같은 우리의 체첸이사 일정을 되살린 일등공신, P교수가 그런 일을 당하다니! 첫날부터 지금껏 내내 결사적으로 캠코드를 피사체에 갖다 대며 마치 전생에 한시라도 찍지 않으면 큰 벌을 받는 '찍사'이기라도 했듯이 부지런히 영사影寫활동을 하던 그에게 닥친 이 불행을 우리 모두는 안타까운 심정으로 바라볼 수밖에 달리 방법이 없었다.

코파카바나 해변의 모래 둔덕 아래는 해변에서 시야가 확보되지 않을 정도로 엄폐된 곳이라 위험하니 되도록 접근을 피하되, 불가피할 경우 야간보다는 아침시간을 활용해 잠깐 돌아보라는 현지 가이드의 말이 불현듯 생각났다. 아침 일찍 이 아름다운 해변의 아쉬운 흔적을 하나라도 더 자신의 카메라에 담으려 부지런을 떨던 그의 낭패를 당한 표정이 연상된다.

나중에 들은 상황담이지만, 불량배들이 득실거린다는 모래 둔덕 쪽으로 가지 않으려 신경 쓰면서 보도 근처 백사장에 한발을 들여 놓는 순간, 어느 소년이 폴투칼어로 뭔가를 물어 오더란다. 시력이 나쁜 P교수가 이

에 응하는 찰라, 갑자기 등 뒤에서 출현한 또래의 10대 소년 4명이 다짜고
짜 팔에 동여맨 캠코더의 목걸이 줄을 잡아당기기 시작했다.

결사적으로 소리치며 저항했지만 근처엔 도움을 줄만한 그 누구도 없
었고, 캠코더 줄에 감긴 팔이 떨어져 나갈듯한 고통에 잠시 힘을 푼 순간,
이미 캠코더는 그의 것이 아니었다. 이내 흐릿한 그의 눈엔 차량으로 범벅
이 된 러쉬아워의 차도를 가로질러 비호처럼 사라지는 5소년의 잔영이 어
른거릴 뿐이었다. 범죄로 얼룩진 리오의 빈민가 10대 소년들의 황폐한 삶을
그렸던 브라질 영화 [시티 옵 갓]City of God의 한 장면이 그대로 연출된 것이다.

공항으로 가기 직전, 코파카바나 해변의 공중전화에서 한국에서 사온
선불전화카드로 비로소 아내의 목소리를 들을 수 있었다. 예상 외로 아내
의 목소리는 편안하고 부드러웠다. 차라리 가정을 팽개치고 유랑을 떠난
가장에게 독기어린 욕설을 내뿜었더러면 마음이 더 편했을텐데—. 이래
저래 인간은 참 간사한 동물임에 틀림없다.

마지막 순간에 서글픈 추억거리를 떠안긴 리오는 그렇게 우리와 작별
해 갔다. 폴투칼 총독부 시절, 당시까지 왕국의 수도였던 '살바도르'로부
터 천도한 이래 1963년 브라질리아에 그 기능을 이양할 때까지 250년간,
브라질의 수도로 군림해 왔던 대서양의 미항 '리오', 비행기에서 내려다보
는 굴곡진 해안선이 마치 이별의 몸짓처럼 눈가에 아른거린다.

브리그항공의 브라질 국내선 RG 2162 편으로 약 2시간을 날아, 우리가
이과수에 도착한 때는 오후 5시 30분 경. 아열대의 한낮 직사광선이 뜨거
운 열기를 내뿜으며 우리를 맞는다. 아르헨티나 및 파라과이와 함께 3개
국의 국경을 접하고 있는 관계로 중계무역이 성한 이곳, 이과수는 커피와
콩 농사가 번창한데다 이과수폭포를 찾는 관광객의 발길이 끊이지 않아
브라질 내에서도 현찰이 가장 왕성하게 유통되는 곳이다. 현재 기온은 섭
씨 45도, 에어컨이 작동되는 버스에 타고 나서야 제 정신이 든다.

우리는 오전 비행기로 먼저 도착해 이과수강가의 유람선에서 우리를

기다리고 있던 선발팀 일행과 합류해 곧장 파라과이 인디오과라니족 민속촌 관광에 나섰다. 이과수폭포로 흘러가는 이과수강을 거슬러 폭포의 반대편으로 직진하다 정면에 파라과이의 국경탑이 보이는 T자 3거리 국경수역좌측은 아

르헨티나, 우측은 브라질에서 좌회전하면 여기서부터는 파라나강이다. 브라질, 아르헨티나, 파라과이의 3개국 정상회담이 열렸던 브라질측 회담장 건물이 얼마 전 에이팩 정상회담을 치른 부산 해운대의 '누리마루'를 연상시킨다. 이제부턴 다시 좌측으로 아르헨티나, 우측으론 인디오촌이 있는 파라과이를 사이에 두고 파라나강을 거슬러 올라가야 한다. 1시간이 채 못 되어 파라과이 민속촌으로 접어드는 선착장에 접안할 수 있었다.

엄연히 파라과이 영토에 진입했건만 CIQ이민, 세관, 검역을 포함한 통관절차는 전혀 없다. 어차피 강을 사이에 두고 수시로 국경을 넘나들며 화전을 일구고 고기잡이를 하며 생계를 유지해야 하는 인디오들에겐 무의미한 형식일 게다.

20여분간 밀림 속의 굴곡진 구릉과 평지를 오르니 소박하기 이를 데 없는 인디오촌이 모습을 드러낸다. 비뚜름한 나무골대가 덩그러니 놓여져 있는 명색이 천연 론그라운드 축구연습장이 가장 먼저 눈에 띈다.

삼삼오오 인디오 아이들이 저희끼리 모여 앉아, 손수 만든 토산품들을 바닥에 깔아놓고 관광객들을 멀뚱멀뚱 쳐다보고 있다. 어느 누구도 사달라며 매달리지 않았지만 관광객들의 호주머니에선 약속이나 한 듯 1불짜리 지폐들이 쏟아져 나오고 앙증맞은 인디오 목걸이, 귀걸이, 팔찌 등이 땅바닥 판매대에서 하나, 둘 주인을 찾아간다.

이를 바라보는 과라니 추장의 표정이 왠지 서글퍼 보인다. 인디오촌의 현대화에 관심이 많은 상당히 개화된 의식의 소유자이면서도 자존심이 강하

다는 그는 관광객들과 함께 사진 찍는 것을 용납하지 않았다. 다시 유람선에 올라 숙소로 돌아가는 우리의 등 뒤로 파라나강의 낙조가 곱게 물들고 있다.

이튿날2006년 1월5일, 우리는 먼저 기득권층의 반대를 무릅쓰고 리오에서 브라질리아로 천도한 '쥬셀린 구드셀린' 대통령의 이니셜을 딴, 이과수의 메인스트리트 'JK대로'를 지나 세계 최대의 수력발전소 '이따예프 댐' 관광에 나섰다. 도중에 이슬람 식당이 보인다 싶었더니 이곳엔 약 만오천여명의 레바논인을 비롯한 아랍계 인구가 살고 있단다. 이과수의 아랍인! '아라비아의 로렌스' 만큼이나 이색적이다.

브라질과 파라과이 정부가 오랜 협상 끝에 1984년 파라나강에 준공한 이따예프 발전소는 시간당 발전량 1400만 Kw로 세계 최대를 자랑한다. 이는 후버댐의 650만 Kw, 수풍댐의 60만Kw, 충주댐의 40만 Kw 등을 훨씬 상회함은 물론, 한국 5대 댐 발전총량의 15배에 달하는 것으로, 댐 건설의 대역사大役事는 세계 7대 불가사의로 꼽히고 있다. 파라과이 유역의 강을 막아 댐을 건설하고 브라질 유역에 인공호수를 만들어 저장한 물로 발전을 하는 이 절묘한 시스템은 약간의 영토지분을 제공한 빈국 파라과이의 결단과 거의 모든 자본을 감당한 브라질의 뚝심에 의한 합작품이었다.

발전총량은 협정에 의해 양국이 반반씩 나누기로 했으나, 내수를 충족하고도 남는 파라과이가 45%를 다시 브라질에 재수출하므로 결과적으로 브라질이 95%를, 나머지를 파라과이가 사용하는 셈이다. 우리는 관리사무소에서 댐건설의 역사를 담은 영화를 관람한 후, 버스를 타고 14개 중 열린 6개의 수문에서 하이타이처럼 뿜어져 나오는 물세례의 장관을 연출하는 파라과이령 댐을 지나 거대한 발전 터빈이 가설된 발전소 한가운데를 뚫

고 지나갔다. 발전소의 정 중앙이 양국의 국경이었는데 구조물 위로 거대한 인공호수가 펼쳐져 있었다. 생활의 실용품인 댐을 세계적인 관광 상품으로 활용하는 이네들의 지혜가 새삼스럽게 가슴에 와 닿았다.

드디어 오늘의 하이라이트 '이과수폭포'에 문안을 드릴 차례, 스페인선교사에 의해 발견돼 이곳이 세상에 알려지기 전, 거주민 과라니 인디오에 의해 이과수 큰물 라 불려 지던 것이 그대로 이 장대한 폭포의 명칭이 되어 버렸으니, 그 애펠레이션appellation;명명의 당연함에 수긍이 가고도 남는다.

먼저 이과수 중 최대의 수량을 자랑하는 '악마의 목구멍'Throat of Devil을 보기 위해 버스를 탄 채 越境하여 아르헨티나 측 이과수공원에 이르렀다. 단체입장권으로 공원 경내로 진입한 후, 600m를 걸어 다시 관광용 간이 열차를 타야 한다. 열차에서 내려 오솔길 형식의 다리를 10분 쯤 걸었을까? 폭포는 보이지도 않는데 벌써 장대한 굉음이 귓가에 요동친다. 고개를 돌리니 얼마 전의 폭우로 떠내려간 다리를 보수하는 근로자들의 녹색 스웨터가 시야에 들어온다. 다른 사람들에게 볼거리를 베풀기 위해 흘리는 저들의 숭고한 땀방울에 잠시 고개가 숙여진다.

굉음이 점점 가까워져 오나 싶더니 드디어 내 눈 앞에 그야말로 귀를 찢을 듯한 벽력 소리와 함께 이과수의 황제, '악마의 목구멍'이 모습을 드러냈다. 그것은 가히 신들의 '워터슬라이드'였다. 그 엄청난 수량, 황색과 백색이 어울린 오묘한 물빛, 폭포의 가운데에 걸쳐 있는 영롱한 무지개, 마치 보는 이를 통째로 집어 삼킬 듯한 엄청난 견인력에 모두들 바보처럼 입을 벌릴 뿐, 말들이 없다.

"이거 하나로 500만원 본전, 다 뽑네!" 17박 18일의 총 경비를 이 장면

하나로 상쇄시키기도 남는다는 어느 사모님의 외마디 탄성에 모두 고개를 끄떡인다. 끊임없이 물세례를 뿜어내며 하강을 계속하는 폭포를 응시하고 있자니, 나도 모르게 폭포 속으로 빨려들 것 같은 환각에 빠진다. 불현듯 워터슬라이드를 타고 폭포 활강을 즐기는 神들의 올림픽이 연상된다. 가히 '악마의 목구멍'이 우리를 그 속으로 호출하고 있다. 모두들 이제껏 이처럼 공포와 전율을 일으키는 장관을 본 적이 없다고 이구동성이다.

정신없이 사진을 찍어대다 보니 벌써 열차를 타러 가야 될 시간이다. 다시 브라질로 입경한 우리는 이태리식으로 점심식사를 마친 후, 옵션으로 택한 '마꼬꾸 사파리'를 즐기기 위해 브라질 이과수공원으로 향했다. 멸종

위기에 처한 메추리과의 토산조류 '마꼬꾸'에서 명명된 이 사파리는 전기 전동차와 사파리 트럭을 바꿔 타고 밀림 속을 지나쳐 이과수 강가에 이른 후, 폭포 아래까지 모터보트를 타고 가는 코스로 이뤄져 있다. 밀림을 가로지르는 동안 이곳의 생태계에 대한 가이드의 설명이 이어졌다. 온갖 기이한 수목들이 이목을 끌었으나 그보다는 이곳 동물들의 먹이사슬에 더 관심이 갔다. 악어에 이어 식인어류 피라니가 정점에 있는 水軍(?)과 달리 퓨마, 재규어를 정점으로 오소리, 너구리 류가 뒤를 잇는 陸軍(?)도 흥미로웠지만 노란 부리가 몸 전체의 3/2에 달하는 이곳의 천연기념조류 '토까노'의 멋있는 자태가 퍽 이채로웠다.

여권과 귀중품을 비닐봉지에 넣어 가이드에 맡긴 뒤, 우리는 10여 명씩

한 조가 되어 모터보트를 타고 이과수 정벌에 나섰다. 이과수강을 거슬러 약 10분 쯤 쾌속 질주하니 드디어 눈앞에 이과수폭포의 한쪽 언저리가 펼쳐진다. 수량이 많아 접근이 어려운 '악마의 목구멍' 쪽은 피하고 우리와 가장 가까운 거리에 자리 잡은 무명의 변두리 폭포 속으로 보트가 갑자기 돌진해 들어가자 모두는 비명을 질러대기 시작했다.

　45도 각도로 곤두선 보트가 2번을 선회한 후 폭포 속으로 돌진해 들어가는 순간은 모두가 제 정신이 아니었으나 폭포 바로 아래에서 흠뻑 물세례를 받고 속옷까지 다 젖은 상태로 빠져 나온 뒤엔 다시 그 순간으로 회귀하고 싶은 은밀한 욕구가 강렬히 일었다.

　우리는 즉석 팁을 거둬 "once more!"를 열창했고 신이 난 기사는 두 번이나 더 우리에게 '이과수의 청룡열차'를 태워주었다. 우리 일행은 '공포와 쾌감'의 기묘한 경계 장애를 겪는 '사이코'가 되어가고 있었다.

　전기 전동차를 타고 다시 버스로 돌아오니 아프리카에서 지겹게 사파리를 해서 옵션을 선택치 않았다는 룸메이트가 하품을 해대면서도 매우 궁금해 하는 눈빛이다. 정말 탁월한 선택이었다고 약을 올렸더니 의외로 약발이 잘 받는다.

　다시 브라질 이과수 공원 입구에 내린 우리는 브라질 쪽 전경을 살피며 이 위대한 대자연의 파노라마를 섭렵해 나갔다. 하이라이트인 '악마의 목구멍'을 지근에서 마스터하려면 아르헨티나 쪽이 알맞지만, 전장 5Km,

274개의 폭포가 이어져 있는 이과수의 전체적 모습을 조망하려면 브라질 쪽에서의 관람이 역시 제격이다.

약 40분에 걸쳐, 밀림 속에 부끄러운 처녀의 속살처럼 감춰져 있는 폭포의 이곳, 저곳을 관찰해 나가다 보니 영화 [미션]의 촬영지였다는 '3총사 폭포'가 멀리 발아래 펼쳐진다. 카메라의 촬영 각도가 용이치 않아 사진으로 담지 못한 것이 못내 아쉽다. 상고머리 차림의 어리숙한 과라니족의 모습과 제레미 아이너스와 로버트 드니로의 열연이 아직까지 뇌리에 남아 있으나 전체 스토리가 가물가물하다. 아마도 영화를 보던 그때 그 순간에도 스토리보다는 이과수폭포신에 '필'이 꽂혀 있었기 때문이리라.

사방으로 펼쳐진 이과수의 전체 파노라마를 감상할 수 있는 전망대와 바로 1m 지근에서 손에 닿을 듯 이과수의 숨소리를 느낄 수 있는 휴게소 전망대를 거쳐 엘리베이터를 타고 오른 꼭대기 라운지에서 무지개가 곳곳에 명멸한 이과수의 마지막 모습을 안광에 담았다.

이제는 이과수를 놓아줘야 할 시간이다. 어차피 데려가지 못할 자식(?)이 아닌가!

호텔로 가는 길에 토산품점에 들러 이곳의 명물 이과수 커피를 1박스 24개에 37불을 주고 구입했다. 부담 없는 선물용이라며 일행의 거의 대부분이 구입했다. 호텔에서의 저녁식사는 브라질에서의 마지막 밤을 장식하기에 부족함이 없을 정도로 화려하고 찬란했다. 4인조 캄보밴드의 라틴 생음악에다 풍성한 현지식 메뉴, 현지랜드사에서 준비한 한국 쌀로 지은 밥과 김치, 그리고 일행이 쏜 맥주 세례, 그야말로 '원더풀 피날레'였다.

2006년 1월 5일, 아열대 이과수의 밤이 그렇게 아쉬운 수명을 재촉하고 있었다.

8. 돈 크라이 포미 알젠티나!

광활한 팜파의 대평원이 끝없이 이어지는가 싶더니 비행기가 고도를 낮춰 착륙모드로 접어들기 직전, 별안간 평원은 사라지고 거대한 바다가 시야에 들어온다. '남미의 파리', 부에노스 아이레스 상공에 갑자기 나타난 이 정체불명의 물바다에 의아해 하는 순간, 아르헨티나령 이과주발 LA 4021편은 잔뜩 흐린 공항 활주로에 둔중한 기체를 내려놓고 있다.

2006년 1월 6일 pm 12시 25분, 부에노스 아이레스에 역사적 착지를 한 이날, 옅은 안개에 휩싸인 이 낭만적 도시는 바로 어제1.5였던 '동방박사 오신 날'의 연휴 무드를 그대로 이어가고 있는 듯하다.

공항에서 시내로 들어오는 길에 차창 밖으로 저 유명한 '빨레르모 공원'Parque 3 de Febrero의 쾌적한 녹색지대가 펼쳐진다. 100ha의 면적에 꽃 조각상을 중심으로 장미공원, 경마장, 폴로경기장, 골프클럽 등이 그림처럼 포진한 도심공원의 광활함과 훌륭한 조경에 감탄하는 사이, 학자풍의 엘리트 현지가이드가 사정없이 백과사전식 설명을 쏟아 놓는다. 그제서야 아까 착륙 직전, 하늘에서 보았던 정체불명의 바다가 이 도시를 감싸 흐르는 '라쁠라따 강'Rio de La Plata이었음을 알 수 있었다. 길이 275Km, 최대 폭 220Km로 세계에서 가장 넓은 강이라니 바다로 착각할 만도 하다.

명성대로 부에노스아이레스'좋은 공기'라는 서반어 의미의 신작로는 널찍하기 이를데 없고 메인로드 대부분은 일방통행이다. 그것도 차선이 거의 14차

선 내외다. 아직껏 10차선 내외의
일방통행로를 별로 본 적이 없는
이방인의 가슴 속 체증을 시원히
훑어 주는 듯하다.

점심식사를 위해 들른 현지식
뷔페식당 '토론토'의 다양한 메뉴
는 70년대 세계 5대 부국의 전성
기를 구가했던 아르헨티나의 食道樂相을 인각시키기에 족하다.

다시 버스에 오른 우리는 만물박사 가이드의 청산유수 해설을 들으며
부에노스아이레스에 걸쳐져 있는 오후의 장막을 하나하나 걷어나갔다. 마
치 학자가 세미나에서 주제발표를 하듯 매사를 분석적으로 설명하는 그의
전문가적 달변에서 새삼 프로다운 냄새가 진하게 풍겨온다.

이제껏 봐온 남미국가들과는 달리 유럽의 번화한 도시를 그대로 옮겨
온 듯한 시가풍경이 색다른 감회로 다가온다. 1536년, 이 도시의 모태로
출발했으나 인디오의 저항으로 소멸되었다 50년 후에 재건되었던 옛 도
읍터 산델모San Telmo의 칙칙한 발코니와 돌바닥길 사이로 도레고 광장Plaza
Dorrego과 레사마 공원Parque Lezama이 모습을 보인다.

산델모의 구석진 거리 건너편으로 왕가위에게 칸영화제 감독상을 안긴
1997년작 홍콩 영화 [해피 투게더]의 무대였던 탱고 바 '슐:Sur'의 초라한
자태가 스쳐 지나간다. 동성혼이 합법적인 이곳을 배경으로 동성애인 보
영장국영과 요휘양조위의 실연의 상처와 재회의 희망을 고혹적인 탱고 선율
에 실어 전했던 영화의 감동이 되살아난다.

미로와 같은 산델모 거리를 한 바퀴 돌아 시가를 가로지르던 버스 옆으
로 거대한 스타디움이 들어선다. 그 이름도 유명한 축구악동 마라도나의
소속팀이었던 프로 축구 '보카 주니어스'의 홈구장인 보카 스타디움이다.

내가 마라도나를 처음 안 것은 1979년 동경 세계 청소년 축구선수권대

회였으니 벌써 27년 전이다. 그 때만 해도 혜성처럼 나타난 손아래 동생뻘 20살 천재소년의 기량에 감탄사가 절로 나왔으나, 성인이 된 후 '신의 손' 사건, 마약 중독, 어설픈 정치적 행보 등 갈수록 못된 망나니가 되어가는 그에게서 내 마음도 멀어져 갔다. 더구나 한국의 공영방송이 이미 상품가치가 없어진 망나니 마라도나의 복귀전을 보카 스타디움으로부터 단독 위성 중계한다고 호들갑을 떨 때는 얼마나 창피하던지——.

그래선지 보카 스타디움 쪽으론 두 번 눈길을 주지 않았다. 버스는 곧 탱코의 발상지인 보카 지구의 까미니또 거리에 멎었다. 남미의 유럽을 자처하는 이곳 부에노스 아이레스는 묘하게도 남북의 빈부격차가 심각한 이태리 반도의 실상과 빼박듯이 닮아 있어 행인의 옷차림이나 길거리 건축물의 모양새에서 남북 간의 격차가 상당하다. 이곳 보카 지구의 까미니또 거리도 남쪽에 속하는지라, '부에노스 아이레스의 몽마르뜨'라는 별칭이 무색하리 만큼 궁색한 양태가 곳곳에 배어 있다.

예술가의 거리답게 울긋불긋 칠해진 양철건물 사이로 탱고의 퍼포먼스가 펼쳐지고 온통 백색 밀가루를 덮어 쓴 행위예술가가 파라솔을 걸친 채 땡볕의 고통을 인내하는 사이로 남루한 차림의 꾀죄죄한 소년이 때가 시커먼 손바닥을 내밀며 적선을 요구한다.

스페인에 의해 식민지로 개발된 이래, '기회의 땅'으로 알려지면서 이태리와 스페인을 비롯한 라틴계 유럽빈민들이 근 1달간의 대서양 항해 끝

에 이곳 보카지구와 맞닿은 리아
츄엘로강을 통해 정착한 후, 망향
의 외로움을 율동으로 달랜 춤이
바로 탱고Tango이다.

스페인 발음으로 '땅고'인 탱고
는 그러니까 망향의 외로움을 겪
는 이민 노동자들이 자신의 처지
를 스스로 위무하는 동시에 현지에서 여인들을 유혹하기 위한 '마초'적 필
요에 의해 탄생한 춤인 셈이다.

약 40분의 자유시간 동안, 리아츄엘로강에 접한 까미니또 거리를 가로
질러 逍遙하며 오리지널 탱고거리의 낭만을 느껴 보고자 했으나 그러기엔
남반부의 한여름 태양이 너무 뜨겁다. 1불을 주면 남녀가 엉겨 탱고 춤사
위를 보여주는 광경을 멀찌감치 구경하다 버스로 돌아왔다.

리아츄엘로강 연안의 보카지구가 항구의 기능을 상실하면서 그 역할을
물려받은 라쁠라따강 연안의 마데로 항만Pto. Madero지구가 차창 밖으로 펼
쳐지고 있다. 일찍이 영국인들에 의해 개발된 곳이라 영국풍의 건물들이
연이어져 있는 사이로 선상 박물관Fragata Sarmiento, 여인의 다리, 레티르 역
사 등 추억의 명소들이 스쳐 지나간다. 100년은 족히 되었을 듯한 벽돌건
물들의 古風愴然함이 퍽 인상적이다. 이름난 식당가와 호텔가가 즐비한
이곳 중, 클린턴 전 미국대통령이 투숙했다는 호텔과 식사를 했다는 식당
을 가이드가 손가락으로 가리키고 있다.

다시 널찍한 대로를 지나 우리가 다다른 곳은 레꼴레따Recoleta묘지.

우리가 알고 있는 음산함과 엄숙함, 고요함으로 대변되는 '死者의 幽宅'
이란 이미지를 불식시키고도 남는 곳이 바로 이곳이었다. 음산함보다는
화려함이, 엄숙함보다는 발랄함이, 고요함보다는 유쾌함이 돋보이는 이
묘지는 마치 예쁘게 단장한 공원 같은 느낌이었다. 관을 땅 속에 매장하지

않고 방부 처리해 지상에 안치해 두는 점이 퍽 이색적이었는데 후손이나 가족의 성의가 각 묘역에 그대로 드러나 있었다.

묘역 유리창이 깨지고 거미줄이 처진 채로 고양이의 놀이터가 된 곳이 있는가 하면, 깨끗이 정돈된 주변에 정성스런 꽃다발이 놓여지고 고인을 기리는 사진, 문구, 그림 등 각종 판넬이 즐비하게 게시된 곳도 있다. 가장 눈길을 끈 곳은 마돈나의 "Don't cry for me Aegentina"로 유명해진 페론의 미망인 에비타의 묘역.

살아생전 빈민들의 대모였다는 그녀의 대중적 인기도를 반영하듯 국민들 마음속의 영원한 퍼스트레이디를 기리는 숱한 판넬과 꽃다발들이 놓여져 있었다.

부에노스 아이레스 최대의 쇼핑몰, 플로리다 거리Calle Florida엔 이 매력적인 도시의 풍성한 낭만이 넘실대고 있었다. 보행자 전용의 이 거리엔 세계적 명품샵들이 줄지어 있어 마치 빠리나 뉴욕을 옮겨 놓은 듯한 착각이 일었다. 이곳의 맥도날드에 들러 소변을 본 후, 노상 카페에서 콜라를 마시며 알젠틴의 서정을 동공에 담아보았다. 이곳의 명품백화점 '패시픽 갤러리'Galerias Pacifico와 외양이 너무 멋진 '네이비 클럽'Navy Club이 특히 눈길을 끌었다.

플로리다 거리에 접한 도심의 드넓은 녹지대 공원 잔디밭 둔덕엔 젊은 청춘 남녀들이 매스게임을 하듯 널부러져 볼을 비비는가 하면 머리카락를 쓰다듬으며 키스를 나누는 등 아담과 이브의 에덴동산을 방불케 하고 있었다. 창밖으로 아르헨티나의 청춘들이 남반부의 정열을 불태우는 사이, 버스 안의 우리 일행은 피곤한 여정을 이기지 못해 거의가 차창에 머리를 부딪히며 두부 강도頭部 强度실험 중이다.

잦은 쿠테타로 인한 정정 불안과 택시를 타고 내릴 동안 환율이 바뀔 정도로 심한 인플레, 끊임없는 노사 갈등 등 악재가 겹쳐, 80년대 이후 국가 위상이 대폭 하락해 현재 GNP가 4,000불인구; 3600만, 면적; 한반도의 12.5배에 불과한 '별 볼 일 없는 나라'로 전락했지만 1913년에 이미 지하철이 건설되고 70년대에 남미 최부국으로 유럽 열강과 어깨를 나란히 했던 아르헨티나의 과거 榮華는 차창 밖, 대로 곳곳에 묻어나 있다.

바둑판처럼 일사불란하게 정돈된 가로 환경, 14~16차선의 넓은 대로를 일방통행 및 차선변경제에 의한 가변차선으로 활용하는 선진 교통시스템, 중앙분리대에 녹지대를 확보해 도심공원을 삽입하는 뛰어난 조경 안목, 기하학적 조형미를 살린 예술품에 가까운 고층건물들과 도심의 각종 기념 조형물들, 가히 부에노스 아이레스는 남미의 심장으로 손색이 없었다.

우리의 버스가 부에노스 아이레스의 심장부로 접어들며 가장 먼저 부딪친 곳은 '5월광장'.

나폴레옹의 등장 이후, 약화된

스페인 식민정부로부터 독립을 쟁취하기 위해 현지 출생의 백인 '크리오조'세력이 중심이 되어 1810년 5월25일, 당시의 '요새 광장'Plaza del Fuerte에서 봉기한 이래, 이곳을 '5월 광장'이라 부르게 되었는데 광장 주변엔 대통령궁 Casa Rosada, 까빌도Cabildo; 시의회, 대성당Catedral Metropolitana 등이 운집해 있다.

계획도시 부에노스 아이레스 탄생의 시발점인 5월 광장을 남북으로 종단해 내려가는 길이 바로 이 도시 최초의 대로로 건설되었던 '5월대로'Av. de Mayo.

대통령궁이 위치한 5월 광장에서 '생각하는 사람' 조각상과 '원점' 비석이 위치한 국회의사당Congreso Nacional을 거쳐 시 문화원 건물La Prensa, 까페 'Tortoni', '돈키호테' 조각상을 차례로 연결하는 5월대로가 중간에서 마주치는 동서방향의 거대한 대로가 있으니 이것이 바로 세계에서 가장 넓다는 '7월9일 대로'Av. 9 de Julio이다.

폭 144m, 약 18차선에 가까운 이 거대한 도로의 서편에 눈에 익은 건축물이 얼핏 보이길래 고개를 돌렸더니 바로 이 도시를 상징하는 으뜸가는 조형물 '오벨리스크'Obelisco!

1978년 자국에서 개최됐던 월드컵 축구에서 아르헨티나가 우승하자 5월 광장과 이곳 오벨리스크 주변에 몰려든 군중들이 광란의 밤을 보내는 것을 해외토픽에서 본 적이 있는지라 이곳을 실제로 대하는 감회가 무량하기 그지없다.

이어서 우리의 버스는 세계적으로 손꼽는 매머드 공연이 끊임없이 펼쳐졌던 '세계의 보석' 혹은 '알젠틴의 자존심'으로 불려지는 '콜론 극장'Teatre Colon, 멋진 조형미의 법원청사와 '세르반테스' 극장을 거쳐 부에노스 아이레스의 브로드 웨이라 일컬어지는 극장가, 꼬리엔떼스 대로Av. corrientes;잠들지 않는 거리를 지나갔다. 그러나 '동방박사 오신 날' 신정연휴를 맞아 '잠들지 않는 거리'의 대부분의 극장들은 문을 닫고 잠들어 있었다.

　꼬르엔떼스 대로 부근의 숙박지 Bauen 호텔에 도착했을 때, 마침 호텔 정문 주위의 대로변에선 어린이를 위한 간이연극이 공연 중이었는데 거리를 차단한 경찰차의 에스코드 속에 숱한 군중들이 흥미롭게 이를 관람하고 있었다.

　잠시 숙소에서 여장을 풀고 휴식을 취한 우리는 어둠이 내리는 부에노스아이레스의 대로를 다시 가로질러 한식당 [해운대]에서 오랜만에 맛깔스럽고 푸짐한 한식으로 포식을 할 수 있었다.

　그리곤 이날의 피날레를 장식할 탱고쇼 옵션을 감상키 위해 '체 땅고 Che Tango' 극장으로 향하였다. 저녁식사가 지연되는 관계로 늦게 도착한 우리가 웨이터의 안내로 극장에 들어섰을 땐, 한 쌍의 白衣 男女가 열정적인 탱고 율동을 선보이는 중이었다.

우리는 2시간에 걸쳐 여러 스테이지의 탱고 춤과 열정적인 악단의 연주, 그리고 영혼을 실어 부르는 노래들을 본바닥의 그윽한 분위기 속에서 웨이터의 와인 서비스를 받아가며 감상할 수 있었다. 아르헨티나가 낳은 세계적 탱고 작곡가이자 반도네온 연주자였던 '아스트로 피아졸라'의 유명한 탱고 곡 '피안또'crazy를 분위기 있게 불러대는 백발의 노가수 '라울라비'의 열창이 이날 밤 가장 돋보였다.

공연을 마치고 보카 지구의 극장을 나서니, 이미 자정을 넘긴 남반부의 밤하늘엔 별빛만이 총총하다. 마른 때가 밀리는 손목시계는 2006년 1월 7일 0시 5분을 가리키고 있다. 54년 전, 남미 여행을 위해 자신의 고향 부에노스 아이레스를 출발한 체 게바라가 아르헨티나 남부의 해양 휴양지, 미라마르에서 애인 치치나와 함께 '밤별놀이'를 즐기던 바로 그 시각이었다.

9.마추픽추의 굿바이 소년

페루로 오는 여정은 예사롭지 않았다. 산티아고 공항에서 무려 7시간을 환승 대기한 끝에 우리가 리마의 호텔에 여장을 푼 시각은 2006년 1월 7일 자정을 넘겨 1월 8일 새벽 1시.

이튿날 아침, 란페루 항공 LP 035편으로 리마 공항을 이륙한 우리가 목적지 꾸스꼬에 도착했을 때, 시계는 정오를 가리키고 있었다. 기내에서 페루가 자랑하는 노란 색 잉카콜라로 목을 축이는 사이, 내려다보이는 꾸스꼬의 빛깔은  온통 황토색이다. 잉카제국의 고풍스런 컬러에 가슴이 설레인다.

꾸스꼬! 케추아어로 '배꼽'이란 의미를 가진 이곳은 해발 3,740m의 안데스 산중에 위치한 분지로 잉카인에 의해 13세기 초에 건설돼, 1533년 스페인의 피사로에 정복될 때까지 잉카제국의 수도였다. 스페인 정복자들에 의해 태평양 연안의 리마로 遷都할 때까지 그야말로 잉카문명의 심장으로 한 시대를 풍미했던 곳답게 정연한 시가지와 아름다운 건축물이 황갈색 톤의 서정으로 마음 속 깊이 다가왔다.

'꾸스꼬 광장'이 내려다보이는 전망 좋은 식당에서 페루 전통식으로 즐긴 점심식사는 내 가슴의 멋진 필림으로 아직껏 남아있다. 중세의 돌바닥 길과 운치 있는 골목 사이로 푸른 안데스 산록이 스크럼을 짠 듯 미소 짓고 있는 꾸스꼬 광장은 이곳이 전형적인 분지

의 심장임을 일깨우게 한다. 스페인 식민지 시절의 방사선형 구도에 화원과 산록이 조화롭게 매치되어 일대는 그대로 한 폭의 수채화를 연상시킨다.

식사를 마친 우리가 먼저 찾은 곳은 외세의 침략에 맞서 제국을 방어했던 잉카의 천연요새 '삭사이만'. 거대한 돌무더기로 꼼꼼이 짜맞춘 성채 요새에 경외감이 절로 인다. 그런데 웬일인지 불과 몇 m 전방의 목표물로

발걸음을 떼는데 골치가 아프고 어질어질한 게 심상치가 않다. 사방을 둘러보니 고령의 일행 몇 분들도 영 안색이 '아니올시다'이시다.

말로만 듣던 '고산증'을 살짝 경험한 셈이다. 삭사이만의 초원을 요로 깔고 성채의 돌무더기를 통째로 이불삼아 그 자리에 드러눕고 싶다. 계속해서 왕족의 전용목욕탕이었다는 '탐보마차이', 죽음과 연관된 의식을 치렀던 제단이 있는 '켄코', 붉은 성곽의 요새가 인상적인 '푸카푸카러' 등을 周遊하였지만, 대부분의 일행은 거의가 몽유병 환자 마냥 눈동자가 풀려있다.

잉카의 후예인 이곳 원주민 인디오들이 이 빙글거리는 고원에서 축구를 하는 모습을 보니 신기하기만 하다. "저 사람들 봐! 서 있기도 힘든 판국에 축구를 하네!" 우리의 수군거림에 아랑곳하지 않고 볼을 쫓는 이들의 열기는 뜨겁기만 하다. 그러고 보니 도시의 한복판에 덩그러니 축구장 스타디움이 자리하고 있다. 연전에 브라질 대표팀을 이곳에 불러 남미 축구선수권 대회 결승을 가졌는데, 거의 헬렐레 넋이 나간 브라질팀에 압승을 거두었단다.

숙소가 있는 우루밤바로 향하는 버스 속은 고요하기만 하다. 거의가 고산증과 멀미로 곯아 떨어졌기 때문—. 우리의 숙소San Agustin Urubamba는 알폰

소 도테의 <별>에 나오는 목동의 오두막을 연상시키듯 온통 건물 전체가 동화 속의 낭만으로 도배되어 있다. 고산증에 시달린 여행객의 눈꺼풀이 피곤에 찌들어 가는 사이, 안데스 산중에 자리 잡은 그림 같은 田園 古都 우루밤바

의 별 헤는 밤이 이슥해지고 있다.

이튿날2006.1.9, 일찌감치 숙소를 출발한 우리는 잉카의 명장 욜란타이담
보가 건설한 페루의 '청학동' 욜란타이 마을에 들러 잉카의 후예들이 사는
모습을 관찰한 후 욜란타이 역에서 마추픽추행 기차에 올랐다. 욜란타이
장군의 동상이 안데스 산록을 뒤로 한 채 마을을 수호하고 있는 이곳엔 잉
카 시절 안데스 산록의 빙하수를 마을로 끌어당긴 水路가 아직도 건재해
있어 우리를 놀라게 했다.

우루밤바강의 굽이치는 회색 물
결을 좌우에 두르며 협곡을 구비
돈 기차는 약 1시간 30분 후 마추
픽추역에 도착했다. 역에서 내리니
마치 우리나라의 오대산이나 설악
산 국립공원 입구와 거의 흡사한
느낌이다. 오르막길을 따라 식당,

산장, 각종 기념품판매소 등이 다닥다닥 붙어있다. 다시 우리는 버스를 타
고 약 30분간의 지그재그 산행 끝에 잉카의 공중도시 마추픽추Machu Picchu;
케추아족 언어로 '늙은 산'의 의미의 입구에 다다를 수 있었다. 해발 2,280m 지점에
세워진 약 5 평방킬로미터 면적의 이 유적지는 아직도 그 연원이 수수께기
에 싸여 있는데, 1534년 정복자 스페인의 공권력에 저항해 반란을 일으켰
던 만코 2세의 휘하 무리가 거점으로 삼았던 성채도시로 추정되고 있다.

공원 입구에서 단체 입장권을 끊은 뒤 약 20분간을 도보로 오르니 숱한
다큐멘타리에서 익히 봐오던 마추픽추의 그 웅장한 자태가 엄숙히 다가온
다. 나는 그 자리에 할 말을 잃고 멈춰 설 수밖에 없었다. 실로 강요하지 않
은 경건한 배례가 마음 속 깊은 곳으로부터 우러나왔다. 영화 [모터사이클
다이어리]에서 마추픽추를 찾은 체 게바라가 인디오 소년으로부터 스페인
침략군들이 비록 잉카를 정복하고 멸망시켰지만 그들의 문명과 자신들의

정신까지 정복하진 못했다는 소리를 경건히 듣던 장면이 가만히 연상되어졌다. 아직 철기문명 이전의 석기시대를 지혜롭게 구가한 여러 가지 흔적들이 곳곳에 배어 있었다. 바람의 저항을 최소화한 돌집의 건축양식, 석조 조형을 이용한 신전과 해시계, 여인의 쭈그려 앉은 미이라를 안장했던 동굴무덤, 그리고 관광객 무리를 물끄러미 쳐다보다 다시 풀을 뜯는 관상용으로 보이는 두어 마리의 알파카 등 마추픽추는 외관 뿐 아니라 갖가지 흥미로운 콘텐츠들을 보유하고 있었다.

중년의 묘한 매력이 흠씬 풍기는 페루 여성 가이드와 사진을 찍으며, 그녀가 체 게바라의 신의 깊은 혁명동지이자 정숙한 아내였던 페루 여성 '일다'와 닮은 모습이라는 생각이 얼핏 뇌리를 스쳤다.

정상에서 훑어보니 좌측은 굽이굽이 굴곡진 아마존강과 울울창창한 밀림의 시작이요 우측은 창연한 안데스산록의 끝자락이다. 이런 지정학적 위치로 인해 아마존 밀림에서 고산증 특효약인 코카잎을 얻으려는 원정대의 발길이 끊어지지 않았을 것이고 그러다 보니 자연스럽게 이 지역이 세상의 관심거리로 노출되어 이 같은 공중도시가 건설되었으리라! 부질없는 가정을 해본다.

하산하는 길에 우리는 실로 충격적인 광경을 목도했다. 그것은 바로 '굿바이 소년'의 존재.

낭떠러지 계곡을 내려오기 위해 버스는 약 25분 여에 걸쳐 일곱 구비의 산길을 돌아야 했다. 그런데 잉카복장의 10세 소년이 그 일곱 구비마다 나타나 우리에게 "굿바이"를 외치는 게 아닌가? 고산증과 피곤에 절은 대부분의 승객은 두번째 구비에 나타난 소년이 처음 소년과 동일인물인지 처음엔 半信半疑하였으나 3번째 구비에서 동일 인물임을 확인하고는 모두들 버스가 떠나갈 듯한 탄성을 질러댔다. 잉카시절의 파발꾼, '챠스키'Chaski가 이용하던 산중 지름길과 계단을 미끄러지듯 질주해 버스를 앞질러 7번이나 산비탈 구비길에 나타난 소년에게 세계 각국에서 모인 차내 관광객들은 충격과 동시에 경외감을 가질 수밖에 없었던 것이다.

그리곤 일곱 구비를 돌아 마지막 평지에 도착했을 때, 버스에 올라탄 그가 앳된 목소리로 "굿바이, 사요나라, 아디오스, 짜이찌엔, 뚜빠나치스카마, 안녕히 가세요."하며 6개 국어의 고별인사를 남기자 누가 먼저랄 것도 앞 다퉈 품속에서 꺼낸 1달러짜리 지폐를 소년의 고사리 같은 손에 쥐어

주었다.

나중에서야 이 소년이 출발지에서 관광객의 버스를 배당받아 죽어라고 배당된 버스를 질러온 마추픽추의 기발한 '신종 앵벌이'로서, 수입을 반씩 버스기사와 나눠가지며 하루에 보통 2번, 잘하면 3번씩 '버스 추월'의 묘기를 선보이는 '강심장의 산악전문 구보자'란 사실을 알 수 있었다.

그러나 소년이 관광객의 주머니를 노린 앵벌이란 사실은 그다지 중요하지 않았다. 우리 모두는 변성기전變聲期前 12세 전후가 정년퇴직停年退職이라는 이 가냘픈 소년의 기발한 집념과 치열한 도전정신에 일종의 대리만족과 경외감을 가지지 않을 수 없었고, 그리하여 기꺼이 1불 씩의 팁을 주면서 우리의 '잃어버린 다리'를 위무하여야만 했던 것이다.

우루밤바의 아늑한 숙소에서 맞이하는 잉카에서의 두 번째 밤이 신기루蜃氣樓처럼 대뇌 속에서 부침浮沈하고 있다. 굿바이소년의 환영이 뇌리에 어른거린다. 창밖으로 휘영청 밝은 보름달의 그림자가 길게 쓰러지고 있었다.

10. '아마존'에서 '나스까'까지

2006년 1월 10일, 숙박지 우루밤바에서 다시 쿠스코로 온 우리는 첫날 건너 뛰었던 산토도밍고 성당을 먼저 들렀다. 잉카지역에 산재한 24개 유적지성당 중에서도, 잉카양식과 스페인풍이 혼합된 보기 드문 건축양식의 이 성당은 여러 가지 볼거리를 지니고 있어 우리의 눈을 긴장시켰다. 원래 잉카제국의 신전이었던 곳을 기초만 남겨두고 무너뜨린 위에 천주교 성당으로 개축한 이곳에서 우리는 잉카 신과 예수의 기묘한 동거 흔적을 확인할 수 있었다.

다시 쿠스코 공항에서 푸에르토 말도나도 행 LP071편에 탑승한 우리가 말도나도 공항에 도착한 시각은 오후 1시35분, 비행기가 말도나도에 착륙할 때 공중에서 바라본, 아마존의 지류 '마드레 디오스'의 흙탕 강물과 대비되는 밀림의 푸른 색채는 너무나 인상적이었다. 모처럼 창가에 앉은 덕을 톡톡히 본 셈이다. 바로 옆자리의 아리따운 미국 아가씨가 목을 길게 빼며 안타까워하길래 바짝 시트에 목을 붙이며 시야를 확보하게 해 주었더니 "쌩큐"를 연발하며 카메라의 셔터를 눌러대기 바쁘다. 테네시주 내쉬빌Nashville출신이라는 이 금발처녀는 구레나룻이 멋진 남자 친구와 함께 현재 남미 배낭여행 중이었다.

마치 필리핀이나 태국의 시골마을을 연상시키는 말도나도 시내의 현지 랜드사 사무실에 큰 짐을 맡기고 취침 및 세면도구만 든 작은 가방을 휴대한 우리 일행은 모터카누로 약 1시간 이상, 아마존 강의 지류인 마드레 디오스 강Rio Madre de Dios을 가로질러, 흙탕물의 강 숲에 숨어있는 '땀보빠다 국립공원' 내 롯지Eco amazonia Lodge에 도착할 수 있었다. 숙소에 여장을 푼 우리는 긴 팔 옷으로 무장하고 모기약을 잔뜩 바른 후, 몽키 아일랜드 투어에 나섰다.

몽키 아일랜드에 도착한 후, 약 20분을 앞장서 걷던 현지 안내인이 괴성을 지르며 신호를 보내자 어디선가 원숭이들이 나타나기 시작했고 우리는 함성을 지르며 바나나와 먹을 것들을 그네들에게 던져주기 시작했다. 난생 처음 동물원 아닌 야생 원숭이들을 밀림 속에서 조우하는 기분이 이상 야릇하

다. 이곳에 서식하는 원숭이는 덩치가 큰 거미원숭이와 수명이 긴 카푸치노원숭이의 2종이었는데, 찌는 듯한 무더위와 모기군단의 집중공격을 이들이 아니면 감당할 수 없을 듯하였다.

거의 섭씨 50도에 육박하는 아마존의 열대 밀림 속에서 오후 한때를 보내고 숙소인 롯지로 돌아온 우리는 저녁 식사 후, 말로만 듣던 '아마존의 별 헤는 밤'을 직접 체험할 수 있었다. 롯지의 바에서 맥주를 마시는 일행에게 '아마존 강 밤 마실 특별이벤트'가 준비되었다는 전갈이 오자마자 카누의 인원이 초과될 세라 몰래 몰래 선착장으로 나갔던 우리는 이심전심으로 "살짜기 옵서예"를 외치며 선착장에서 잠복 중이던 또 다른 일행들과 마주 치고는 멋쩍은 미소를 교환해야 했다. 결국 소수 특공대의 이벤트로 준비되었던 아마존 강 밤나들이는 단체 밤 소풍으로 변경되었고 우리는 올 때 탔던 40인승 카누를 이용해 아마존 강의 낭만을 즐길 수 있었다.

랜턴으로 악어를 유혹하는 뱃사공과 안내인의 집념에도 불구하고 동양인 앞에서 희생되기 싫은 자존심 때문인지, 아니면 파업(?) 중인지 끝내 악어는 포획되지 않았다. 그러나 뱃전에 기대 누워 올려다 본 남반부, 아마존 강의 여름 밤하늘은 말할 수 없이 처량한 아름다움을 뿜어대고 있다. 문득 남미 여행 중이던 체 게바라가 페루의 아마존 유역 '산파블로'의 나병원에서 잠시 자원 근무할 때, 나환자들과 자신의 생일을 함께 하려 병원 근무자 지역에서 강 건너

편의 나환자 지역으로 헤엄을 쳐서 건너던 영화 속 장면이 연상되었다. 게

바라가 헤엄을 치던 그날 밤, 아마존 강의 상공에도 오늘처럼 숱한 남반부의 별들이 떠 있었을 것이다. 세월이 흘러 인간은 변하고 죽어가도 별은 그때의 그 자리를 그대로 지키고 있다. 내가 이곳을 거쳐 한국으로 돌아간 뒤에도 내가 오늘밤 본 아마존의 저 별은 언제까지나 그 자리를 지키며 내 흔적이 되어주기를 부질없이 빌고 또 빌었다.

롯지에 돌아와 샤워기를 틀었더니 아마존의 흙탕물이 쏟아진다. 도저히 샤워할 엄두가 나지 않아 대충 수건으로 문지르고 침대에 누웠더니 밤 10시면 단전되는 이곳의 전력 수급원칙 때문에 이내 전등이 나간다. 준비했던 비상랜턴으로 화장실을 드나들어야 했다. 그러나 냉방시설이 안 된 롯지에서 이 밤을 지 샐 것을 생각하고 공포에 움추렸으나 심야엔 기온이 뚝 떨어져 오히려 모포를 덮어야 할 정도로 시원 썰렁해 다행이었다.

아마존에서의 1박 2일짜리 오지체험을 마친 우리가 다음날 다시 말도나도 공항에 도착했을 때, 이미 쿠바에서 우리와 조우했던 O사의 패키지팀이 대합실에 진을 치고 있었다. 우리보다 100만원이나 비싼 그들의 비용을 떠올리며 우리 모두는 똥집 흐뭇한 미소를 지었다.

늦은 저녁 시간, 다시 리마에 도착한 우리는 석양이 지는 시가를 차창 밖으로 둘러보며 황금박물관으로 향했다. 칠레와의 해전에서 나라를 구한 페루의 이순신 '미겔 그라우' 제독을 기려 조성된 5월5.2광장, 소년 소매치기범들의 관광객 집단 급습을 막기 위해 노란 유니폼의 시청 단속반이 군데군데 포진해 있는 구시가의 중심 산 마르틴 광장, 그리고 국회의사당 등을 지나 한때 테러분자에 점거돼 세계 뉴스의 중심이 되었던 백색의 미 대사관에 이를 데까지 치안이 불안하다는 리마의 구시가는 온갖 다양한 인간군상의 파노라마로 우리에게 다가왔다.

며칠 전 한국에서 포교여행을 온 어느 스님이 의사당 근처의 구시가에서 소년 털이범 10 여명에게 장삼을 포함한 입성과 소지품 일체를 홀라당 강탈당해 거의 팬티 바람에 버스를 타고 경찰서를 거쳐 호텔로 귀환했다

는 환타지소설 같은 '믿거나 말거
나 뉴스'를 가이드로부터 듣는 사
이, 우리 버스 옆으로 '김해-구덕'
이란 한글 행선지 표식이 뚜렷한
한국산 버스가 나란히 가고 있다.
버스 안에선 남자 차장이 선 채로
열심히 차삯을 거두는 모습이 보

인다. 한글표식을 지우지도 않고 그네들 노선에 그대로 투입되는 모습을
보니 한국인으로서 뿌듯한 자긍심이 샘솟는다.

남미대륙을 종으로 연결하는 팬아메리카나 고속도로가 4차선에서 1차
선으로 좁아지는 지점쯤에서 우리의 버스는 비로소 부유층 저택과 칠레계
대형백화점이 운집한 신시가에 접어들 수 있었다. 치안이 비교적 양호하
다는 이 지역을 차창 밖으로 둘러보니 거리도 깨끗하고 구시가와는 달리
전봇대가 지상에 나와 있었다. 이때까지 우리는 세 가지 이색적인 풍물을
접할 수 있었는데 그것은 교통순경이 원형 통속에 앉아 단지 몸의 방향전
환으로 교통 흐름을 통제하는 '교통신호통'과 페루에서만 볼 수 있는 총알
승합택시 '꼴렉티뽀', 그리고 페루의 택시계를 평정하고 있는 국산 소형차
'티코'의 존재였다. 특히 '꼴렉티뽀' 기사의 모습은 예외 없이 꾀죄죄했는
데, 항상 창문을 연 채 왼 손으로 탑승 가능한 승객의 수를 보여주며 달려

야 하는 관계로 더러운 먼지와 바
람을 뒤집어쓰기 때문이었다. 그
러나 무엇보다도 감격적이고 인상
적인 것은 노후할 뿐 아니라 3도
어로 탑승에 불편한 '폭스바겐'을
시장에서 몰아내고 그 뛰어난 유
가 경제성으로 페루의 택시계를

완전 석권한 한국산 티코의 앙증스러운 주행 광경이었다.

공립박물관이 아닌 민영 시설인 황금박물관에서는 나스까문명에서 빠라까스문명을 거쳐 잉카문명에까지 전수된 고대 페루인들의 500여 년에 걸친 문명변천사를 한눈에 일람할 수 있었다. 특히 앉은 자세로 표구된 페루인의 미이라와 포로

의 머리와 입에 구멍을 뚫어 표구한 해골이 눈길을 끌었다.

다시 4시간 밤길을 달려 우리는 이번 여행의 마지막 숙영지 태평양 연안 빠라까스의 매혹적인 숙소Hotel Paracas에 도착할 수 있었다. 자정을 넘긴 심야의 호텔 볼룸에선 한창 밸리댄스 강습이 진행 중이어서 우리의 눈을 즐겁게 했는데, 알고 보니 결혼 피로연 행사였다.

2006년 1월 12일, 마침내 이번 여행의 마지막 아침이 밝았다. 새벽 6시 기상, 우리는 2대의 모터보트에 분승해 물개섬 관광에 나섰다. 막 호텔 앞 선착장을 출발하는 우리 눈앞에 일사불란이 물을 박차고 상승해 공중선회 편대비행을 하는 펠리컨 네 마리와 덤블링을 하듯 바다 속에서 곡예를 부리는 돌고래의 무리가 나타났다. 이른 아침, 물개섬으로의 여정을 환송하는 이들에게 우리는 카메라 셔터를 들이대며 환호했다.

약 1시간 여, 아침 물살을 가른 끝에 우리는 금단禁斷의 고도孤島, 물개섬에 도착할 수 있었다. 물개섬에는 숱한 새들과 물개, 바다사자 등이 그들만의 군락을 이루고 있었다. 빨간부리 바다제비, 가마우치, 갈매기, 펠리컨에서 펭귄과

콘도르까지 숱한 새들의 함성이 어지럽게 교차하는 사이로 바위 위에 걸터앉아 포효하는 물개, 바다사자의 무리가 한 폭의 해양 풍경화를 연출하고 있었다. 이들 물개섬의 식구들에게 우리 자신이 오히려 구경거리가 되어버린 듯한 착각 속에 우리는 '동물의 왕국' 촬영팀이 되어 열심히 셔터를 눌러댔다. 물개와 바다사자의 출산으로 온통 핏빛으로 변한 해안 자갈밭의 전경과 어디선가 홀로 날아와 죽은 새를 뜯고 있는 콘도르의 모습이 이날 아침, 물개섬의 '숨은 그림 찾기' 과제였다.

숙소로 돌아와 평화롭고 운치 있는 빠라까스 해변의 정경을 바라보며 아침식사를 마친 우리는 나스까 사막을 가로지른 4시간의 대장정 끝에 드디어 나스까 라인을 고공관찰할 수 있는 경비행기 공항에 도착할 수 있었다. 리마에서 빠라까스까지의 태평양 연안 도로와는 달리 빠라까스에서 이까를 거쳐 나스까 평원에 이르는 길에는 끝없는 사막의 지평선이 걸려 있을 뿐이었다. 우리는 버스 안에서 이까 특산의 페루 전통 꼬냑인 '피스코'pisco를 한 잔씩 돌리며 한낮의 취기를 즐겼다. 거의 50도에 육박하는 독주의 향내가 코끝을 찡하게 압박해 왔다. 내륙의 사막지대를 관통하는 도로는 원래 흙길의 비포장도로였으나 일본 출신의 후지모리 대통령 시절에 고속도로로 포장되었다고 한다.

그의 어머니가 일본에서 임신해 태평양 건너 페루 땅에 도착해서야 낳았다는 후지모리는 5만 명의 재 페루 일본인 중 1명이었다. 역시 일본 교민으로 갑부의 딸인 수산나 히구찌와 결혼 후, 리마농대 교수와 경제부처 장관을 거쳐 1990년부터 5년 임기의 대통령에 3번 연속 당선되었던 그는 일본정부의 경제원조를 바라는 페루국민의 기대와 남미지역의 마약 및 테러 방지 교두보로 삼으려는 미국의 지원을 교묘히 활용해 권좌를 누렸으나, 군부 출신의 심복 정보부장 몬테시뇨르를 구금시킨 후, 군부와의 갈등이 고조되어 결국 현직 국가원수가 자국적을 스스로 포기하고 외국_{일본} 에서 외국적을 취득하는, 초유의 진기록_{기네스북 등재}을 남기고 하야했다.

　오는 도중 사막 한가운데에 간간이 목화밭과 양계장이 눈에 띄었는데, 강수량이 적은 이곳에서 어떻게 관개灌漑를 해결하는지 적이 궁금했다.

　이번 여행 중 만난 숱한 한국 단체여행객들로부터 우리에게만 있는 프로그램이라 적잖은 시샘과 부러움을 받게 했던 '나스까 라인' 경비행기 투어는 나스까 사막 위에 고대인이 그린 숱한 不可思議의 그림 중, 관찰 가능한 10여 개를 경비행기를 타고 공중에서 육안 관찰하는 것으로 이번 여행의 대미를 장식하는 코스였다. 6세기경, 나스까인들이 그들의 신앙을 나스까의 대지정확히 말하자면 '빰빠 인헤니오;Pampa ingenio'지역 위에 표출한 것으로 추정되는 이 그림들은 10평방미터에서 300평방미터에 이르는 다양한 크기와 유형으로 이뤄져 있는데 ,약 200여 개의 그림이 광활한 사막지대에 분산되어 있을 뿐 아니라, 고도가 낮거나 근거리에선 전체의 윤곽을 파악하기 힘드므로 비행기를 이용한 공중 관찰이 최적의 접근법으로 활용되고 있는 것이다.

　그림의 선이 되는 얕은 도랑은 검은 지표의 작은 돌을 제거하여 밝은 색의 지표를 노출시킨 것인데 비가 내리지 않는 이 지역 기후 특성상, 오랜 세월이 지난 현재까지 남아 있게 된 것이다. 실제로 이 지방에는 지난 17년간 기상당국에 의해 강우 현상이 관측되지 않았단다. 그림들의 의미가 무엇인지에 대해선, '우주인' 설, '하늘을 나는 사람' 설, '성좌를 나타내는 달력' 설 등 여러 가지가 있지만 그 어느 것도 아직 확실히 실체를 규명하고 있지는 못하다.

　3인승과 5인승, 2종의 경비행기는 각각 고도 800m, 1000m, 1200m를 비행하도록 코스가 정해져 있었는데 나는 P교수, R교육장 두 분과 함께 고도 800m를 비행하는 3인승을 타게 되었다. 가장 낮은 고도를 비행하는 덕분

에 대상을 가까이서 세밀히 관찰할 수 있었으나 회전의 반경이 좁고 급격해 선회시 약간의 두통이 뒤따랐다. 아니나 다를까, 은퇴한 고령의 R교육장께서 급기야 비닐봉지를 입에 갖다 대시는가 했더니 앞자리의 P교수는 땀을 구슬처럼 흘리며 힘들어 한다. 그러는 사이, 내 눈 아래엔 나스까 사막을 가로지르는 '팬 아메리카나' 고속도로의 선명한 검정 라인이 황색 도화지에 그린 검은 실선처럼 뚜렷이 펼쳐진다.

이미 우리의 비행기는 외계인, 새, 전갈, 게, 세모 도형 등 예정된 12개의 그림 위를 각각 좌우 한 번씩 2회에 걸쳐 선회하는데 성공했다. 선글라스가 멋있게 어울리는 미남 조종사가 마지막으로 외계인 그림 위를 한번 더 보너스 선회하겠다고 제안했으나, 이미 그로기 상태인 두 분의 컨디션을 고려해 비행장으로 귀환할 것을 종용했다.

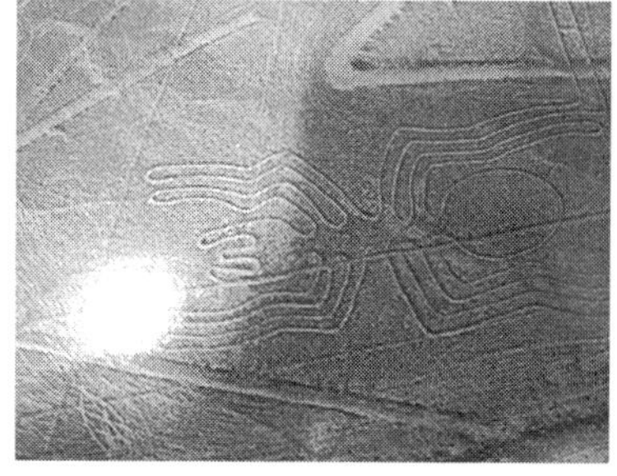

"O.K" 사인도 시원하게 조종사는 기수를 돌려 서서히 고도를 낮추기 시작했다. 고대 나스까인들의 꿈이 깃들어진 신비의 형상들이 내 등 뒤로 점차 멀어져 가고 있다. 이윽고 25분 전, 우리가 이륙했던 비행장 활주로가 시야에 들어왔다. 땅 빛이 점점 가까이 눈 속에 들어찬다 싶더니 어느새 착륙 마찰음도 요란하게 우리의 비행기는 이미 지상을 운행 중인 3인승 자동차②로 바뀌어져 있다. 나스까 사막의 한낮 태양이 비행기에서 내리는 우리의 빰에 거친 호흡을 내뿜고 있다. 17박18일의 기나긴 중남미 여정이 겸연쩍게 작별을 고하는 순간이었다.

굿바이 소년을 찾아서

- 희망봉에서 마추픽추까지 -

초판 1쇄 인쇄일	2010년 3월 16일
초판 1쇄 발행일	2010년 3월 22일

지은이	윤정헌
펴낸이	정진이
총괄	박지연
편집 · 디자인	이솔잎 채지선 채지영
마케팅	정찬용
관리	한미애 강정수
인쇄처	태광
펴낸곳	새미

등록일 2005 13 14 제17-423호
서울시 강동구 성내동 447-11 현영빌딩 2층
Tel 442-4623 Fax 442-4625
www.kookhak.co.kr
kookhak2001@hanmail.net

ISBN	978-89-5628-540-5 *03800
가격	18,000원

* 저자와의 협의하에 인지는 생략합니다.
새미는 **국학자료원**의 자회사입니다.
잘못된 책은 구입하신 곳에서 교환하여 드립니다.